屋上

島田荘司

KODANSHA NOVELS
講談社ノベルス

目次 contents

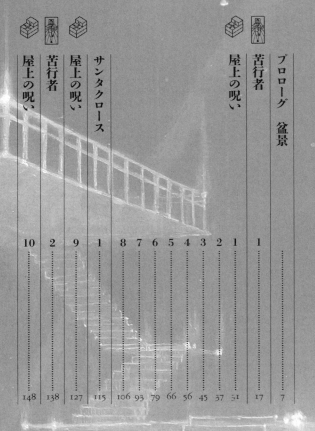

◉カバーデザイン　坂野公一(welle design)
◉カバーロゴデザイン　北見隆
◉イラスト　緒賀岳志
◉ブックデザイン　熊谷博人・釜津典之

本書は二〇一六年四月に小社より刊行された単行本『屋上の道化たち』を、『屋上』に改題し、加筆の上ノベルス化したものです。

この作品はフィクションです。
登場する人物、団体は、実在するいかなる個人、団体とも関係ありません。

プロローグ　盆景

銀座《ぎんざ》の日帝《にってい》画廊は、昔から画家の登竜門のように言われている。個展が開かれると、評論家が真っ先にやってくるのがこの画廊だった。盆栽という日本の古典芸術も、画壇トップのこの画廊を利用すべきというのが、盆栽組合連合会専務理事、彦田徹《ひこだとおる》の口癖だった。

二月十日のこの日、日帝画廊はユニークな作家たち三人のグループ展を行っていた。若手盆栽作家たちの合同作品展だった。二月は比較的閑《ひま》な時期とはいえ、ここで展示を行える盆栽作家はまれだった。その陰には、彦田理事の強い政治力があった。

彦田理事は若手の才に理解があり、盆栽という古典芸術ジャンルの梃子《てこ》入れに、若い才能の台頭こそが必要不可欠と考えていた。若い新鮮な血の導入がなくては、盆栽という古典のジャンルは滅んでしまう。はたしてそこに、安住《あずみ》淳太郎《じゅんたろう》という新進気鋭の若手作家が現れた。弱冠三十五歳の彼は、上海《シャンハイ》で幼少時代を送り、日本以上にアジア文化の空気を吸ってきていた。

帰国してからの彼は、前衛的な演劇集団の役者になり、次いで画家になり、そうしてのちに盆栽作家になるという異色の経歴を持っていた。これが面白がられ、業界の雑誌だけでなく、一般のマスコミもよく彼を取材し、世に紹介していた。彼によって盆栽世界の注目度もあがってきていたから、側近たちの強い勧めで、彦田理事は安住淳太郎も、今回の若手グループ展に加えていた。それが、思えばよくなかった。

上海時代、住まいのそばにあった名庭園、豫園《よえん》を自宅の庭のようにして成長したと公言する安住は、よくも悪くも、日本の盆栽界に新風を吹き込んでいた。彼の作り出す鉢の中の世界は、日本の伝統とは大きく異なった異国ふうのものだった。まずは彼の盆栽には、植物の手前の土の上に、小さな人形がしばしば立つことだった。

日本の盆栽は、通常人形を置いたりはしない。安住の置く人形は娘が多く、その顔はあきらかにスクリーンの大スター、大室礼子《おおむろれいこ》の風貌《ふうぼう》を写していた。それは安住が大室の崇拝者で、自作の木彫りや粘土による人形の顔を、この女優に似せていたからだ。取材されるたび、安住は自分が大室のファンであることを隠さなかった。大衆にはこのことが面白がられたが、斯界《しかい》の年配者たちには苦い印象になった。自分らの盆栽が利用されていると考えた。

安住は自分の盆栽を中国ふうに「盆景」と呼び、基本的に盆栽とは考えていなかった。日本の盆栽はあくまで小型化した植物の観賞が中心だが、安住のものは縮小した自身の心象風景の再現であって、小型植物も鉢も、その舞台装置にすぎなかった。彼は植えた木の間に小川を造ったり、池を造ってほとりに大室礼子に似せた小さな人形を立たせた。時には彼女の背後に人形の楽隊を置いたり、小さな家や、幻想的な村を造ることもあった。作家の脳裏には、進行する小世界のドラマが見えていたのであろう。

斯界の重鎮、彦田理事は、常に部下二人をしたがえて行動した。植物の品評会に出たり、こうした個展に顔を出したり、会議に列席したりした。年齢がもう七十五だから、単独行動には不安があった。この日もスーツ姿の男二人をしたがえて日帝画廊に入ると、広い会場の白布の台上に並ぶ力作を、順に観賞していった。

巡回するコースのとっつきの卓に、この個展一番の大作が置かれていた。森の中、鬱蒼《うっそう》と繁《しげ》る巨木群の下、細い道を行進してくる楽隊を造ったものだった。それは、高さ広さともに盆栽としては型破りの大きさで、鬱蒼と葉を繁らせてそびえる一本の大木の中途にはトゥリーハウスが造られており、そのヴエランダに、子供たちが立って楽隊を見おろしていた。ハウスにかかる梯子《はしご》の中途で、楽団に見入る子供もいる。

安住淳太郎の力作だった。しかし彦田理事は何も感じなかったようで、ちらと一瞥《いちべつ》してから鼻を鳴らし、通りすぎた。そのあと、

「なんだあれは。大仰で、もう盆栽とは言えんな」

とひと言もらした。側近二人は「はい」と言ってうなずいた。

続く安住の力作群は、大室礼子が主演した映画の、名シーンを表現したものだった。北国の温泉宿のおかみとして、温泉街にかかる雪の載った橋のたもとにたたずむ礼子とか、漱石《そうせき》の名作『坊っちゃん』に出演した際の松山《まつやま》の街角の彼女。大奥の女性を演じて、駕籠《かご》から池のほとりの草の上におり立つ彼女などが造られている。見事なものではあったが、彦田はこれらにも少しも興味を示さなかった。

安住の作品群をすぎると、定型的な盆栽が並ぶ。これらは植物を見せるばかりで人形などは置かれない。彦田の表情は安堵《あんど》に変わった。

会場を巡って歩きながら彦田は、左右の側近に、

「やはり人形なんぞ置くのは邪道だな」

とまた感想をもらした。

「全然いいとは思わん。子供の砂場遊びではないんだ」

そう言って、ひとつの作品の前に差しかかった時、彦田の足が停《と》まった。みるみる顔が紅潮し、痙攣《けいれん》させるように両の腕を震わせた。

「誰だ、これを造ったのは！」

七十五歳の彦田は、喉《のど》を絞って怒鳴った。

作品の前に置かれた名札を見ると、やはり安住淳太郎とある。彦田は体を回転させせながら、ゆるゆると会場を見廻《みまわ》した。

会場を埋めた人たちは、重鎮彦田の大声で、みな凍りついたように立ち尽くしている。

側近二人は急いでその作品を見た。手前に木こり

の人形が置かれ、今まさに彼が、大木に見たてた松の木を切り倒した瞬間が造られていた。倒された松の幹は、白々とした切断面や、ささくれ立たせた裂け目部分をこちらに見せて横たわっている。

彦田はつかつかと、壁際のパイプチェアに腰かけた若い男に寄っていった。側近の二人があわててあとを追ったが遅かった。

「盆栽が泣いておる！」

そうひと声叫ぶとともに、彦田老人は安住淳太郎の頭頂部に思い切り拳骨《げんこつ》を見舞った。

新進作家安住の顔は、このところグラビアなどで頻繁に盆栽業界に紹介されているが、一方安住は斯界の重鎮、彦田徹の名は知っていても顔を知らなかった。

「いてて」

言って安住は頭を抱えて前屈姿勢になり、しばらく痛みに堪えていたが、

「何しやがんだ、この爺《じじ》い！」

と叫んで椅子《いす》から立ち上がり、彦田老人の側頭部に拳を見舞った。続いて回《まわ》し蹴《げ》りを一発くれて、老人をフロアに転倒させた。

彦田の側近が組みついて安住の暴行を制止した。残る一人がうめいている彦田老人に駆《か》け寄り、抱えて起こした。

「いたた、骨が折れた」

彦田は言った。実際苦痛で動けないふうだったから、急いで救急車が呼ばれた。

骨粗鬆症《こつそしょうしょう》の気味があった彦田老人は、肋骨《ろっこつ》が三本折れており、即刻入院になって警察も呼ばれた。


中央区の警察で聴取を受けた安住淳太郎は、見知らぬ老人がいきなり殴りかかってきたから防戦したまでだと言った。若い盆栽作家は、その時はじめてあれが斯界の重鎮彦田徹だと聞かされて驚いた。

安住は、殴られたから頭に血がのぼってしまってあと先考えずに殴ったと言い、自作への老人の非難

は当たらないと言った。自分の仕事は盆栽ではなく盆景造りで、本場中国では、人形を配してのああしたやり方はごく普通のことであり、上海の豫園の屋根瓦に並ぶ人形なども、こうした伝統を汲《く》むものだと説明した。

よく自分の盆景を邪道だと言う人がいるが、それはおかしい。だって日本の盆栽は、中国の模倣が原点ではないか。本家を邪道だと言うのか、とまくしたてた。

警察官は一応の理解を示して安住は釈放されたが、重鎮の周囲は許さなかった。なにはどうあれ、相手が高齢者であることが、安住には致命的だった。

盆栽界には、これで安住淳太郎の居場所はなくなった。老人は重傷であり、半年ほどの入院になり、死にこそはしなかったが、寿命を縮める外傷になるという話だった。

新進の盆景作家安住淳太郎は、その後周囲のアドヴァイスを入れて彦田老に詫《わ》びを入れ、見舞いの果物を持って何度か病院に謝罪に訪れたが、そのたび彦田の家族に追い返された。仕方なく缶詰や菓子の詰め合わせとか、自作の盆景作品を郵送もしたが、すべて送り返された。

業界紙には、老理事に同情し、思い上がった若い盆栽作家の暴力を糾弾する論調があふれた。盆栽の松の木を切断して造った驚くべき安住の問題作の写真は、雑誌や新聞、またテレビや業界紙に洪水のようにあふれ、老人の憤りへの同情が繰り返し語られた。

作品もいっさい売れなくなった。安住の作品を買いそうな彼と馴染《なじ》みの愛好家のもとには、組合連合会から逐一お達しが廻ったふうで、安住にはどうする術《すべ》もなかった。

安住は綱島《つなしま》のアトリエにこもり、以降は黙々と盆景作品を造り続けた。しかし関係筋をいかに運動しても、造りあげた彼の作品群に、二度と個展やグループ展のチャンスが与えられることはなかった。綱島の路地裏の小さな喫茶店で個展を開いていても、組合連合会から圧力がかかって中止させられた。

　安住は両親を亡くしていて、兄弟もなく、友人もなく、妻もない。完全に天涯孤独の身の上だった。親戚《しんせき》の者さえ、首都圏には一人も住んではいなかった。彼はたちまち収入を失い、困窮した。

　今の自宅兼アトリエは、実業家だった父親が商品の倉庫に使っていた場所だった。いっときは父の商いが順調で、豊かな暮らしを送った時期もあったのだが、倒産し、家屋敷も会社の建物も、すべて失った。借財返済義務が自分にかかりそうだったから、安住は相続放棄をした。綱島のもと倉庫も、したがって彼は住む権利を失ったのだが、買い取った人間が父親のもと仕事仲間だったから、息子の淳太郎に賃貸ししてくれていたのだった。

　中国の家を失って日本に引き揚げた当時、安住も父の真似《まね》をして事業を興《おこ》そうとした。中国語が話せたからだが、たちまち失敗した。安住に商売の才はなかった。役者になっても成功せず、画家になったらかえって借金を作った。父が趣味にしていた盆景作家になったら、これには天分があって、世に認められてもてはやされかかったが、たちまちこんなことになった。別の職業といってももうあてはなかったし、綱島の駅前の飲み屋で、アルバイトをするくらいしか収入の道はなかった。

　安住淳太郎は運のない男なのであろう。これは海に身を投げた父親もそうで、母親は病死していた。

　安住はだんだんに精神状態がおかしくなって荒れるようになり、飲み屋の仕事もクビになった。店で、性質《たち》のよくない客と何度か店で喧嘩《けんか》をした。そうするうちに体調が悪くなり、定時に起きられなくなって仕事にたびたび遅刻した。勤務態度が悪いと受け取られた。

　社会からはじき出されるほどに、不思議に創作意欲は湧《わ》いた。盆景制作に、安住は怒りをぶつけた。相変わらず大室礼子の人形は造ったが、それ以上にピエロの人形を多く造るようになった。そしてサーカスのテントの前で彼らがダンスやアクロバットの芸をしていたり、猛獣を調教していたりしたが、彼らの死体も造るようになった。

時には腹のところで真二つになっていたり、ライオンに頭から食べられているピエロも現れた。

こういう作品の発表の場はもうないのだが、以前から彼を見知っている美術系の出版社の編集者やカメラマンが、定期的に綱島の彼のアトリエを訪れて食料を提供したり、新作の写真を撮った。彼らは、いつかは発表できる時期が来ると言って安住を慰めた。

しかし安住の精神状態は日に日に悪くなり、盆景に処刑場や、自殺用と見える首吊《つ》り用のロープが、松の枝の下に現れはじめた。彼の作品は彼の内面世界の再現だから、作品を見れば彼の精神状態や、考えていることがよく解《わか》る。

暗い作品はみるみる増え、自宅にしているプレハブ倉庫の壁の棚をすっかり埋め、足の踏み場がないほどにびっしりと床に並び、狭い庭を埋め、門柱手前の路地にも並ぶようになった。作家の創作意欲は高いのに、買われることがないから、増えていく一方なのだ。

そうした鬱々とした日々を安住が送っていた間、いったんは回復して活動を再開していた重鎮、彦田徹が死んだ。怪我《けが》が死期を早めたことは、おそらく喧伝《けんでん》される通りであったろう。彦田は入院中に理事を引退し、職を後継者に譲っていたが、活動ぶりは以前と変わらなかった。

理事の死が、安住淳太郎にどう影響するかと斯界は注目したが、業界紙面に、もと理事の死を安住の暴行のせいとする言論が再び沸騰しはじめ、事態の好転はなかった。そうこうしていたら安住淳太郎も倒れ、病院で癌《がん》を宣告された。組合連合会や盆栽関係者は、彦田理事の怨念《おんねん》だとささやき合った。

安住の病状は着々と進行するが、高価な放射線治療を受ける金は、彼にはなかった。金を貸してくれる者もない。万事が行き詰まった彼は、自作品がびっしりと足もとを埋めるアトリエの庭で、自作で予告した通りに、松の木の枝に首を吊って死んだ。

するとそれを待っていたように、悲劇の天才盆栽作家というストーリーの記事が、新聞雑誌等、あちこちの媒体に沸きあがった。テレビまでが特番を組み、本まで出た。生前には少しも救済の手をさし伸べなかった者たちが、死んで安全になったぞとばかりに、彼の才能を天才と持ち上げた。

こうした騒ぎが、淳太郎の憧《あこが》れていた女優、大室礼子の耳にも入った。恋多き女で鳴らした大室礼子は、海を見おろす横浜市《よこはまし》緑《みどり》区の高台に、プールやサウナ、映写室、ガラス張りのジムなどをそなえた豪邸に、一人で住んでいた。芝生の庭も広大だったから、自分の熱心なファンだったという天才盆栽作家、安住淳太郎の遺作をすべて買い取って、自宅の庭に並べた。自分の人形が立っている作品を女優は特に愛し、そのうちのお気に入り何点かを、ジムや自室、映写室に入れて飾った。そして自身の写真撮影の際、背景の小物として使用した。

ところが安住の盆栽を引き取った途端、大室礼子はフィッシャー症候群という難病を発症し、引退同然となった。手足の動作が不自由になり、彼女の場合は精神にも障害が出て、世に言う大転落が始まった。仕事がなくなり、精神の疾患から発作的なクレーム電話を昔の知り合いにかけまくり、業界の嫌われ者になり、収入が途絶えたから、マネージャーが奔走して財産を切り売りし、しばらくは食いつないだが、ついに自宅も抵当に入った。折悪《あ》しく、難病を治療してくれていた彼女の主治医が他界し、激しく絶望した女優は、安住と同じく、庭の松の木に首を吊って自殺してしまった。空中で揺れる彼女のつま先の下には、安住の盆栽が並んでいた。

U銀行の抵当物件となっていた大室邸は、売却されて某企業のレクリエーション施設に生まれ変わることになった。安住の作品群は捨てられかかったが、兵庫の映画博物館の館長が、大物女優が愛した品を、それではあまりに不憫《ふびん》だと言って引き取りを申し出た。

それでU銀行は、邸宅売却の際に邪魔になるからと、盆栽群をいったん引き取ってT見市の自社ビル屋上に置いた。そこから兵庫の映画博物館に送り出すつもりでいたら、館長が突如心不全で急逝してしまった。

人死があまりに続くので、すべては安住の盆栽群のせいではと、事情を知るU銀行の上層連はささやき合った。呪《のろ》われた盆栽の群れ、それは綱島から緑区の豪邸、そしてT見市のU銀行ビル屋上と、転々と旅をしてきていた。しかしそれらも今や宙に浮いてしまい、行く場所がなくなった。枯らすわけにもいかないから、とりあえずは女子行員が交代で水をやり、連日世話をした。

U銀行の屋上にはもともとプレハブ造りの卓球場が建っており、これが取り払われたので広くなってはいたが、なにぶん盆栽は数が多く、すっかり屋上を埋めてしまったから、足の踏み場がなくなった。そこでプレハブ建物のセメント製の土台に沿って簀《す》の子《こ》の道が造られ、盆栽の鉢同士は密着させて置かれた。女子行員は簀の子の道を歩きながら植木に水をやった。

簀の子の道は、屋上に十字形に造られたが、最も奥、道路際の手すりのそばには、ひとつだけ嵌《は》まらない簀の子ができてしまい、セメントの土台に載ってゆらゆらした。いずれノコギリで半分に切ろうという話になったのだが、業務の忙しさに追われ、誰もまだやらない。

安住の盆栽群の呪いが事実なら、これが彦田理事、安住淳太郎、大室礼子、映画博物館長と、次々に人の命を奪ったのかもしれなかったが、それらは実は序章にすぎず、いよいよその魔力が発揮されるのは、このU銀行の屋上においてだった。

苦行者

1

四階の窓の外に、霧雨《きりさめ》が白い煙のようにうねっている。午後まだ早い時刻なのに、T見市の上空は薄暗く、風にしきりにあおられる、霧に似た微細な雨粒でかすむ。

霧雨に煙りながら、彼方《かなた》の正面に、今や骨董品《こっとうひん》となったT見市名物、プルコキャラメルの大看板が見え隠れする。田辺信一郎《たなべしんいちろう》は、古いビル壁に必死でしがみつくような一時代の遺物を、雨粒を通して見つめた。剥離《はくり》した赤白のペンキが、魚の鱗《うろこ》のようにささくれ立ち、風に飛びはじめている。風に持ち去られれば、あとには赤錆《さ》びの地金が覗《のぞ》いて、見る者の気分を暗くする。こんな古ぼけたものが、まるで幽霊のように、未《いま》だに街の中心にぽつんと取り残されているからだ。

こんな可動タイプの看板はもうはやらなくなり、すでに世の中から絶滅した。看板など、商品名のロゴだけでたくさんのはずだ。ところがこれにはただひとつの文字もなく、走る若者の姿だけで、今となっては巨大で不可解な玩具《がんぐ》だ。

なりも仕掛けも大袈裟《おおげさ》だが、作らせた者は、この絵に人生の教訓を含ませた。走り続ける国民一人一人の無心の努力が国を支える——。無自覚だったが、自分はこうした教えとともに成長した。こんな教訓の残骸《ざんがい》を信じて上司は殺され、自分も死にかかった。こんな煽動《せんどう》が手放しでもてはやされる無惨な時代があったとは、信じがたいことだ。

いまいましい骨董品を見るのも、今日が最後になる。この部屋を出ていくからだ。この看板が好きでここに入ったが、ここで寝起きした二年の間に、だんだん看板を憎むようになった。この古色蒼然《そうぜん》の代物が、自分に祟《たた》っているような気分になったからだ。少年時代から今日まで、自分の成長はこの看板とともにあった。

大学の経済史の講義で、中国の望子《ぼうし》という実物看板の歴史について学んだ。できて四十年以上も経《た》つこの大看板も、おそらくその流れをくんでいる。商都大阪《おおさか》などに、動く巨大なカニとか、唐辛子や金平糖の巨大看板がよくあった。これはその手の感覚で、今はすっかり影をひそめたから、あれらすべても、今や貴重な骨董品に違いない。

信一郎は、プルコキャラメルが子供の頃から大好きで、毎日食べ続けて歯医者と親戚づき合いになった。理由は、このキャラメルには必ずおまけが付いていたからだ。これが欲しくて買い続けた。

キャラメルが入った箱の上に、小さなオモチャが入った小箱が載っていて、これを開けると、小指の先ほどの小さなオモチャがひとつ入っていた。トラックとかタクシーとか、機関車、ヨット、野球のバットとか優勝カップ、レジの計算機とか楽器、コーヒーカップ、望遠鏡、カメラ、そんなようなものだ。女の子はこれでままごとをしていた。

他愛《たわい》のないガラクタだが、子供にはちょっとした貴重品に思われて、これを集めたくて、お菓子といえばプルコのキャラメルばかりを買った。集めて母親からもらった化粧品のボール箱に入れ、自分では宝物のつもりで家の中に隠し、ありかの地図を描いたりした。しかしそんなことをしている子供は、クラスではもう信一郎が一人だけだった。

思えばこのプルコ製菓ほど、世の中の変遷とともに興亡した会社もない。世間にはそういう感想はないのかもしれないが、この菓子とともに育った子供にはそう思えている。今もその印象は変わっていない。

かつて日本の化学者が、料理の味を引き立てる化学物質を発見し、化学調味料の会社を興したが、同時代、何と言ったか名は忘れたがある栄養素が化学合成され、それを入れて作ったキャラメルが販売された。おいしくて栄養がある、プルコキャラメルはあちこちの媒体で、しきりにそういうキャッチフレーズを喧伝していた。時代は違うが、信一郎も憶《おぼ》えている。

こんなふうに、科学の進展とともに国民の食生活も幅がゆっくりと広がり、着々と充実感を増していると思えた時期が、確実に日本にあった。そういう時代に生まれた、これは国民的栄養菓子だった。

子供向けの漫画雑誌に、このキャラメルのひと粒は、子供が四百メートル走るだけのカロリーを秘めている、といった説明がさかんに行われた。以来、「ひと粒四百メートル！」がこのキャラメルのうたい文句になった。

食生活の貧しい時代だから、何らかの根拠はあったのだろうが、要するにコマーシャルだし、信一郎の時代には、もう説明を信じている子供はいなかった。しかし信一郎はけっこうこれを信じ、ひと粒食べて、実際に走ってみたりもした。食べない時と違うような心地はした。

このキャラメルは、そのうたい文句、「ひと粒四百メートル」を絵にして、パッケージに印刷していた。白いランニング・シャツとパンツを穿《は》いた青年が、駈けてきてゴールのテープを切っている瞬間を描いたもので、仁丹《じんたん》のマークやカルピスの黒人の絵と並び、これも昭和日本の一時期を象徴している。

T見市のデパートビル中ほどに貼《は》り付《つ》いたこの巨大看板は、このキャラメルのパッケージから商品名を消し、そのまま拡大したものだ。

しかしT見市の看板は、いっとき日本中にあふれた通常のプルコキャラメルの看板とは違い、非常に凝《こ》った作りだった。というのは、現在はあさひ屋という地元のデパートになっているこの時代物のビルこそが、記念すべきプルコキャラメルの、スタートの地だったからだ。

　戦後まもなく、小さな駄菓子屋から商いを興した創業者、大日向卓三《おおひなたたくぞう》が、この地にあった小さな家でほそぼそとプルコキャラメルを作りはじめ、おまけ入りのパッケージというアイデアが大当たりしたから、周囲を買収して大型ビルを建て、一階を小売店舗にした。今でこそ駅前繁華街化したこのあたりだが、当時は空き地だらけで子供が野球をしていた。

　プルコキャラメルは日本中を席巻《せっけん》し、プルコ製菓はたちまち全国規模の菓子メーカーに成長した。したがってT見市の本店ビルに取り付ける看板は、前例のないもの、日本中の子供がびっくりし、喜ぶような画期的なものを、というかけ声が大日向社長からかかった。

　田辺信一郎のプルコへの熱狂ぶりは、そういう大日向社長の思惑通りだった。この大看板が子供の頃から大好きで、信一郎は近隣の川崎《かわさき》市で育ったのだが、日暮れ時にはこの看板を観《み》に、電車で通った。野球を終え、探偵ごっこを終えて、みなは帰宅したが信一郎は駅に向かった。プルコのブームは去っていたから、そんなことをする子供はもういなかった。

　この看板は、日が暮れて灯が入ると、走る青年の表情が変わる仕掛けになっていた。ゴールする青年の正面像には、普通の顔、苦しい顔、そして笑顔と、三種類の表情が機械仕掛けで現れた。顔が変化するこの斬新《ざんしん》な発想に、昔の子供たちは熱狂した。

　この機械からくりのアイデアは、江戸玩具の収集家としても鳴らした、創業者大日向卓三のアイデアだった。そして田辺信一郎は、この大日向発案の仕掛け看板に興奮した子供時代が、今も忘れられずにいる。今日のように看板が古びてしまい、表情を変えるメカも永久に停止し、ネオン管に二度と灯が入らなくなると、のんきだった当時の自分の生活へのノスタルジーはいや増した。たった今の自分の生活が、ひどく無惨なものに感じられるからだ。

　現在の技術を使えば、たとえば顔の部分だけを動画スクリーンにもできるだろうが、昔のことで、看板の顔の変化は、アナログな機械仕掛けに頼っている。この機械仕掛け自体は、今の視線からはすこぶる好ましい。

青年の顔のところには四角い穴が開いており、述べたような三種類の青年の顔が、一定の時間を置いてそこに現れる。最初は普通の表情、しかし中距離走の途上を語って苦しげな表情が二番目、そして最後にテープを切る満面の笑顔になる。すると、胸の部分を横断している切ったテープにも、ネオン管の白い光が入るのだった。

三種類の顔は、回転式のガラスのドラムに描かれ、筒状のドラムの芯《しん》の部分には光源が入っているから、陽《ひ》が落ち、ネオンに灯がともる時刻になると、このライトが点灯して走者の顔を輝かせる。だから下の歩道からも、遠くのビルからも、青年の顔は明るく、くっきりと見えることになる。

このドラムがモーターによって回転を続けることで、普通の顔、苦しい顔、笑顔と、看板に電源が入っている限り、順繰りに、三つの顔が回《まわ》り灯籠《どうろう》のように現れ続ける。ブームの頃は、ぱたんぱたんと顔が変わるたび、下で観ている子供らが歓声をあげた。

看板完成の当時、東京や横浜にもエンターテインメントが乏《とぼ》しい時代だったから、大いに巷《ちまた》の評判となり、神奈川のシンボルのように言われた。最新科学技術駆使の、街角の工芸品とまで持ち上げられ、もはや戦後ではないのかけ声とともに、全国的な話題になった。ニュース映画になり、漫画雑誌や週刊誌のグラビアに載り、東京からも見物客が訪れた。教師が引率して、近隣の小学生たちが見学に来ることもあった。看板の動きに、教育上好ましい教訓が含まれていたからだ。

看板ブームの頃は、まだ陽が落ちる前から子供らの集団が、下の歩道で待っていた。ブーム終焉《しゅうえん》期の信一郎の頃も、看板の下に行ってみれば、一人二人お仲間に会える日もあって、そういう時は、腕時計を持っている者がスターで、小学生の信一郎は、父親の気まぐれで腕時計のお下がりをもらっていたから、数少ないスター気分の体験をした。この時代の記憶が甘美なのは、あるいはこのせいかもしれない。

いっときは、殺伐《さつばつ》とした工場の煙突以外に観るものもないこの近郊市街の観光名所のように言われ、プルコの大日向は街の大恩人となった。子供好きの彼は子供らの神ともなり、漫画雑誌の人生相談に登場して、子供らに夢を持つことの大切さとか、親孝行の必要性などの教訓を説いた。プルコキャラメルは天井知らずに売り上げを伸ばし、この看板こそはそういう大日向社長の人生観であり、あまねく人生の教訓を示すとされた。大看板から商品名が消されていることこそが、社長の高い志を示していた。

企業の規模拡大にともない、T見市の本店ビル内工場では手狭になったから、大阪郊外に広大な土地を買収して大規模製造工場を建設し、プルコ製菓は関東から去っていった。T見市のこの本店ビルは、一販売店に格下げとなったが、そうなら少々容れ物《いもの》が大きすぎた。

やがて時が移ろい、時代はゆるやかに変化して、キャラメルは子供らの憧れの王座を滑《すべ》り落《お》ちはじめた。おまけ付きのプルコキャラメルは、次第に豊かな国の子供らの嗜好《しこう》には合わなくなり、貧しくあか抜けないイメージをまといはじめた。プルコの主力商品は高級菓子や食料品に移り、発祥地のこのビルは売却されて、地元のデパートに変わった。

しかし建物の角に取りついた「ひと粒四百メートル」の有名大看板は、はずされずに残って稼働し続け、日本の高度経済成長とともにあった、プルコ製菓の思想的シンボルであり続けた。田辺信一郎がファンになって熱中したのはこの終焉期にあたる。遅れてきたプルコファンである信一郎が、おまけや看板にあれほど熱狂できたのは、家があまり豊かでなかったせいかもしれない。手にできた玩具の数が少なかった。

　プルコ製菓は、キャラメルよりもチョコレートをかぶせた棒状の菓子とか、板チョコを熱心に作りはじめ、その一方でレトルト食品のカレーやスパゲッティを大量に世に出した。安価な食という意味で、今はむしろこちらが主力だった。菓子はもう高級が望まれる時代になったのだ。

　明るくモダンになった日本人の台所だが、その内実は苦しい。大阪の工場では菓子以外に安価なレトルト食品が日々増産され、見かけ上豊かになった日本人の台所を、手軽なプルコの食品が支え続けて、日本の食の王座的なプルコのイメージは充分に保《たも》たれていた。そしてバブルが訪れる。そういう時期、経営者を悲劇が襲った。

　社長の大日向卓三は戦中派であり、奇妙に右翼的な人物だった。自社の製品のアジア各国での成功にともない、関連の不動産業もバブルの潮流に乗って高騰を続ける地価で高収益をあげ、プルコは一躍日本のトップ企業のひとつに名を連ねた。プルコはブランドとなり、大日向卓三はプール付きの豪邸に住んでコマーシャルに登場し、メディアにもしばしば露出した。玩具の収集品を展示する博物館も造り、プルコ玩具というメーカーも創設しようと準備を始めた。成功とともに時の人となった大日向社長は、今こそ大東亜共栄圏の再建だといったような場違いな放言を口にしはじめ、平和憲法は奴隷憲法だと断じるなど、老害的な驕《おご》りが出た。

　街の零細店から一代で成り上がった老経営者にありがちのことだが、彼は周囲に優秀なブレーンを持たなかった。また当時は近隣国の軍事的脅威は存在していないから、左翼肌の学者や、一般の強い反感を買い、教養のなさや語彙《ごい》の不足も原因して、散々な批判を浴びはじめた。プルコの老いぼれは、日本の食の有害添加物だと揶揄《やゆ》する評論家も出現し、おそらくはそうした空気のせいもあって、大日向の孫が誘拐された。

豊かになった日本だが、高度経済成長から取り残された貧困層のうちに、犯罪に走る者が多発した時代だった。大日向社長は、優秀な日本の警察を信じると公言して身代金《みのしろきん》を払わず、警察はまもなく公開捜査に転じたが、不幸にしてこれが功を奏さず、子供は無惨な遺体となって発見された。

間髪を容れず、プルコの各製品に毒を入れたと公言する愉快犯が便乗的に現れ、マスコミを利用してプルコ脅迫をゲリラ的に展開した。これが劇場型犯罪と巷《ちまた》を騒がせ、プルコ各製品の売り上げは急降下した。一部のやっかみ層は、こうした展開に内心溜飲《りゅういん》を下げた。

プルコを襲った二事件ともに犯人は捕まらず、事件は迷宮に入った。時期を同じくして、プルコキャラメルの貧しげなおまけは、飽食の時代の子供らに完全にそっぽを向かれた。彼らはもっと高価格の玩具で日常的に遊んでいたし、カロリーの摂取過多が問題になりつつある時代、「ひと粒四百メートル」のキャッチフレーズは意味不明となった。おまけ付きのキャラメルなど見向きもされなくなり、ついに生産が打ち切られた。するとこれを契機に、プルコの菓子も食品群も、いっせいに売り上げを落としていき、大日向卓三の栄光は、キャラメルに始まり、キャラメルの終焉とともに終わった。

失意に沈む老社長は、体調を崩してまもなく病死し、玩具メーカー創設の計画は頓挫《とんざ》した。長男の死で精神を病んだ大日向の息子に、新商品のアイデアは乏しく、経営の才覚も充分ではなかった。経営陣から凋落《ちょうらく》を止める方策はついに現れず、プルコの食品群をいったん危険視し、敬遠意識を持った日本の消費者から、買い控え感は不思議に拭《ぬぐ》えず、食製造の長距離走においてプルコは、後ろから追い上げる後発の菓子メーカーに続々抜かれて、彼らの名の方がよく世間に通った。

プルコの菓子や食品群はあか抜けない、の二流イメージが徐々に定着していき、もう街の駄菓子屋からも、コンビニの棚からも消えたキャラメルをはじめとするプルコの菓子群は、発祥の地に残された、この朽ちかかった大看板の残骸でのみ、往時の栄光を語っている。

成人した田辺信一郎が、大学四年時からこのT見駅前の四階建てマンションに住んだのは、窓からこの懐《なつ》かしい大看板が正面に見えるからだった。ワンルームとしては異例に家賃が高かったのだが、子供時代に電車で観に通い、憧れ続けた「ひと粒四百メートル」の看板を、朝夕眺《なが》められるという誘惑に勝てなかった。一万円札二枚近いオーバーチャージだが、看板がそれを踏み切らせた。しかしそのことが、すなわちこの看板が、信一郎にその後の苦行を運んだのかもしれない。

プルコキャラメルのおまけのファンとしても、T見市の「ひと粒四百メートル」看板のファンとしても、田辺少年は最後発であった。キャラメルも、そのおまけも、そろそろ街の子供らの人気を失いはじめる時期だった。夢中だった頃は気づかなかったが、成人してのちそのことを理解した。思えば中学に入学した頃、すでに街の駄菓子屋からプルコキャラメルは消えていた。

最後発ファンの信一郎は、結果としてプルコの失速を見届け、ついでに自分自身の人生をもって、転落にもつき合うことになった。大学生後半以降の彼の歴史は、プルコ製菓同様、ひたすら降下していくプロセスだ。父親からもらった腕時計を左手首にはめ、看板に灯が入るのを見知らぬ仲間と待ったあの時代が、プルコ製菓同様、信一郎にも華の時期だった。

霧雨に白く煙る彼方の看板は、四階の窓にいる信一郎に向けて、絶えず意味深のサインを発し続けている。大仰な看板は朽ちはじめ、ペンキが剝離して、往時の栄光を知る者からは、死魚の鱗のような惨《みじ》めな外観に変わった。薄片になったペンキは日夜風に飛び、ネオン管の配線も、顔を変化させる動力部分も、とうに錆びついて、青年の顔はもうぴくりとも動かない。

しかも固定した彼の表情は、キャラメルの箱とは違い、いったいどうした理由からなのか、強い苦悶《くもん》の表情なのだった。普通の表情とか、ゴール時の笑顔ではない。中距離走者たる青年にとって最も過酷な時間が、永遠に凍《こお》りついてしまっていた。それはひと粒四百メートルどころではなく、無限に続く長い長いトラックを、永遠に走り続けることを強《し》いられた罪人のようで、ギリシャに伝わるシシュフォスの神話の無惨を連想させた。

看板を眺めにきていた子供時代、この苦痛の表情が現れると、早くゴールの笑顔に変わって欲しいと、子供心に強く願ったものだ。しかし今やもう、十年待ってもこの表情は変わらない。青年は永久に重い罪の苦しみを背負い続けている。

苦行は、看板の青年だけの問題ではなかった。それは正しくプルコ食品の現状を象徴していたし、T見市の歩道を行く市民にその苦痛の分担を強いているようでもあった。何より、部屋の窓から毎日この看板を眺め続ける田辺信一郎に、苦悶の分担を強いていた。信一郎は、この部屋に越してきてからひどい生活上の困窮に沈むようになって、次第にそれを、この凋落看板のせいのように本気で感じた。

J大時代、文学をやるかたわら、気楽な落研《おちけん》に入って浅草《あさくさ》や新宿《しんじゅく》の寄席《よせ》通いにうつつを抜かし、勉強も就活もしなかった彼は、一流企業への就職試験をことごとく失敗して、みなが口々に悪口を言い合い、蛇蝎《だかつ》のごとく忌《い》み嫌《きら》っていたY家電に就職するしかなかった。人気がなかったこの会社に通勤した一年間は、信一郎にとって別段誇張《こちょう》でも冗談でもなく、地獄だった。それはあの看板の走者そのままだった。

直接の上司ではなく、その上のまとめ役たる部長は、自分が切れ者と信じている体育会系の大男で、朝礼のあと社員たちを売り場に整列させ、「売るぞ！

さあ売るぞ！」と大声の唱和を強いた。

インフルエンザで熱を出した時も休むことは許されず、ふらふらしながらかろうじて席に着けば、

「田辺、知恵熱か⁉　わははは！」

と豪快に笑われ、周囲に向いてお追従の笑いを強制した。しかし中にはこの面白くもないジョークに本気の笑い声を上げてみせるごますり人間もいて、人間離れした彼らの底意地の悪さに絶望し、信一郎は次第に人間不信、職場不信に陥《おちい》った。

部長は学生時代、ラグビーのフォワードだったことが自慢で、田辺の売り上げが思わしくなかった時など、廊下に連れ出されて頰《ほお》を平手打ちされた。遅刻した際は腰を蹴られたし、みなの前で見せしめの叱責《しっせき》をされ、笑い物にされた。しかし無理な残業を強いられ続け、体調が悪い上に、四時間しか睡眠時間が取れなかった日の朝だったのだ。

過労死するモーレツ社員が世間で話題になっていた頃で、そういう映画やテレビドラマがしきりに作られていた。思えば、プルコの看板こそがそのモーレツの先駆けだった。労働省は、「過労死ライン」を設定し、毎月の残業時間を八十時間までと定め、通達した。すると部長は、俺はおまえらのために、この八十時間の国定ラインを厳として守るぞと大声で宣言し、みなを八十時間ぴったり残業させた。

しかし言うまでもないことだが、これは八十時間残業をしろと国が命じたわけではなく、どんなに長くなってもこの時間は超えるなと言っているのだ。そしてむろん八十時間の残業代はいっさい支払われなかった。その以前は百時間もざらだったから、楽にはなったのだろうが、威圧の罵声《ばせい》を浴びながらの八十時間残業は、精神に深くこたえるものだった。

だがそれよりもさらに苦しいことは、強制される売り上げのノルマだった。信一郎がY家電に就職した頃は、好景気のただ中で、白物家電が日本中の家庭に行き渡り終わったとされる時期にあたり、ノルマの達成は不可能と言っていいくらいにむずかしか

った。各家庭が憧れを感じたり、主婦に見栄《みえ》を張り合わせたりさせる魅力的な新製品が現れた時期ならいいが、それが行き渡り終わった頃に、その前の時代に作られたノルマを達成することは不可能で、このしわ寄せがいくのは、信一郎の直属の上司だった。

彼は真面目《まじめ》で線の細い男で、日夜部長に責め立てられ、暴力の洗礼も浴び続けて、ある日とうとう自身の給料も使用して架空売り上げを計上し、自宅で首を吊った。

しかしこれを知っても部長に反省するような言動は見られず、おまえのせいだ、おまえがしっかり仕事しなかったせいだと、部下の信一郎が責められた。自分が入社した当時はもっと厳しかったものだと、彼は連日言い訳のようにわめいていたが、その時期はもっと新製品が多く、家電は遥《はる》かに売りやすかったはずだ。

深夜にワンルームの自室に帰りつき、就寝前の安酒をあおる信一郎の視界に、いつもひと粒四百メートルの大袈裟な、朽ちかけた看板が見えた。歯を食いしばって走るふうのその看板に、信一郎は慰められるどころか、日々頭を押さえつけられ、精神を押しゆがめられるようなプレッシャーを感じた。

彼も頑張っているのだから自分も、とはどうしても思えず、それは看板の青年が、あの嫌な部長の姿に重なって見えるからだ。部長は大学時代はラグビー、高校時代は陸上をやっていたとよく自慢した。その口調を思い出すと、看板を叩《たた》き壊《こわ》したい衝動を感じた。壊すのが無理なら、せめてあの苦悶の顔だけは消してやりたい。それができるなら何でもすると思った。

実際に感受性に異状が現れるようになり、夜も眠れなくなり、微熱が引かなくなった。記憶が不確かになったり、手が震えるようになって、帳簿をつけることが苦行になった。こんな毎日なら、死んだ方が楽かもしれないと次第に考えはじめて、直属の上司が、すでにこういう状態に追い込まれていたのだと、だんだんに類推ができた。

直属の上司は、あきらかに部長に殺されていた。しかし警察を含めて誰も、この点を問題にする者はなかった。世の中の仕事とはそのようなものと、酒場で事件を語る者たちは口にし合った。このままでは殺されると田辺は実感した。何故《なぜ》なら、このままいくと確実に、死んだ上司の役職に自分がつけられるからだ。下っ端《したっぱ》でいるうちはまだ平手打ちくらいですむが、現場主任になってしまえば、ノルマ達成不可なら自殺する以外に道はない。それが嫌なら働き続けて過労死するか、それをまぬがれても、極限的な職場嫌悪からの反応性の鬱病だ。八方ふさがりで、この職場に出口はない。

冗談ではない、死なないためにはもうこの地獄を逃げ出すほかはないと思い詰めて、信一郎は部長に辞表を提出した。すると馬鹿《ばか》野郎と大声で一喝され、なんでおまえら若いやつらはそうひ弱なんだと罵《ののし》られた。みなにそう簡単に弱音吐《は》いて辞められたら、会社はどうなるんだよ、立ち行かないだろうがと説教され、到底辞めさせてはもらえなかった。

さんざん考え抜いたあげく、意図的に失敗し、散々に叱責を浴びたあげくに、向こうからクビを言い出させて、なんとか信一郎は会社から脱出することに成功した。しかし会社に損害を与えたとして退職金は支払われず、一応失業保険は給付されたものの、たちまちその月から生活に困窮することになった。だが、死ぬよりはマシと考えた。

そして学生時代からやっていた賭《か》け麻雀《マージャン》に手を出し、無職の上に借金を作った。狭い部屋だと感じていたワンルームだが、収入の絶たれた今にして思えば、それでも天国だった。バイトで食いつなぎ、持っていた本をすべて売り、テレビもステレオも友人や質屋に売って、一日一食の食費を作った。しかしたちまちそれも終わりの時が来た。もう少し部屋代が安いか、彼女でもいれば、あとしばらくは持ちこたえられたかもしれないが、高い部屋代が作れず、出るべき時は意外に早く来た。

いよいよ出なくてはならない日、信一郎はがらんとしてしまった部屋の窓から、ひと粒四百メートルの看板をじっと見つめた。相変わらず彼は、持久走の苦悶に堪え続けている。

「おまえのせいだ」

信一郎は見つめながら、そうひと声、罵りの台詞《せりふ》を吐いた。

屋上の呪い

1

U銀行勤務の岩木俊子《いわきとしこ》は、少し早起きして、T見市のアーケイド街を、来月結婚予定の田辺信一郎と歩いていた。師走《しわす》だが、ジングルベルが聞こえないのは早朝で、まだ店が開いていないせいか。

黒とグレーのチェック柄のコートを着て、首には白いマフラーを巻いていた。頭には黒い毛糸の帽子をかぶっていたから、早朝の十二月の冷気の中でも寒くはない。アーケイド街に入ると、空気がさらに少し暖かくなった。

T見駅から京急線に乗り、都心に通勤して行く人の群れに逆《さか》らいながらアーケイド街を行くと、ドイツパンの店があって、開いているのが見えた。この店は、二階に食事のスペースがある。

「あー、リンデ開いてる!」

俊子は指さして言った。

「ドイツ人て、早起きなんかなぁ」

「かもね」

信一郎はうなずいて言った。

「なぁ、うちら、あそこで朝食せえへん?」

俊子は言い、信一郎の腕に、ぐいと全身を凭《もた》せかけるようにした。

「うん、いいよ」

と信一郎は言った。

一階でパンを買い、紅茶とコーヒーも買って二階にあがると、運よく窓ぎわのカウンター席がふたつ空いている。ここに並んでブレッツェルを食べながら、アーケイド街を行く人の姿を眺めてあれこれ言うのが、俊子のお気に入りタイムだった。彼女にとってそれは、主として女性たちのファッションのチェックと、それを自分の装いにいかすための研究の時間というところであった。

　俊子の銀行の勤務開始まで、あと一時間ある。信一郎の勤める不動産屋はあと一時間半だ。出勤前のゆっくりしたおしゃべりができる。

「けっこう混んでんな」

　席にすわり、コートを脱ぎながら信一郎が言った。

「みんなここで朝食とるんだな」

「うち、作るよ、暮らし始めたら」

　俊子が鼻息も荒く言った。

「朝メシ？」

「そう。もったいないから。うち、知っとるやろ？　料理自慢なんやで。何種類も、朝食のヴァリエーションも持っとんのや、まかしといて！」

　俊子は言う。

「そりゃ頼もしいなぁ」

　信一郎は言った。

「まかせんかいな、うち、憧れやったからねー。もー、張り切ってんのや、新婚さんの朝食」

「じゃあここ、もう来なくてもよくなるな、俺たち、リンデ」

「ランチに来たらええやん」

　俊子は言った。

「だけど俊子が二百万も出してくれるって聞いてびっくり。おかげでいいとこ借りられるよマンション。そんなに貯《た》めてたんだな俊子、銀行って、儲《もう》かるんだなぁ」

「臨時収入、あったんよ」

「二百万も臨時収入？」

「まあええやん、いろいろあってん。うち、信一郎との結婚のためやったら、何でもするで。全部投げ出す。とうとう夢、かなうんやさかいなぁ」

「なんで？」

「なんでて、結婚は女のコの夢やん」

　俊子は言った。

「俊子は、俺のどこがよかったの？」

「そらカオや。信ちゃんイケメンやから」

「イケメンかぁ、ふうん」

信一郎は言って、何度かうなずく。

「言われたやろ？　昔から、女のコぉに」

「まあ、そりゃ、たまにはなぁ。頭は？」

「え？」

「俺の頭には惚《ほ》れてない？」

「うちは高望みはしません。ひとつで充分です」

「あ、そ」

「信一郎はうちのどこがよかったん」

「金」

それで俊子は信一郎の背中を思い切り叩いた。

「いてて、冗談やがな」

「ほなら、ほんまは何？」

「大阪弁」

「大阪弁？」

言われて俊子は考え込む。

「俺、おもろいこと言う女が好きやねん。俊子と話しとったら退屈せえへん。時間経つの忘れるわ」

「なんや最近、そういう話よう聞くなぁ」

「だろ？　テレビタレントの女のコがよく言うやろ？　結婚するなら旦那《だんな》さん、芸人がええて。家の中で笑わしてくれたら楽しいからって」

「あんたはテレビタレントか」

そして真剣な表情になって言う。

「まあなあ、うちはなぁ、あんまり取り柄あらへんからなぁ、仕方ないわなぁ。足は太いし、顔は丸いし。宮川大助《みやがわだいすけ》・花子《はなこ》みたいに吉本《よしもと》デビューしたらよかったかなぁ」

「一緒にデビューするか、不動産屋やめて」

「あかん。信一郎、絶対浮気する。顔だけ可愛《かわい》いパープリンに取られるわ」

「あ、そか。なるほどなぁ、おニャン子なんとかとか、なんとか法子《のりこ》とかなぁ……」

「自分で納得してどうすんのや。うちの読み、するどいやろ？　野性の勘やで、絶対逃がさへん」

「俺、昔から上方落語が好きでさ、親爺《おやじ》がマニアやったから、その影響。子供の頃からレコードにヴィデオ、うちにぎょうさんあったわ」

「ふうん、ベートーベンやのうて落語のレコード」

「そいで大学は落研、迷いなし。で、けっこうウケたんやけどな、ファンがぎょうさんついて」

「女のコやろ？」

「まあ……。そんで就活失敗。あちこち落ちまくって、これがホンマの落研」

「ホンマやな」

「寄席に通いすぎや」

「でも、企業て固いなぁ。落語のできる社員おったらおもろいのに」

「せやろ？　忘年会の時な。俺もそれ言ったんだよな、三井物産の面接。でも面接官が、うちは落語は間に合《お》うとるて」

「ふうん。まあ忘年会要員にずっと給料は払えへんわなぁ」

「しゃれが解らん男。そいで今、しがない地方都市の不動産屋」

「いやー、よかったわぁうち」

「なんで？」

「いや、信ちゃんが三井物産とかモルガン・スタンレー入ってたら、うちのとこまで廻ってけぇへんかったわ」

「何が？　俺が？」

「せや」

「なんや、俺は奥様向け人気商品か？　品切れで場末の小売店にゃ廻らん、新製品の洗剤かなんかか？」

「ほならうちは場末の小売店か」

「ああ、あるなぁ、そういう店。銭湯の横っちょかなんかに、婆《ばあ》ちゃんが一人でやってるような小売り雑貨店。時々風呂《ふろ》帰りの爺《じい》さんが煙草《たばこ》かベビーフード買いに寄るくらいで、いっつも閑古鳥」

「なんや、つらいなぁその話」

「そうか?」

「身につまされる。旦那おらへんの、その人?」

「死に別れ」

「なんでベビーフード?」

「爺ちゃんが自分で食べるの。歯がないから」

「それ、あんたの創作落語?」

「ビンゴやなぁ、ええ勘しとるなぁ俊子」

「まあええわ、なんでもええわ、場末の雑貨屋でもなんでも。イケメン手に入ったんやから。もう満足や。うち、頑張るよー、うち燃えますぅ、やったるでー!」

「まあ、お手柔らかに頼んますわ」

「まかさんかいな、レストランなんぞ行かさへんで。うちの手料理で絶対満足さしたる!」

「力んどるなぁ」

それから二人はブレッツェルを食べて紅茶とコーヒーを飲み、しばらく眼下の人の群れを見おろした。

「おいおい、すげえ人波だよなぁ。これみんな電車乗るの?」

「せやで。ほんま、軍隊みたいや。まだお店、シャッター閉まってるのにな」

「あの人たち、みんな駅向かってる。ラッシュになるわけだよな。都心に出るんだなぁ、この全員。これからお勤め」

「せや、浜松町《はままつちょう》とか銀座行くのんよ」

「銀座かぁ、そりゃ遊びに行くとこやろ。大変だよなぁ、満員電車で。痴漢との闘いやな」

「何それ、歩いとるの、男の人ばっかよ。女、おらへんわ」

「男こそ、痴漢との闘いなんだよ」

「なんで信ちゃんが痴漢と闘うのん」

「いや、目の前にいい女が乗ってて、ミニスカートで体が密着したりしたらさ、触らずにいるの、すごい忍耐」

「はあ? 何言うとるの。触ってどうなるのん。ものにできるわけやなし、迷惑防止条例が待っとるだ俊子は言う。


けや」

「そやなあ……」

　信一郎は深く納得する。

「それがしがない男の性《さが》で」

「あほらし！　逮捕やで。馬っ鹿みたい。週刊誌ネタになって、一生棒に振るねんよ」

「そやなあ……」

　信一郎はもう一度、深くひとつうなずく。

「そろそろ行こか。女がおらへん、おもろない」

　俊子は言った。

「何が？」

「男の服見ててもしゃあないわ。勉強にならへん。それ、はよ飲んで。うち行くで」

「いいよ、どうぞ。俺まだいるから。夕方は五時半に駅前のマイアミで待ち合わせ、いうことにしようか」

「あんた、うち一人で出す気？　寂《さび》しいわ、一緒に出よ」

2

U銀行一階、テラー・カウンター背後の囲いフロアで、住田《すみだ》係長は帳簿を取り上げて、後方の岩木俊子に言った。

「おい岩木君、君の帳簿の字、読みづらいぞ」

「あ？　そうですかぁ？」

目の前の帳簿から顔を上げ、俊子はとぼけて言った。

「この字、明子《あきこ》か敏子《としこ》か解らんなー」

立ち上がりながら、係長は言う。

「そうでっかぁ？　老眼ちゃいまっか？」

「ほっとけ。もっと丁寧に、ゆっくり書いてくれんか、続け字はやめて。大して字、うまくもないのに」

「解りましたぁ」

「ホンマ、浮足立っとるなぁ」

「はあ？」

「数字の間違いも多いぞ。まあ無理もないけど。式近いそやからなぁ」

聞いて、俊子はひとつ深くうなずいた。

「はいそうです、うち浮足立っとります。おっしゃる通りです」

「こういう時だけは素直やな。心ここにあらずか」

「はいありません」

「あってくれよ、頼むわ、五時までは」

係長は嘆いて言った。

「そら、無理ですわ、係長」

「なに？」

「やっとこさ娘が結婚で、父親なんかは今嬉《うれ》しうて泣いとります。結婚なんぞ生涯でけん娘やと長いこと思てましたから。見合い歴十数回、フラれた男は数知れず」

「そら難儀やな。親御さんも、ようやく肩の荷おろすか」

「はい。そやから、帳簿の少々の間違いなんぞは大目に見てください」

「おい、そうはいかんわ」

「うちは今、盆と正月が一緒に来たような騒ぎで」

「まあそやろなぁ、そりゃ、嬉しいやろなぁ。で、誰が結婚してくれるのや」

「もの好きな男の顔が見たいですか？」

「ま、そうは言わんけど……」

住田係長は言った。

「そうは言わんけど何です？」

「はよ見せえや」

「やっぱり」

「どこの男や。男やろ？」

「そりゃそうです」

「勤め人？」

「そうです、この近くですぅ」

「近く？」

「戸越《とごし》通りの、富士《ふじ》不動産いう不動産会社の事務してます」

「ふうん。男前か？」

「うちが面食いなの、係長知っとるでしょう」

「ああ、トム・クルーズ好きて言うてたもんな」

「はい」

「でもまさか、トム・クルーズには似とらんのやろ？」

「ブーですわ。似とりますぅ」

「おい、嘘《うそ》だろうが」

「ほんまですぅ」

「世の中、そんなうまいことといくか」

「写真見せまひょか？」

「ああ、頼むわな」

それで係長は、俊子の横までのこのこ歩いていった。俊子は大型の財布から、いそいそと恋人の写真を抜き出し、頭上に掲げた。覗き込み、係長はのけぞった。

「おい、ほんまか？　これ、誰や」

「だから、彼氏ですぅ」

「友達の彼氏とか、兄貴とか……」

「私のです」

「おい、嘘ついてもすぐバレるんやど。見栄張らんとけよ」

「嘘やありません」

「これ……、なんか？　病気でも持っとるんか」

「あほなこと言わんといてください。至極健康です」

「知能指数が……」

「百三十あるて」

「いやぁ世の中、神様いうもんはいてはるなぁ岩木君、こら大事にせないかんぞ」

「はいします」

しかし係長はまだ納得できず、こんなふうにつぶやく。

「目が悪いんかなぁ、この男……」

「視力、左右一・五ですぅ」

「背が低いんか？」

「まあ確かに、背は高《たこ》うはないです」

それで係長は、ちょっと納得したようにうなずいた。

「ほうか、しかし少々難はあってもな、男は背やない」

「はい、そうです！」

「でも、あそこのフロアの子なんぞに見せん方がええな、取られるでこりゃ」

「見せまへん」

「特技なんかある男か？」

「あります」

「何？」

「落語」

「トム・クルーズの落語か！」

係長は驚いて大声を出した。

「そら、珍しいなぁ」

「はい」

「またレアな……。まあしかし、これなら嬉しいやろなぁ」

「はい。素直に嬉しいです」

俊子は率直に言い、満面に笑みを浮かべた。

「うらやましいこっちゃ。幸せもんやなあんた。世の中、自殺するもんもおるいうのに」

「はい。うちはしませんよ」

「そらそやろ」

「このままでは罰が当たりますぅ。せやから真面目に仕事しますわ、うち」

「頼むでほんま」

「おーい岩木君」

その時背後から、富田《とみた》という課長が大声をかけてきた。

「はい」

「屋上の鉢な、ちょっと水をやってきてくれんかな? 和田《わだ》くんがサボっとるらしいから」

「はい、解りました」

「いっぱいあるからね、いいから、ホースでばーっとやってね」

「はい」

「でも、下の道に水落とさないように気をつけてね」

「はい」

「お客さんから苦情来ると面倒だからさ」

「はい。気ぃつけます」

言って俊子は立ち上がり、彼氏の写真を大事そうに財布にしまった。そして軽快な足取りで通路に出て、体を横にして衝立《ついた》ての裏側に入り、奥の階段に向かってつかつか歩いていった。

「何だ? えらく楽しそうだな」

富田は言った。

「彼女でしょ? 来月結婚するんですよ、トム・クルーズのそっくりさんと」

住田は答えた。

「トム・クルーズ?」

富田も目を丸くして言う。

「目が悪いのか? その男」

課長も言った。

「それが、視力一・五だそうで」

「両眼ともか」

「そうです」

すると課長はしばらく黙り込み、それから言う。

「なんかあるな、そりゃあ」

「でしょう。私もそう思ったんです、そんな馬鹿なと」

「だって、あのフロアレディの寿原《としはら》君もまだだぞ。あんな美人で性格よくて……」

「お父さん、大学教授でしょう」

「うん。で、名前も寿原で、寿《ことぶき》の字、入ってるのにな」

「まあ、そりゃあんまり関係ないでしょうけど」

「そうか？」

「そんな字見たら、男はむしろ引くでしょう。でもスタイルも最高ですよ」

「だろう。解らんもんだよなー」

「はい。解りませんねー」


「だから、なんかあるぞそりゃ」

「ありますかね」

「ああ。あると見た、俺は。ところでさ、住田君」

「はい」

「ランチうまい店知らない？　このへんで。新しいの開拓したいんだよ俺、飽きたよ、もう。おんなじ店ばっかでさ、新しいの探したいんだよなぁ」

「何料理です？」

「変わったのがいいな、モロッコ料理とかさ」

「世界三大料理のひとつ、トルコ料理」

「そうそう、そういうの」

「一軒知ってます、でもちょっと歩くなぁ」

「何分くらい」

「七、八分かなぁ」

「ああ、そんくらいならいいよ」

課長がそう言った時だった。どこかでガス爆発のような、どーんという大きな音がした。

課長が聞きとがめて目を丸くした。

「何だ、ガス爆発か？」

住田も通路で立ち尽くした。

「何だろう、解りませんね。交通事故でもなさそうだし」

「そんな音じゃない、あれは爆発だ。こんな街中で、何だろう……」

課長がそう言った時、激しい悲鳴が聞こえた。女の声だった。

「何だ？」

その時、カウンターの先の自動ドアが開いて、小《こ》出《いで》という行員が飛び込んでくるのが見えた。呼ばれるのを待っている客たちの一部が、入れ替わりにぞろぞろと表に出ていく。

小出はフロアを突っ切り、カウンター内部に駆け入ってくる。椅子にかけた客たちの視線が追っている。飛びおりだ！　と叫ぶ声が表から聞こえた。

富田のそばまで駆け寄り、興奮を精一杯押し殺した声で、小出はこう報告した。

「課長、自殺です、飛びおり自殺です。女の子が飛びおりた、うちの女の子です」

「なに？　誰だ」

住田が横から訊《き》いた。

「岩木です」

「なにぃ⁉」

二人の男は揃《そろ》って大声を上げた。

「岩木が自殺？」

「あり得ん！」

住田が言下に断定した。

「馬鹿な、あり得ん。岩木が自殺するなんて、あいつ以外なら誰でもいいが、あいつだけは絶対にあり得ん」

「そうだ」

富田も言った。

「だけど課長、現実に飛びおりてます。ぼくは見てきました、今」

「本当に岩木か？」

「そうです」

「馬鹿な、なんかの間違いだろ」

「隣のあさひ屋の屋上からじゃないか？　そこから誰か……」

住田が訊いた。

「うちのビルの前ですから」

小出が言う。

「救急車呼んだか？」

「野次馬が呼んでくれました。でも、もう死んでますよ、あれでは。頭から血出して、ぱっくり割れてますから」

「おい、すぐ二人で屋上上がれ！」

富田が、顔色を変えて言った。

「それで屋上封鎖しろ。これは殺しだ！」

住田も血相を変えてうなずく。

「だけど気をつけろ。犯人まだ上にいるぞ、殺しの」

「殺し？」

小出が訊いた。


「そうだ課長、そうです。岩木は、突き落とされたんだ。小出君、間違いない、あいつが死ぬわけがないんだ」

住田も言った。

「世界中がひっくりかえっても死ぬわけない。トム・クルーズと結婚するところだったんだぞ」

「トム・クルーズ？」

「ああ、落語のできるトム・クルーズだ、今世界中で一番死にそうにないやつが岩木だ。こいつは突き落とされたんだ、間違いない。目撃者つのる必要があるな。三階にいたやつらも招集だ」

「それは俺がやる、すぐ行け！」

富田が言った。

「はい。おい行こう小出君、現場保存だ、施錠しよう、鍵《かぎ》持ってこい！」

住田も小出に声をかける。

「それから、何か棒っきれでも持った方がいい、犯人はまだ上にいる。たぶん狂暴だ、人一人殺したんだからな。こっちも、身を守るものがいるぞ」

「もしもう逃げたあとなら、屋上はロックして、誰も入れるな。殺人の痕跡《こんせき》が遺《のこ》っているかもしれん」

富田が指示する。

「解りました」

住田は言って、小出を連れて通路に駈け出す。

「誰か、あと二人ついてきてくれ。階段の下で張っててくれ、誰かがおりてきたら、顔を見といてくれ。もしかして犯人、俺らの行員仲間かもしれん」

それで近くの男性行員が二人、あとを追って通路に出た。

3

住田は、二階の階段あたりに小出を見張りに残して、スポーツクラブの物置になっている二階の一室に、野球チームのバットを二本取りにいった。場所を心得ているから、すぐに手にして住田は駆け戻る。

「誰もおりてこなかったか？」

住田は訊いた。

「誰も来ません」

「よし、じゃ行こう。君のだ」

バットを一本、小出に手渡した。そして住田自身も自分用に一本持ち、これを両手で握りしめて、階段に足をかけた。油断なく前方を眺め渡しながら、慎重に歩を運んで階段を上がった。三階までに、踊り場で一度折れるが、誰にも出会うことはなく、二人はすぐに三階に着いた。

「誰もいないな」

住田は言った。それから屋上に出るドアに手を伸ばし、ふと思いついてスーツの袖口《そでぐち》を間にかけて、ノブを握った。ゆっくりと回して、そののちとんと突き放す。するとドアは、すーっとかすかな音を残して、いっぱいに開いていく。

ここは三階の庭だった。高さは二階分しかない。たちまち目に入る屋上全景には、何の異常も見当らなかった。簀の子を敷くことで、中央部分と、それから左右方向に一本、人が歩く道が作られている。したがって簀の子の道は、大きな十字路を成している。

これは、簀の子が置かれてある場所以外をぎっしりと埋めた植木鉢の上に、ホースでざっと水をかけ、その結果、屋上の床に薄く水が溜《た》まっても、靴を濡《ぬ》らさずに歩けるようにするためだ。

いきなり踏み出すことはせず、住田と小出はドアの手前に立ったまま、慎重に屋上のスペースをひと渡り眺め渡した。殺人犯が隠れていて、攻撃してくるかもしれない。うかつな動きは禁物だ。

しかし簀の子の上に人影はない。コンクリートの床を埋めた植木鉢の間にも、誰も立ってはいない。屋上はいつも通り、がらんとしている。

屋上に、人が一人以上隠れられそうな大型の障害物は何もないのだった。加えてさして広くもない屋上だから、ドアのところから全体がひと目で見渡せる。屋上に、人間は誰もいない。

左右を見れば、右は窓のほとんどない雑居ビルの横壁、左はわずかな数の窓が付いたあさひ屋デパートの横壁だ。そしてプルコキャラメルの大看板の背中が、黒々と見える。

「誰もいないな」

住田が言った。

「隠れる場所、ないな。これで誰が岩木君、突き落とす」

「係長、あれ」

小出が前方を指差して言う。

「なんだ？」

「あれ、ほら、ホースから水が出てます。まだ止まってません」

見れば、その通りだった。簀の子を横切っているブルーのホースの先は、植木鉢の陰《かげ》になっているのだが、その先から、まだ水が出続けている。

「本当だ、水が止まっていない」

「水を止めないで、岩木さんは飛びおりたんですね」

小出は言う。住田は何も言えなかった。この状況からは、そう考えるほかはない。

それから小出は、上着の内ポケットから小型カメラを抜き出して、言う。

「撮影しておきますかね係長、現場の写真」

住田は、すぐにうなずいた。撮影していけない理由など何もない。

「ああ、じゃあ水止める前に写しておこうか」

彼は言った。

「解りました」

小出は答え、何枚か連続してシャッターを切った。

終わると住田は、それでようやく屋上の簀の子の上に一歩を踏み出す気になったが、中央までは進まず、一歩入った位置で停まって振り返り、慎重に開いたドアの陰を、まず見た。むろんバットは持っている。

しかし、そこにも誰もいなかった。そこで簀の子の上を三歩進んでまた振り返り、開けたドアの左右を見た。住田の視界で言うと、ドアの左にエアコンの室外機が三基ある。その隙間《すきま》にも横にも、人間が隠れている様子はない。そんな場所はない。

「誰もいない。本当にいないぞ」

住田は意外そうな声を出した。

「犯人いませんね」

小出も言った。

「岩木さん突き落とした犯人、いません」

言いながら、小出もバットを手にして、住田の横に来て振り返る。

「ああ、いないなぁ」

住田もまた言う。

「んじゃあ岩木さん、やっぱり一人で飛びおりたんですかね、やっぱりこれ、突発的な自殺なんですかね」

小出が言い、住田が猛然と反論した。

「馬鹿なこと言うな！　そんなことあり得ん！　絶対にない！　あの浮かれようでは。さっき、はっきり言ったんだ俺に。私は自殺はしませんて」

「本当ですか？」

「ああ本当だ。言った。はっきりそう言った」

「へえ」

「だからこれは殺人だ。彼女のさっきの言を信じるなら、殺人だ、間違いない。たとえわがU銀行の行員全員が自殺しても、岩木が自殺することだけはあり得んのだよ」

住田は力を込めて言う。

「じゃあどうしてここに、誰もいないんです？」

小出は言い、

「うん」

言ってから、住田は首をひねる。

「突き落とせる人間はいない。どうして岩木さんは飛びおりたんです?」

「うーん」

住田係長はまた首をひねった。解らないのだ。

それから二人は水道の蛇口まで行ってコックを回し、水を止めた。それから屋上を端《はし》から端まで点検し、何も異常はないし、不審なものが落ちてもいないことを確認した。小出は、さらにあちこちの写真を撮っていた。しゃがみ込んで、植木鉢の陰まで念入りに撮った。

「係長!」

という大声が、どこからか聞こえた。

声に振り返ると、原《はら》という若い行員がドアの横に姿を現していた。彼も簀の子の上に歩み出し、二人に寄ってきた。

「係長」

と彼はまた言った。

「ああ?」

住田は振り返って、彼に返事をした。しゃがんで写真を撮っていた小出も、それで立ち上がって原の方を見た。

「岩木さんの転落、調べてらっしゃるんで?」

近づいてきながら、彼は問う。

「そうだ。君、何か知ってるのか?」

住田は訊いた。

原は、一メートルくらいの近距離にまで近づいてきて、声をひそめるようにしてこんなことを言う。

「実はぼく、見たんですよ」

「何を?」

住田は言った。

「岩木君が突き落とされるところをか?」

すると原は、首を強く左右に振る。原は優秀な行員で、みなの信頼も厚かった。いい加減なことを言うような男ではない。若いのに髪が少し後退していて、額が広い。住田はそのあたりの肌をじっと見ていた。

「違います。彼女が自分で飛びおりるところをです」

「何？」

住田は少し大きい声を出した。

「そりゃ、あり得んのだ。あの子だけは絶対に自殺はしないんだ。えらいいい男の婚約者がいて、結婚するんだって言って、張り切っていた。俺にははっきり、それもついさっき、ここに上がる直前だぞ、私は自殺はしませんと、はっきりそう言ったんだよ。だから、絶対に突き落とされたんだ」

「そりゃないです」

聞くと、原はきっぱりと断定した。

「だって、誰もいなかったもの、この屋上」

「馬鹿な。そんなこと……、そりゃ、確かか？」

「絶対確かです」

原は、住田の目をしっかりと見て断定する。それからそばの手すりを指差し、

「それなのにあの人は、あそこでこうやって、腰のところを手すりに当てて、それを支点にして、こうくるっと、半回転するようにして落ちていったんです。ぼくは見たんです。そばに誰もいなかった、絶対に一人です。はっきり見ましたから」

住田も小出も、茫然《ぼうぜん》として立ち尽くした。しばらく言葉が出なかったが、ずいぶんして、ようやく住田が言う。

「それ、ほかにも見た者、いるか？」

「いません、ぼく一人です」

原は言う。住田は、少し腹を立てるような口調で問う。

「どうして君が、ちょうど、そんなにうまいこと、彼女の落ちる瞬間を目撃できたんだよ！」

原は、今自分が出てきたドアを指差す。

「トイレ行こうと思ってぼく、あの、とっつきの部屋から出てきたんです。そしたら悲鳴が聞こえたん

です、岩木さんの」

「悲鳴？　岩木君の？　おい、君は聞いたか？」

住田はそばの小出に訊いた。彼は首を横に振った。

「いや、そんなに大きな悲鳴じゃないんです。ようやくぼくにだけ聞こえるくらいの声、きゃーっと、あたりに響くような大声じゃなくて、うわあっていうような小さいもので、もし部屋にいて、ドアを閉めていたら、たぶん聞こえなかったと思います」

原は言い、

「うーん」

と住田は唸《うな》った。

「たまたまドアを開けて、廊下に出た瞬間だったから、うまく聞こえたんです。それでぼくは、あのドアのところまで早足で出て、この屋上見たんです。ドアは開いてましたから。そしたらちょうど腰のところでくるっと回るようにして、岩木さんが落ちるところだったんです。絶対に一人です、見間違えようがないんですよ」

原は言った。

まもなく外科病院から連絡があり、岩木俊子の死亡が確認された。頭部挫傷《ざしょう》が死因だった。彼女は、頭を下にして落下したのだ。

住田係長の言で近くの交番に連絡が行き、巡査が路上の死亡地点を検証の上、屋上に上がってきた。ざっと調べて警察署に連絡し、刑事課から刑事が二人検証に来たが、彼らは岩木俊子が絶対に自殺はしないとは考えていないので、自殺と思って行動しているのがありありだった。原の証言も、それを補強することになった。

刑事たちはざっと現場を調べ、報告書を書きに署に戻っていった。警察の反応は、それだけで終わった。

しかし、住田係長に小出、細野《ほその》の三人は、到底それではすまなかった。彼らは近くの飲み屋、百福《ももふく》の座敷に上がり、ビールと刺身と、焼き鳥の盛り合わせを取っておいて、一番端のテーブルで額を寄せ合って、密談をした。

「どうも解らんぞ、これは何かある」

住田係長が、小声で二人に言った。

「そうです」

言って、小出と細野が何度かうなずく。

「小出君、君はさっき何か発見したか？　屋上で。不審なもの、屋上に落ちてはいなかったか？」

「なかったですね。何にもないです。ただ……」

「うん、ただ何だ？」

住田が訊く。

「水です。植木鉢の全部に水、かかっていないんですよ。それどころか、かかってるの、ほんの一部です、南西の一部。全体の、だいたい五分の一かな、いや、もっと少ないかもしれないな。十個くらいかな、いや、七、八個かも。それだけの鉢に水をかけて、もう飛びおりてるんですよ、岩木さん」

「ふうん……」

住田は、真剣な顔で腕を組む。

「そうか、そうだったか」

そして感心したようにうなずき、言う。

「そりゃ、きわめて重大な指摘かもしれんな。大事なポイントだ。水を撒《ま》きはじめて、いくらもしないうちに、岩木君は落ちたわけか」

「そうです。それでホースは彼女の手を離れて、ぽとんと下に落ちた。そしてそのまま水を出し続けている」

小出は言う。

「そうだったな」

「だからぼくが想像するに、経緯はこんな感じですよ。岩木さん、屋上に出てきた、そして蛇口まで行って、コックひねっておいて、それから放り出されていたホースの先っぽのところまで行って、ホース拾って持って、南西の手すりぎわに行って、植木鉢の上に、ほんの何十秒か水撒いただけですよ、それでもう落ちてるんです」

「そうか……」

住田は言って、天井を見て放心する。それからゆっくりと首をひねる。

「いったい何だそりゃ。何なんだよ。何があったんだ？　彼女に。それじゃ、屋上上がってすぐじゃないか」

「そうです、そういうことです、すぐなんです」

小出はうなずいて言う。

「それを、たまたま原が見たんです」

「原の言うことは、信用できるのか？」

細野が問うた。

「うん、それだ」

住田が言った。

「いや、原は嘘つくようなやつじゃないよ。真面目だし、仕事はできるし、さっきのあいつの目は真剣だった」

小出が言う。

「だが人間、何があるか解らんからなぁ」

住田が言った。

「はあ？」

小出は言う。

「じゃもう、こういうことしかないじゃないか」

住田係長が言い出す。

「君の言うことが確かで、この状況なら」

小出が問う。

「はい、どういうことです？」

「岩木君が一人屋上に出て行った時には、格別不審なことはなかったんだ。彼女は水道の栓をひねって水を出しはじめて、簀の子の上に戻って、ホースの先を拾って、植木に水をやりはじめた。その時、誰も屋上にはいなかったんだ、周囲に。そうだろ？」

「そうです、そうに違いないです」

小出も言ってうなずく。

「そこにもう一人いた人間は、こりゃ、原だけだ、そうだろ？」

言われて、みな無言になった。

「原がだっと飛び出したんだ、ドアのところから」

「ええっ⁉」

小出が顔をしかめた。

「原は簀の子の上を走り、どーんと岩木君に体当たりした。そして岩木君を屋上から落とした」

「馬鹿な」

小出は言う。

「どうしてそう言いきれる。あの屋上の手すりはな、ちょっと背が低いんだ。高さが〇・九メートル、建築基準法違反で、以前に問題になったことがあった。危険じゃないかってな。ビル全体が古いんだよ、日本人がみんな小さかった時代のビル」

「たとえそうだって、でもなんで原が岩木さんを……」

「だっておまえ、岩木君が一人で落ちたって、そう証言しているのはあいつ一人だけなんだぞ。原以外に目撃者はいないんだ、そうだろ？」

「はあ、まあ……」

小出は言った。

「それに、岩木俊子は絶対に自殺しない。こいつだけは絶対に確かなんだ。議論の余地なんてない。君もそう思うだろ？」

「しかし、それは、動機が……」

小出は言って首をひねる。

「原は岩木さんと親しくないです。課も違ってデスクも離れてる。口きく機会だって、めったになかったはず」

「人間、何があるか解らないんだ。岩木君も、どこで人の怒りをかっていたか解らん。原を調べてみた方がいいんじゃないか？」

住田係長は言う。

「うーん」

「例のあれ、みんな漏らしてはいないな」

住田がより声のトーンを落として訊く。二人とも、激しく首を左右に振った。

「岩木君も、まさかとは思うがな。あのこと……、原が摑《つか》んだということはないだろうな」

「そりゃないでしょう、まさか」

小出が言う。

「損失は保険と、他行との互助契約で、即座に穴埋めしといた、俺の顔で。大口投機の失敗ということは、これはまま、あり得ることだからな。そして投機家が、これを伏せたいというケースはある。だから疑われてはいないはずだ。しかしこれを、もしも原が摑んだら……」

「いや、万一そうだとしたら、原は別の動き方するでしょう、こんな、岩木さんをどうかするなんてのはね、もう最低、愚の骨頂です」

「そうだ、常識的にはその通りだ」

住田は同意する。

「だが何か、こちらの予想を超える理由があり得るかもしれない。男女間のからみでな」

「岩木さんが男女間のからみですか？ よその課と」

「解らんだろう、そんなことは。何があるか解らんのが男と女だ」

「飲み屋で会ったとかですか？」

「原は独《ひと》り者《もの》か？」

細野が小出に訊く。

「いや、女房がいるはずだ」

小出が答える。

「借金とかは？」

「それは知らないが、あいつに限って、そんなことはありそうじゃないな」

「とにかくだ」

住田が言う。

「俺が調べてみる。というのはな、あの銃の持ち主、原なんだよ」

「え？」

「強盗の持ってた銃な、原のものだった。俺が屋上行って、銃を見つけて、原のものだって思い出したんだよ。あいつ、クレー射撃が趣味だった。そのこと思い出した。二階に忘れて帰ってたんだ」

「強盗がそれ使ったんで?」

「そうだ。だから俺が雨を拭いて、二階に戻しといた」

「はあ……」

「ともかくそういうことだから、君らもちょっと行内にアンテナ張っててくれ」

「はあ、解りました」

言って、小出と細野はうなずく。

4

翌日午後のことだった。昼休みが終わって住田係長が一階のテラー・カウンターのすぐ背後のデスクで仕事を始めると、そばで客と応対している受付の子が、戸惑っているらしい気配が伝わるので、顔を上げて彼女の客の顔を見た。そしておっ、と思って、思わず声が出た。

「トム・クルーズ……」

まあ、精一杯好意的に見ればということで、全然似てないとも言えるのだが、二重の両目の目尻《めじり》のあたりとか、時おりぎゅっと締める口もとなどが、トム・クルーズふうと、言えば言えた。写真の若者だ。それで住田は椅子を引いて立ち上がった。

女の子も、当惑したような表情で立ち上がるのが見えたから、近寄っていって彼女の肩を叩いた。そして言った。

「代わろう。岩木君のことだろ?」

すると彼女は、

「あ、はい」

とほっとしたような声を出す。それで住田は窓口まで行き、身を屈《かが》めて男に話しかけた。

「岩木俊子さんのことでしょうか?」

すると彼は、ちょっと驚いたような顔になり、こう言う。

「あ、はい、そうです。家に帰ってこないので、いったいどうしたのかなと思ってこちらに……」

住田は無言でうなずいた。

「彼女、どうかしたんでしょうか。今どこに? ここにはいないんですか?」

彼は問う。

「ちょうどよかったです。こちらもおたくさんとお話ししたいと思っておりまして。あそこからこっち、中に入っていただけませんか? あっちの奥の応接間で、ちょっとお話ができましたら……」

住田は、囲われたスペースの中に入ってくる道筋を右手で示した。彼はそれを目で追い、

「ああそうですか、解りました」

とうなずいてから、

「でもあんまり時間ないんです。今、勤め抜けてきてますんで」

と言った。


応接間に入り、立ったまま彼と向き合うと、住田はすぐに名刺を出した。すると相手もくれた。名前を見ると、田辺信一郎とある。勤務先は富士不動産だ。これは岩木俊子から聞いていた。それで住田は、ソファにすわるように手で示した。

相手がすわり、自分もすわると、住田は急いで話し始めた。時間があまりないと言うからだ。

「あんまり、手短に話せるようなことではないんですが、また、そうはしたくないんですが、岩木さんのためにもですな」

住田は言った。

「でも、お客さまがお急ぎのようなので……」

「はい」

言って田辺信一郎は、切羽詰《せっぱつ》まったふうの、不安気な様子を目と表情に浮かべた。悪い、悲しい予感を強く抱いたのだ。接客業務が長い住田は、青年のこの様子は芝居ではないと感じた。隠すつもりなら、そもそも窓口にやってきたりはしない。この青年は、本当に何も知らないのだ。

「実は岩木さん、昨日自殺されました」

住田はストレートに言った。

「えーっ！」

田辺は大声をあげた。

「われわれもびっくりしておるようなわけで」

「ど、どこでですか?」

青年は身を乗り出して訊いてくる。

「この上からです。三階の屋上から、下の道路にです、落ちまして」

田辺はすると、口をぽかんと開けた。言葉が全然出なくなった。

「どうも、何と申してよいか、御愁傷さまです」

しかし彼は、まだ口を開けたまま放心している。

「それで、お心当たり、何かおありではないかと思いまして」

すると彼は目をいっぱいに見開き、頭部を激しく左右に振った。その勢いは、とんでもないことだ、と言いたげだった。

「心当たり、おありじゃない……?」

「冗談じゃない、あるわけないです!」

彼は大声を出した。立腹したようだった。

「われわれは昨日の夕方、この先のマイアミで待ち合わせしていて、勤務終わったら、すぐに帰ってくると彼女言ってましたし、もう彼女は、そりゃ毎日ご機嫌で……」

「ああ」

住田は言って、うなずいた。

「毎日大喜びで暮らしているって感じで、死ぬなんてとんでもない、冗談じゃないです。本当に冗談じゃないよ、死ぬわけがないです。こりゃ、何かの間違いだ」

「いや、私ら同僚にも彼女はそんなふうで、結婚するんだって言って大はしゃぎでした。それに彼女、私に、自分は自殺なんてしませんと、そうはっきり言ったくらいで」

「自殺なんてしない? そう言ったんですか?」

田辺は訊く。

「そうです、屋上に上がる直前」

住田は言って、うなずいた。

「なんで自殺って? わざわざそんな言葉、自殺なんてもう、彼女には発想もなかったはず、異次元の発想です」

「そうです、ないでしょうな、解ります。それは私がたまたま、世の中には自殺するような人もいるってのにあんたは幸せな人だと、そんなようなこと言ったもんで、それで彼女が返し言葉でそう言ったんです。私の場合は絶対自殺なんかしないと」

「飛びおり自殺なんですか?」

青年は訊く。

「そう、この上の屋上からです」

住田は天井を指差した。青年も、何となく上を見上げ、それからふとこんなふうに言った。

「あの植木鉢がいっぱいある屋上?」

「そう。え? よく知ってますな?」

住田は聞きとがめて言った。

「あ? あ、いや、彼女が言ってましたんで」

急いで、つくろうように彼は言った。

「ふうん。それ、最近のこと?」

住田は訊く。

「いや、もうだいぶ前ですね、聞いたのは」

青年はそそくさと答え、住田は、強くひっかかるものを感じた。

恋人に、そんな屋上の植木のことまでいちいち話すものかなと思ったし、たとえ言ったにしても、屋上と聞いて、即座にそういう反応になるものかなと思ったのだ。しかしそんなことより何より、これだ。屋上に植木鉢は、確かに以前から置かれてはいる。しかし数が少なかったのだ。今ほどぎっしりになったのは、ほんのひと月ほど前からだった。持ち主が亡くなり、植木をすべて預かったのだ。

「もうおつき合いは長いんですか?」

住田係長は尋《たず》ねた。

「え?」

すると彼は、一瞬戸惑ったように住田を見た。そして、

「ええまあ、もうずいぶんになりますね」

と言った。

「二、三年とか?」

「まあそんなところです」

「そうですか。じゃあ、気をお落としでしょうね」

住田は言った。

「もう、どうしていいのか、解らないですよ。ぼくはこれからどうしたらいいのか……」

「結婚する気でいらした？」

「はいそうです。彼女が、青山《あおやま》の式場を予約するって言ってました。もしも空いてればですが」

「もうしてますか？」

「まだです。生きてれば、来週くらいにはしてたでしょう」

「まだです。生きてれば、来週くらいにはしてたでしょう」


青年は言って、声を少し詰まらせた。

「それは、なんと言ってよいか……。岩木さん、私ら同僚の前でも、それはもうはしゃいでましてね、あなたのこと、トム・クルーズに似てるんだと、それで写真も見せてくれたんです」

「ああ、前に撮っていた写真、くれというからあげた。でも似てないですよ。あの写真は、まあちょっと似てるかもだけど」

彼は言う。

「あげたの、前ですか？」

「それは最近かな。何故です？」

「いや、言い出したの最近なんで、彼女。私が写真見せられたの、昨日です。自殺の直前ですな」

「へえ……」

彼は言い、溜《た》め息《いき》をついた。

「それ見せられて、さんざん自慢されていたんで、私もさっき窓口でお見かけして、すぐにあなただと解ったようなわけです。お住まいは、この近くなんですか？」

「いや、そう近くってほどじゃ……」

「どのあたりです？」

「いや……、もう彼女のマンションに」

彼は言い、

「ああそう」

聞いて、住田はうなずいた。それはちょっと意外だった。もう同棲《どうせい》していたのか。

「はい」

「彼女の大阪の実家にはもう連絡させました。だから、まもなくご両親が上京なさるでしょうが」

「そうか」

　言って、田辺は顔を曇らせた。その様子は、では部屋は出ないとまずいなと、そう思ったように見えた。それで、すでに両親が公認の仲なのか否か、住田は気になった。

「葬式もしなきゃねぇ。彼女のご両親とは、もう会われているんですか？」

　すると青年はうつむいたまま、こう答える。

「まだですが、ぼくのことはもう伝えて、了承をとったと」

「ああそうですか」

　言ってから、住田はまたちょっと考え込んだ。どう伝えたものかと迷っていたのだ。

「実はわれわれ、彼女が自殺する理由が皆目見当がつかないもので、弱っておったんです。ご両親にもどうお伝えしたものかと」

「はい」

　言って青年はうなずいた。

「いやもう、本当に、ほとほと弱り果ててます。まったくあり得ないことだもんで。あなたも、そう思うんじゃないですか？」

「思います。あり得ないことです」

「これはいったいどうしたことなんでしょうな。あなたなら、何か解るんじゃないかと。われわれは皆目見当つかず、ひたすら途方に暮れるだけだが、あなたは親しい間柄だ、何か、見当くらいはつくんじゃないですか？」

　すると青年はじっとうつむいて考えている。これは年下だな、と住田は見当をつけた。彼はまだ若い。まだ、そう世馴《よな》れているようには見えない。やがて彼は顔を上げ、こんなふうに言う。

「いや、ぼくも、全然なんにも見当がつきません。青天《せいてん》の霹靂《へきれき》って言うんですか？　あれです。もう、仰天です。まるっきり思ってもいなかったことで。今こうしてても、まだ信じられない」

「ああ、あなたもそうですか」

住田はがっかりして言った。恋人に会えば、何らかの手がかりがつかめるかと思っていたのだ。

「はいそうです」

そして青年はしばらく考え、おずおずとこんなことを言う。

「あの、こんなこと言ってはなんなんですけど」

「はい？」

「こうなったらもう、殺されたとしか……」

「うーん」

聞いて住田は、さすがに唸った。そして言う。

「まさかね」

「しかし……、それ以外には考えられない」

彼は言う。

「いやまいったな」

住田は頭に手をやり、それから身を乗り出して、こんなふうに問う。

「殺されるような理由に、あなた何か心当たりが？」

「いや、そりゃないですけど」

田辺はさっさと言う。それで住田はさらに身を乗り出し、ちょっと声をひそめた。

「あの、あなた、さきおとといのことは、何か聞いてますか？　岩木さんから」

「さきおととい？」

青年は怪訝《けげん》な表情をした。

「そうです。日暮れ頃から霧雨が降りはじめてね、だんだんに本降りになって、ちょっと雷も鳴って、それからこのへんにどーんと落雷して、一帯が停電した、あの晩のことなんですが」

「ああ停電。ありましたね」

彼は言って、住田からついと視線をそらした。

「停電した日のこと。それが？」

「あの日にあったこと、岩木さんから何か聞いていませんか？」

「いいやぁ、何も聞いていません」

青年は即座に言った。しかし、視線はずっとそらしている。胸に何かが溜まっていて、口に出すのをこらえているというふうだ。十歳以上歳《とし》が上の住田には、そういう彼の内心に、洞察が及んだ。何か隠している、と住田は直感した。それで、こんなことを訊いた。

「強盗のことなんて、聞いてないですか?」

するると彼はあきらめたようにこう言った。

「ああ」

「聞いたんですか?」

住田はちょっと色めきたった。ありがたくないことだが、そのあたりにヒントがあると思っている。

「いや、聞いたってほどじゃあ。ほんのちょっとだけです。強盗未遂事件があったと、彼女から。でも厳重に秘密なんだと。だから誰にも言ってはいけないんだと。それで今もぼくは、黙ってました」

彼は言い、そしてちらと住田の顔を見た。

「それだけ?」

住田は訊く。

「ええ、それだけです」

田辺は答えた。

「それ以上のことは何か……」

すると彼は首を横に振る。

「何も聞いていません」

「どこにどうやって入ったかとか、金を盗《と》られたのか、それとも未遂かとか」

また首を横に振る。

「聞いてませんけど、未遂なんでしょう?」

彼は言う。

「強盗のいでたちとかは?」

住田は訊いた。

「ああ、それは、赤い変な格好していたと」

「ふうん」

住田はうなずいて、これはちょっと危険かもしれないと思った。この青年なら、どこかでうっかり漏らすかもしれないと考えた。

「でも俊子が絶対に秘密だと言っていたんで、ぼくは絶対、誰にも言いませんよ。俊子の遺言にもなりましたしね。第一言う相手もいないし」

田辺は言う。それはそうかなと住田も思うが、勤め先の同僚もいるだろう。

「岩木俊子さん、最近臨時収入があったなんてことは？　あなたに言っていませんでしたか？」

「ああ、それ……。ぼくら、新しいマンション探してましたんで、結婚したら少しは広いところに暮らしたいから、二人になるし、子供もできるかもしれないから。２ＤＫか、２ＬＤＫのマンション、その時にちょっとそんなこと言ってました。臨時収入あったとか、そんなような……。でもよくは知りません、詳しくは聞いてません」

「うん。本当にそれ以上は？」

「ないです。それより、俊子の死の理由を知りたい。彼女は、絶対に死ぬはずはないんで」

田辺は強い口調で言った。

「一緒に暮らすようになったら毎朝朝食作って、ぼくに弁当も作ってあげるって。そしてあそこ行こう、ここ行こうって、東京都内のレストランや名所。新婚旅行も、イタリア行こうとか、そしたらちょっと足延ばしてスペインも廻ろうとか、そりゃ楽しそうに言ってました。だから死ぬわけはないです。彼女、なんで死んだんですか？　わけを知りたいですよ、ぼくは。どうしても」

青年は言いつのる。

「本当に、殺されたんじゃないんですか？」

「いったい誰に殺されるの」

住田は言った。住田は青年に隠していることがあったが、殺人となると、さすがに抵抗があった。特に部外者と話すのはだ。

「そりゃ解りませんけど、そうとしか……。調べたいですよ、ぼくは」

彼は言う。

「それじゃ、われわれと一緒に調べてもらえますか？」

住田は提案した。

「え？　ええ、まあ……」

　すると彼は、ちょっと腰が引けるふうで、言葉を濁《にご》すようにした。

「まあぼくは仕事もありますし、これから自分の部屋も探さなくちゃいけないし」

「不動産屋さんならすぐでしょう、部屋探しなんて」

　住田は言った。

「ええ、まあそうなんですけど、社員の場合はちょっと制限があって……」

　田辺は言う。

「じゃあ誰が調査するんですか、岩木さんの原因不明の自殺の真相」

　住田は問う。

「そりゃ、警察の仕事じゃないんですか？」

　田辺は問い返す。

「警察かぁ。頼りになるかな」

　住田は思わず言った。

「頼りにならないんですか？」

　すると田辺は訊く。

「いや彼らは、岩木さんが絶対に自殺しないとは思ってないからね、最初から自殺だと思ってますよ」

「ああそうか」

　田辺は言った。

「じゃあとにかく、何か解ったことがあったら連絡しますよ」

　名刺を見ながら住田が言うと、

「お願いします」

と言って、青年は頭を深く下げた。

5

応接間から出てきて、扉の前で互いに頭を下げ合っていると、遠くから見ている小出の視線を感じた。テラー・カウンター背後の囲いスペースから田辺が出て行く姿を住田が目で追っていると、小出が立ち上がってこちらに寄ってくるのが視界に入った。

「例のトム・クルーズですか？」

小出は住田の横に立つと、耳もとに口を近づけてきて訊いた。

住田はひとつうなずいてから言う。

「ああ、田辺信一郎っていうらしい」

「田辺信一郎……」

住田は、名刺入れからたった今もらったばかりの彼の名刺を出して見せた。

「富士不動産か、これ字面に見覚えあるな。看板あった。戸越通りの方でしたよね？」

小出は言う。

「うん、もう一緒に暮らしていたらしい」

「えっ？　一緒に住んでた？　岩木さんと？」

訊きながら、小出は名刺を返してきた。住田係長は、名刺をまたもと通り自分の名刺入れにしまいながら言う。

「ああ、そういう話だな」

小出は、すると首をひねり、言う。

「本当だったのか。いつからです？　もう長いって言ってました？」

「うん、もう二、三年になるようなこと言ってたかな、暮らしはじめたのはもっと最近かもしれんが」

「おっかしいなぁ」

小出は言って、また首をひねっている。

「どうしたんだ」

住田は訊いた。

「いや、だって彼女、われわれ以外には言ってないでしょう？」

「ああそうだなぁ、そう言われてみれば」

住田は言う。

「岩木俊子って女、そんな控《ひか》えめな女じゃないですからね。自慢大好きでしょう?」

「まあなぁ」

「そいで、まあそう言っちゃなんですけど、行き遅れってイメージでみんなに見られてたじゃないですか」

「まあ、ご面相もあんなだしなぁ。決して美人じゃない。足も太いし」

住田は言う。

「はい。まあ、馬鹿にされてたんですよ、女たちに。それが二、三年も前からトム・クルーズと同棲してたんですよ」

「まあ同棲はもっと最近かもしれんが」

「少なくともつき合ってた。別に逃げられそうっていうのでもなかったんでしょう?」

小出は訊く。

「結婚するつもりだったんだ」

「男もそう言ってんですか?」

「ああ」

住田はうなずく。

「じゃ、なんで言わなかったんですか、みんなに⁉」

小出は頓狂《とんきょう》な声を出した。

「ま、俺らには言ったけどな、例の日に」

「その日がはじめてでしょう? 大自慢のネタじゃないですか。信じられない。上から目線でいつも馬鹿にしてくる連中に対して、がつんと一発かますでしょう、普通。あの女だったら、スピーカーでがなりたてるくらいに言いまくってますよ」

小出は声を高くする。

「まあなぁ、チラシ撒きそうなくらいだよなぁ、トム・クルーズの写真入りで」

住田係長も言う。

「でしょう? でも女性軍からも一回も聞いたことないですよ、ぼく。行き遅れの負け組ってことで、女たちみんなから軽視されてて、日々鬱々としてたんですよ、彼女。どうしてその時に、ばーんと一発かましてやらなかったんでしょうかねぇ、あんたらな、うちにはトム・クルーズがおって、部屋でうちの帰りを待ってんのやで！　て」

「言いそうやなあ」

住田係長はうなずく。彼女を思い出すと、言葉が自然に関西弁になる。

「でしょう?」

小出は言う。

「なんであんなにおとなしゅうしてたんですかね、みんなに陰で言いたい放題言われて」

「その頃は、逃げられそうやと思ってたのかな」

「そんな慎重な女じゃないですよ。男逆ナンパしたら、返事聞く前からもう自慢しますよ、逃げられそうでもなんでも、ちょっとでも可能性あったら言いますよ。もし誰かになんか言われたら、我慢するような女やない。同棲してたってのに、どういうことかな。なんでなんだろ、解《げ》せないなぁ！」

小出は言って、大きく首をひねる。

「まあそれ言うならなぁ、あの男、なんで岩木君に落ちたんやろ、その点からして解せんわな」

住田は言う。

「いい男でしたか?」

「見たろ?」

「はい、まあ、背ぇは高《たこ》うはないですな」

小出は、女性流の減点ポイントを言った。

「うん、それに仕事できそうな空気感はないなぁ。切れもんやないで。でもカオはええぞ。そう言うちゃなんやけど、別に岩木君で手を打たなならんほど落ちぶれちゃおらんで。あれなら、外観的にはうちのフロアレディの誰かでも充分釣り合うわ」

係長はジャッジを下す。

「はあ……」

「なんでうちの、そう言うちゃなんやけど、支店一の行き遅れと、一緒になろうて思うたんかなぁー」

「やっぱ、彼女の怒濤《どとう》の寄り切りですかねー」

小出は言う。

「ま、それはそやろけど、でも別に監禁してたわけやないし、いくらでも逃げ出せるだろう、トム・クルーズとしては」

「ニコール・キッドマンとこへ」

「そうや。なんでブタ子ちゃんとこにじっとしとるのや」

「係長、死んだ人のこと悪う言うちゃいけません」

「あ、そ、そやな、バチ当たるで」

「借金でもあったんかなー彼氏」

小出は言う。

「それを岩木君が立て替えてやったとかか?」

「はい、それで恩義感じて逃げ出せない。そいでついでに、目ぇも乱視やったと」

「あり得るかなー。乱視で、太い足も歪《ゆが》んでこう、細ーおに見えると。丸い団子っ鼻も、歪んで細おに見える……」

「そんな乱視あるかなぁ」

「ないかなー。しかし、それしかないやろ」

「しかしそんなん、手で触ったら解りますやろ、太いの」

「そらそやな」

住田は真剣な顔で腕を組み、うなずく。

「ほな、その病気治ったら離婚ですか」

「ま、そうなるわなぁ」

「おーい、小出君!」

その時に、小出を呼ぶ声が聞こえた。

「お、富田課長がお呼びや」

住田が言った。

「はい、何ですか?」

「君今、手空いてるかぁ?」

「まあ、空いてます」

「女の子いないなぁ。屋上の盆栽に水やった方がよくないか?」

「ああそうですなぁ。やりましょかぁ?」

「うん、よかったら頼むわ。別にもう枯れてもいいと思うんだけどなぁ、でも一応な。もともとは高いものらしいから」

「あの植木鉢がですか？」

「そうだ。でも下に水落とさないように、充分気をつけてくれよ。通行人にかかると厄介だから」

「はあ、解りました。そんなら係長、ちょっと行ってきます」

小出は、住田の方を向いて言った。

「解った、続きはあとや。お勤め引けてからでもええな、細野君帰ってきてからでも、一緒に相談しようか」

住田は言った。

「はい、解りました」

「しかしすごい影響力だよな、岩木君。俺ら別に大阪モンやないやろ」

「そうです。それが彼女一人の影響で、みな大阪弁になりましてん」

小出は言ってから、ちょっと会釈して、囲いスペースから出ていった。

住田はちょっと見送ってから、自分の席に復した。そして首をひねり、

「やっぱ近眼か、乱視なんやろなぁ、あの男……」

とつぶやいた。そしてデスクに積まれていた書類の処理にかかった。

十枚ばかり、必要な情報を書面に書き込んで、課長の判子をもらおうかと立ち上がった時だった。どーんという爆発音に似た異音を聞いた。

住田係長はぎょっとして、書類を持ったまま立ち尽くした。一瞬頭が停止し、あたりを見廻しながら、放心に似た感覚になった。理由が解らないまま、強い衝撃を受けたのだ。

すぐにわれに返り、首をかしげた。どうしてこんなことで自分はびくつくのかと思ったのだ。異音くらい大した異常事ではないし、そもそも異常事態が起こるような条件は何もないではないか。それでど

うして自分はびくつかなくてはならないのか。

しかし、びくつく理由もあるように感じた。この状況、はじめてではないと感じたからだ。しかし何故なのか、似た事態がいつだったのかが思い出せない。はて、いつ経験したのだったかと思いをめぐらせた、その瞬間だった。

「きゃーっ」

と激しい女性の悲鳴が聞こえて、住田の放心は瞬時に吹き飛んだ。デジャヴュに襲われた。また始まった。何かが始まる、それが解った。これは未知の体験ではない。しかし、何が始まるのかはまだ解らない。

「自殺だ！」

自動ドアの方角から男の叫び声が聞こえた。

「飛びおりだ、救急車呼んで！」

聞いて、住田が声に背を向けると、目をむいた富田課長が目に入った。彼は放心し、

「救急車？」

とつぶやいている。

途端に、爆発的な感情が、住田の心に湧いて起こった。それは、説明がむずかしい混乱だった。頭髪が逆立つような恐怖。不安。だがそんな何よりも、とてつもない疑問だった。どうしてだ——⁉

何故だ、と大声で叫び出したかった。飛びおりというからには屋上からで、そうならその人間は、たった今別れた小出ということにならないか？

だが、そんな馬鹿なことはあり得ない。そんなはずがないのだ。小出が自殺する理由がないからだ。たった今、自分と冗談を言い合っていた。言うまでもなく彼は、生きる意欲にあふれていた。自分同様、自殺など考えたこともないはずだ。

「課長、救急車を呼んでください！」

言って、住田は駆け出す。

「あ？　ああ、君は？」

富田は訊く。

「小出じゃないこと、確かめたいんです」

住田は叫んだ。

「ええっ？　小出君!?」

課長も、小出の名を聞いて驚く。

「もちろんあり得ない。まさかとは思うが、小出じゃないはず。ぼくは屋上に行きます、行って確かめます、確認だ！」

その時、通路への出入り口から、小島《こじま》という若い行員が入ってくるのが見えた。住田は駈け寄り、彼の二の腕を摑んだ。そして顔のそばで切羽詰まった大声を出した。

「来てくれ小島君、すぐ来るんだ一緒に、屋上だ！ほかにも、手の空いてる男は来てくれ！」

叫んで、住田は三階まで続く階段に向かって全速力でダッシュした。後ろでぱたぱたと足音がする。小島がついて来てくれているのだろう。数が多いから、ほかにも加勢が来てくれたのだ。

もう武器のことなどは考えず、三階まで一気に駈けのぼった。これだけ数がいれば、不審者がいても素手で何とかなるだろうと考えた。

三階に着く。

屋上への戸口に立つと、ドアは開いており、まったく同じ光景が眼前に開けていた。

住田は荒い息を吐きながら、じっと屋上の光景を見つめた。陽光がいっぱいに当たる屋上はがらんとして、人っ子一人、姿は見えない。むろん、小出の姿もない。

見馴れた光景だ。だが今日それは、いつもとは全然違う、恐ろしい光景に見えた。平和そうに静まり返ってはいるが、妖気《ようき》が漂う魔界への入り口のように見えたのだ。ここは、人の命をふたつ、こともなげに呑《の》み込《こ》んだ。

ゆらゆらと、異様な空気がよどみ、漂っている。うかつに踏み込み、その空気を吸えば、たやすく地獄へと連れ去る、呪いの気配がした。今日は、もうはっきりとそれが解る。ここは邪悪な死人《しびと》の悪霊が支配する、恐ろしい場所だった。それなのに今まで、自分も行員も、誰一人としてこのことに気づかなかったのだ。

人の姿はない。ということは、落ちたのはやはり小出か。小出は、ほかのどこでもない、ここに向かっていったのだから。さっきまであんなに元気で、自分にさんざん冗談を言っていた。自殺など、どれほどのことがあろうと、するはずのないしっかりとした人間だ。

そして目を凝らし、見渡せば、屋上には何ひとつ異物は落ちておらず、普段通り簀の子と、その脇《わき》をぎっしりと埋めた大小の植木鉢があるばかりで、いつもの平和な眺めだ。なんの異常もない。ここはまったく、何ひとつとして異常はないのだ。

だがそれは見せかけだけのこと、みなこの気配に、長いことだまされ続けてきた。それでもここは、とてつもなく恐ろしい場所なのだ。

「繰り返しだ」

住田は、思わずつぶやいていた。

「え?」

と横に来た小島が、聞きとがめて訊いた。

「また同じことの繰り返しだ。ほら、ホースの先からまだ水が出続けている」

指差して、住田は言う。

簀の子をまたいで、植木鉢の間に落ちているブルーのホースの先から、まだ水が出続けているのが見える。

「本当だ」

小島は言う。

「止めますか?」

「待て」

住田は止めた。

「岩木君の時と同じだ。慎重に」

彼は言った。

「うかつに飛び出すと、取《と》り憑《つ》かれるぞ」

それでみな、ぎょっとして住田を見た。

「何にです?」

小島が訊く。

「もしも小出なら、絶対に死ぬはずのない、自殺なんかするはずもない男が死んだんだ。そして、ホースの先からまた水が出ている」

冬の日の強い日射《ひざ》しに、住田は目眩《めまい》を感じたが、ドアにすがって立ち続けた。そしてゆるゆると背後を向いて言う。

「おいみんな、よく聞いてくれ」

みな無言で身を寄せてくる。

「こりゃ、超常現象かもしれんな」

まず住田はそうつぶやいた。

「もう、そうとしか考えられんぞ」

「まさか！」

小島が言下に言った。住田はうなずく。

「そうだな、そりゃそうだ、女子高生じゃあるまいしな、俺もそう信じたい。でもこの盆栽は、植木鉢は、ちょっと異常な数だな、考えてみりゃ。この屋上は、これはおかしな風景だなぁ」

住田は言った。

「植木鉢に、呪いが染《し》み込《こ》んでいるんですかね」

田中《たなか》という行員が言う。

「何の呪いだよ」

小島が訊いている。住田はうなずき、あとを引き取って言う。

「ああ、まさかな、違うだろう。うん、違う。だがな、違うということならだ、ここは殺人現場ということになるぞ。そうだろう？　そういうことになるぞ。だって、殺されない限り、小出が死ぬわけはないんだからな」

住田は断言した。

「はあ」

小島が言う。

「誰か、カメラ持ってる者いるか？」

住田は周囲に訊いた。

「持ってます」

北田《きただ》という男が応えた。銀行員は、カメラを携帯している者が多い。担保物件を撮影しておく必要が、時にあるからだ。

「じゃあ君、屋上の写真撮っといてくれ。それが、現場証拠写真になる。それからみんな、北田を別にして、三人いるな、田中、小島、保井《やすい》、よし。この階の三部屋、一人ずつ入って、室内をあらためてくれ。一人一部屋だ。俺はここにいて見てる。中に誰かいないか、もしいたらすぐに大声を出してくれ。一人で相手するな、犯人なら、全員で対処するぞ。武器になりそうなもの持っていたら出して、手に持て。そして、気合い入れてくれ。さあ、すぐにかかってくれ!」

そして三人の男がそろそろと歩いて、一人ずつ、三部屋のドアの前に立った。ちょっと住田を振り返ってから、ゆっくりとドアを開け、中に入っていく。

住田係長は、緊張の面持ちで、廊下で待っていた。暴力沙汰《ざた》にはならないで欲しいと願う。武器を持った暴漢がひそんでいて、もしも流血沙汰にでもなれば、みなに秘密にしている事態が、露見せずにはすまない。もし小出を殺した人間が今、この三階にひそんでいたなら、それはあの秘密の事件の因縁《いんねん》を引いた者に違いないからだ。

住田の頭は混乱していた。流血沙汰にはならないで欲しい。しかし、暴漢がいたならこの事態に説明はつく。説明がついて欲しいという思いは強い。このまま事態がミステリーになってしまったら、それはじきミステリーを通り越して怪談になる。銀行の怪談だ。それも、真昼の幽霊話。そんな話は自分の趣味ではない。怪談になど、つき合いたくはない。

しかし、三つの部屋に入っていった三人は、そのままドアのところに姿を現した。住田はほっとして、同時に激しい失望を味わった。事態は、怪談に向かったのだ。部屋三つともに、小出殺しの暴漢はいなかった。

三人は一様に首を横に振る。そして、

「誰もいません」

とてんでに報告してきた。

「部屋は空です」

みなが言った。

住田係長は、それで廊下に茫然と立ち尽くすことになった。しばらく言葉が出なかったが、思いを巡らすに連れ、つぶやきが自然に口から漏れた。

「俺ら、階段で、誰とも出遭わなかったよな」

みな、首を左右に振っている。

「ここ、古いビルだからな、三階から下る階段というと、これひとつしかない。このビルには、エレヴェーターもない」

「はあ」

と小島が言った。

「ということはだ、この屋上には小出しかいなかったということだ。そうだろ？」

背後の屋上を指差して住田は言う。

「そうです」

とすぐそばにいた北田が同意した。

住田はまた放心し、溜め息をついた。超常現象と、また言いたくなったからだ。その時地上から、救急車のサイレンが聞こえた。救急車がやってきた。人のどよめきや、女性のたてる悲鳴めいた声は、変わらずに聞こえてきている。

「高さは二階分しかないんだ、なんとか助からないかな」

住田は唇《くちびる》を嚙《か》み、言った。小出は、一番近しい部下だった。話も合っていた。飲み屋に、一番多く行った相手だ。

「係長、写真撮りましたが、もう簀の子の上に出ていいですか？」

「ああ、そうだな、いい」

住田は許可した。

「じゃあみんなで屋上に出て、何か異常なものが落ちていないか、じっくり点検しよう。注意しろよ。出たらまずは振り返って、このドアの陰とか、左右を見よう。犯人、隠れていないか。終わったら北田君は写真を撮ってくれ。小島君は、水道の栓を締めてくれ。ハンカチかなんかかけてコックを摑んで、一応指紋を消さないようにして。みんな慎重に、何も見逃すなよ」

そしてみなでいっせいに屋上に踏み出した。行員たちはまず振り返り、ドアの陰、そして左右を点検している。そして首を左右に振り合った。隠れている者はない。

住田は一人、簀の子の上を進んでいって、屋上の縁まで行った。そこは、簀の子が一枚だけコンクリートの突起に載ってシーソーのようになっている。住田は下がってる側の端に乗った。そして手すりを摑み、こわごわ地上を見おろした。途端にうめき声を立て、のけぞって手すりを離れてしまった。背中に、ぞくぞくとした震えあがるような霊気を感じて、住田はしゃがみ込みそうになった。かろうじて立ち続けた。

はっきりと目に記憶のある小出の紺のスーツ、同色のズボン、黒の革靴が目に入ったからだ。落ちたのは、やはり小出だった。反射的に、彼の妻の顔が浮かぶ。彼に子供はいなかった。それがせめてもの救いか、と住田係長は考えた。

それから警察官が来るまでの三十分、手は触れないようにしながらみなでざっと屋上を見て廻ったが、異常は何も発見できなかった。ドアの陰、左右にも、むろん隠れている人間はいなかった。

「いったい何が起こったんだ？　何も異常はないが……」

行員たちは言い合い、首をかしげた。

まもなくやってきた警察官たちにとっても、この点は同様だった。彼らは三階部分の上も見た。発見できた異常はまったくない。解ったことは一点だけだ。屋上を埋めた植木鉢群には、まだ大して水がかかってはいないということだ。

つまり岩木俊子の時と、状況がまったく共通していた。小出は屋上に上がり、たくさんの鉢の上に大して水を撒かないうちに、つまり作業を開始してさして時間が経たないうちに、地上に落下したということだ。この点をどう解釈するか。

そして三階にも屋上にも、小出以外に人間はいなかったのだから、落下は自分の意志によった、ということになる。

そして警察官がまだ銀行にいるうちに病院から連絡が入り、小出が死んだと報告された。小出も俊子と同様、頭から道に落ちたためだった。

指紋検査の結果も、その日のうちに銀行に教えられた。水道のコックや、ホースの先から採れた指紋は、岩木俊子と小出順一《じゅんいち》のものだけであったという。

6

住田係長と細野は、行きつけの飲み屋、百福の座敷の一番端で、額を寄せて密談していた。ビールも焼き鳥も取ってはあるが、意気消沈しているもので、全然進まない。

「こりゃいったいどうなってる。いったいどう考えたらいいのか……」

住田係長が頭を抱《かか》え、うめくように言った。昨日は小出もいた。が、今はもういない。

「もう二人も死んだ……」

「ともかくですね、係長、はっきりしていることがひとつないですか?」

顔を上げ、細野は言う。

「はっきりしてること? 何だそれは」

住田は訊く。

「この前の銀行強盗ですよ。あの時金庫室にいた者たちが、次々に死んでいるんです。まず岩木俊子、それから小出順一、そういうことでしょう?」

細野は指を折りながら言った。

「ふん、そうなると、次は?」

係長は問う。

「当然われわれですよ。あの時に金庫室にいた者は、岩木に小出、私・細野、そして係長の四人ですから。岩木、小出が死んで、あと残っているのはわれわれ二人だけです」

「まあ、そう見えるわなぁ」

住田係長はゆるゆるとうなずき、虚脱したように同意する。

「確かにそう見えるが、じゃあなんであの時に強盗に遭った者四人が、次々に死ななきゃならん」

「ミステリーの小説によくありますでしょう。関係者が一人ずつ死んでいくってのが……」

「そりゃあるよ」

住田は言う。

「確かによくあるが、しかしそれは、それなりに理由があることだ。たとえばこのケースなら、銀行強盗が持ち去った金を、横合いからかすめ盗った四人の集団があって、そして強盗を殺してしまったとかな。そして集団はみな、その金で豪勢な暮らしをしていてだ、誰か、強盗の親族あたりがそれを知って、復讐《ふくしゅう》のために四人を連続して殺していくとかだ」

細野も渋《しぶ》い表情でうなずいている。

「だが俺らは全然そんなことしていないぞ。豪勢な暮らしもしていない。こんなしがない飲み屋で、一本八十円の焼き鳥、ぼそぼそ食ってるだけだ。あの時の五千七百万、あれは強盗が持っていったままだ。俺らはビタ一文もらっちゃいない。横合いからかすめ盗ってもいない」

「ですが係長、ぼくら二百万ずつくすねましたよね」

細野が言い、住田はあわてた。

「お、おい、大きな声出すなよ」

住田はささやき声で言って周囲を見廻すが、さいわい隣の卓に客はいない。

「出してませんよ」

細野も小声で言う。

「まあ確かにくすねたが、ありゃまあ、いろいろ物入りの最中だったし、岩木君があんまりしつこく言うからな、強盗なしにしよて」

「まああの……」

「あの子のたっての頼みみたいだったしなぁ、どうしても強盗事件なしにしましょて言うから」

「そりゃまあそうですが」

「それで、さっさと帰ってしもうたんやから、警察に連絡できんやないか。そやろ？　せやから、もうしゃあないやないか」

「でも係長、人のせいにしてええんでっか？　街金に借金あったでしょ？　あれで穴埋めして、息ついたのとちゃいまっか？　利息、相当ヤバいとこまでいってたでしょ？」

「な、な、おまえ、そりゃそうかもしれんが、それは小出も同じだ。あいつもかなりの借金があった。額は俺ほどじゃなかったかもしれんが。君だってそうだろが。子が生まれるということで物入りで、それにマンションのローンもまだ相当残ってるだろ？」

「そりゃそうですが、そんなのはみんなそうですがな。ぼくのは街金じゃないですから」

細野は言う。

「大して変わりゃせんよ。ともかく二百万程度のはした金、五千七百万に較《くら》べたらおまえ、子供の小遣いみたいなもんだ。ノミのおしっこだ」

「はあ？」

「あのくらいの額でとやかく言われたらたまらんぞこっちは。冗談じゃない、あんなはした金で、岩木や小出が殺されてたまるもんかい！」

「うーん」

細野は考え込む。

「そうかなぁ」

「おい、何考えとるんだ。何がそうかなぁだ。ちょっと考えてもみろよ、もしも誰かが、俺らが二百万ずつネコババしたという事実、摑んだとする。そしたらどうする。君ならどうする」

「まあ、強請《ゆす》るでしょうかね」

住田は大きくうなずく。

「そうだろう？　こっちにもちょっと金寄越せ、出さないと銀行にチクるぞと、こうくるはずだ。殺してどうするんだよ、そんなことしたら、なんにもそいつの得にゃならんぞ」

「まあそうでしょうねぇ。でも、ついでに彼女のことで怨《うら》みもあったりしたら……」

「え？　なんだそれ。彼女？　誰のこと言ってるんだ？　ひょっとして、トム・クルーズか？」

「まああの男なら、銀行強盗と、そのあとのネコババの一件を、知り得る立場にいたわけですからねぇ」

考え考え、細野は言う。

「確かに知り得るだろうがな、それでなんで小出君を殺さなきゃならないんだよ。第一どうやって殺す？

方法は？　岩木君の時も、小出君の時も、屋上にゃ誰もいなかったんだぞ？　人っ子一人、犬の子も、猫の子一匹いない」

「係長」

「なんだよ」

「係長はあの男と話したんですよね？」

「ああ話した」

「何かおかしなところはなかったですか？」

細野が問い、住田はそれでうつむき、しばらく考え込む。そして、

「うん、そういえばなぁ」

と顔を上げ、話し始めた。

「ちょっと引っかかることがあるんだ」

「はい、何です？」

細野は身を乗り出して訊く。

「屋上から落ちて岩木君が死んだと話したら、やっこさん、あの植木鉢がいっぱいある？　と、いきなり言ったんだ」

「うん？」

「よく知ってんだよ、銀行の者でもないのに。まるで毎日屋上を見ている者のような口ぶりだった」

「ええ？　そりゃ変だな」

細野は言う。

「だろう？　岩木君に聞いていたにしてもだ、そういう言い方にはならんだろうと思う。あれは、自分で見て知っている者の口ぶりだった」

「そうですね、聞いているだけなら、あそこ、植木鉢がいっぱい置いてあるそうですねとか、せいぜいそんな言い方になるだろうし、その程度なら、そもそも口に出さないでしょう、植木鉢のことなんて」

「そう思うんだ、俺も」

住田は言う。

「あきらかにそれは、自分の目で屋上を見た人間の台詞ですね。そしてその風景が珍しいと感じていたから、つい口を衝《つ》いて出たんだ」

「その通り、つい口を衝いて出たという感じだった。

俺もそう思った。うっかり言っちゃったという感じだったな」

「はい」

「それからな」

「はい、何です？」

　細野はまた身を乗り出す。

「やっこさん、岩木俊子の遺体は今どこにあるのかと、全然こっちに問わないんだ」

「遺体のありかを訊かない……」

「ああ。普通それはないんじゃないかと思うんだ、俺は。愛情注いだ者が急死したんだ、急いで遺体に会いたいと思わないかなぁ。俺だったら、わが子が死んだ、女房が死んだ、親が死んだ、そう聞いたら、真っ先に遺体の場所を訊いて、何をさしおいてもすっ飛んで会いにいくがなぁ」

　住田は言う。

「ああ、そうですねぇ確かに。そりゃ、そうですねぇ。昨日今日のつき合いじゃない、二、三年もつき合ってた女なんですからねぇ。死んだ、ああそうですか、ほなぼく帰ります、とはいかんでしょう。愛情なかったのかなぁ？」

「実は愛情なかったとかな、ひょっとしてそういうことなのかいなと、俺はふと思ってしまったなぁ」

「だからやっぱり殺したとか……」

　細野はまた言いはじめる。

「トム・クルーズ、女も殺したのか？」

　住田は言う。

「実は、岩木さんをうとましく思いはじめていた……」

「よう見たら足も太いしと」

「はい」

「そして勤め先に訊きにくるのか？　殺しておいて。家に帰ってきません、て」

「自分を疑わせないために」

「そりゃ違う！」

　住田はきっぱり断言した。

「あの様子は本当に知らなかった、岩木俊子が死んだということ。芝居じゃないよ、本当にショックを受けてた。これは確信がある」

住田は言う。

「そうですか？」

「長年の接客経験からくる勘だ、自信がある。それに、いったいどうやって殺すというんだ？　細野君、そんな方法、あり得るか？」

「われわれが知らない方法が何か……」

「あり得るか？　そんな方法」

「うーん」

細野は腕を組む。

「ないよ。あるもんか。あれは、人智《じんち》を超えてる」

「人智を超えてるねぇ……」

細野は首をひねった。

「それにだ細野君、たとえ千歩譲ってもだ、トム・クルーズがやったのは小出君の方だけだ。岩木君の死亡は知らなかったんだ。これはもう、何を賭けてもいい、絶対確かだ」

「はあ」

「そうなら、岩木君の死亡の方はやっぱり謎《なぞ》になる。こりゃ、トム・クルーズがやったんじゃないわけだからな、絶対に」

細野は渋々うなずく。それから問う。

「じゃあ係長、係長はどう思うんですか？　この二人の殺し、ではないかもしれないが……」

「だからだ、あれはもう超常現象だ。心霊世界に属することだよ」

住田が言い、

「なんですかそりゃ」

細野はあきれたような顔をした。

「屋上に棲《す》みつく怨霊《おんりよう》がな、岩木君、小出君と、次々にあの世に連れ去ったんだ」

「係長、オカルトのファンなんですか？」

「違う。断じて違う！」

係長は力んだ声を出す。

「だけど、こう続いたらもう、そう信じるしかないだろ」

少し沈黙になり、しばらくして細野が問う。

「というと、あの二人は誰かに怨まれていたと、そういうことですか?」

「いや、あの二人じゃない。あの場所だ、屋上だよ」

「屋上が!?」

細野は頓狂な声を出す。

「そうだ、あの屋上、ちょっと普通じゃないぞ。今日小出君のことがあって、入ってみてな、俺は異様な妖気を感じた。ぞくぞくっとこう、背筋に寒けがしたんだよ」

「寒け……」

「ああ、立っていられないほどだった。しゃがみ込みそうになった。あんな感じは、生まれてはじめてだった」

「係長らしくないこと言いますね」

「あれは怨みのエネルギーだ」

「小出を怨んでいたってことですか? あいつがしかし、怨まれるかなぁ……?」

「違う違う、そうじゃないって言ってるだろ。小出君じゃない、岩木君でもない」

「じゃ誰です?」

「誰でもない、銀行だよ、うちの銀行なんだ」

「銀行が怨まれている?」

「そうだ。その通り」

「銀行を……? 誰が銀行なんか怨むんです? じゃ、建物に取り憑いた霊ですか?」

「いや、建物じゃない」

係長はまた首を横に振った。

「建物でもない? じゃ何です」

「植木だ」

「はあ?」

細野はまた頓狂な声を出す。

「植木?」

「そうだ、盆栽だ。あの植木鉢だよ、屋上を埋めている」

「植木鉢。そんなもの……」

「な、細野君、考えてみればあの屋上、異様な風景だと思わないか？　簀の子が敷かれてあって、その場所以外のコンクリートの床を、ぎっしりと植木の鉢が埋めているんだぞ。あんな屋上、ちょっとないだろう、よそには」

住田は細野の顔を見つめ、気味悪そうに言う。

「そうですかね」

細野は言う。

「銀行はな、時に怨まれるんだよ庶民から。冷酷な差し押さえなんかするからな、いよいよって時は」

「あの植木、そうなんですか？」

「そうなんだよ」

「あんな汚い植木差し押さえられて、誰かが怨むんですか？」

「そうじゃない、植木は結果で、家だ、大邸宅なんだよ」

「大邸宅？」

「豪邸の差し押さえなんだよ、問題は」

係長は言った。

「どういうことです？　誰の豪邸なんです？」

「大室礼子、知ってるか？」

「大室礼子？　あの先月だかに死んだっていう、往年の大女優？」

「ああ。大室礼子の因縁があるんだよ」

「あの植木、大室礼子のものなんですか？」

「そうだ。俺も、そんなに詳しくは知らないんだけどな。大室礼子の大邸宅が、横浜の、緑区の高台にあったんだよ、知ってるか？」

「まあ、聞いたことはありますね、昔。有名人だから」

「彼女はな、育ちが貧しくて、母一人子一人で、黄金町《こがねちょう》の方で育ったらしいんだよ、まあなかば伝説だけど、母親は体を売っていたという説もある。そういう女たちが貧乏長屋で育って、だから大室の、家への固執ってのはもう、すごいものがあったんだ」

「はあ、なんかそれ、聞いたことがあるような気はします」

「美人女優だった彼女は、全盛期の大スターだった頃に、緑区の高台、山の上に、海の見えるものすごい豪邸をおっ建てたんだ。十部屋以上あって、プールにサウナに、ガラス張りのトレーニングルームに、パーティルームに映写室まであって、バス・トイレは大小四つもあるような、お城みたいな大邸宅だったらしい」

「ははあ」

「マネージャーや、お付きの人たち、ヘアとかメイク担当とか、食事担当、掃除担当、そういう女性たちが常時六、七人くらいいて、みんなこの家に寝泊まりしていた。でも彼女の人生は不幸で、五回だかの結婚は、みんな失敗続きだった」

「ああなんか、聞いたことありますね」

細野が思い出して言う。

「有名歌手や俳優や、そういうのと次々に結婚しては離婚して、だんだんに歳を取って、世紀の美女も容色が衰えて、性格も徐々にひどくなっていったらしいんだ」

「ええ、思い出しました。演歌歌手の森田《もりた》伸三《しんぞう》とか、俳優の綿入《わたいり》恒次《こうじ》……」

「そうだ。しかしいざそうなったら、みんな彼女と距離を取った」

「なんでです？」

「病気だったらしい。なんとかって名の難病。それもあの植木鉢引き取った途端に発病したらしい。それでマネージャーが気味悪がって人形は全部抜いた。大室の人形は残して、気味悪いピエロの人形は全部火にくべて燃やしたらしい」

「ほう」

「まあなによりプロデューサーや監督だ。病気で体は動かない、歩行は困難で、彼女を使えなくなった。大室礼子の仕事は激減、あっという間にゼロになった。そこに、まずいことに彼女の資産を運用していたパトロンの男が、投機に失敗して姿を消した。企業家だったんだが、自分の会社も倒産させてる。それで彼女は貯金もなくなって、一気に一文なしになったんだ」

「本当ですか⁉」

細野は目を丸くした。

「ああそうだ。で、彼女は、全盛期に収集していたおびただしい宝石、貴金属、洋服の類《たぐ》いを少しずつ切り売りして、かろうじて生計を立てた。大勢いたお付きの女たちも、一人辞め、二人辞めして、デビュー直後からいた専属のマネージャーが一人だけになった。この人が最後まで女優につき合って、いっときは家中にあふれていた絵画、彫刻、さらには椅子やテーブル、家具の類いまで片っ端から売ってしのいで、十年ばかりはなんとか暮らしを支えていた。昔の出演映画の印税も入ったんだろう。もちろん盆栽もそうだ。買い手がつくものはすべて売って、だから家の中はみるみる何もなくなって、空き家のようにがらんとした。訪れる人もいない。

広い家だからね、冷暖房の費用ものすごく高くて、つけていたら月何十万円かが右から左に飛んでいく。それでこれもつけられなくなって、とうとう大室は、終日女中部屋にこもって暮らすようになった。ここは狭くて、もともと暖房がなくて、炬燵《こたつ》だけでなんとかしのげたから」

「ふうん、悲惨ですね」

「そしてすっかり生気を失った大邸宅の中の、この女中部屋から、大室は仲間や知り合いの女優たちに毎日、片っ端から電話をかけまくった」

「ふうん、寂しかったから、友人たちと話したかった……」

細野は言い、住田は首を横に振った。

「違う。そんな穏《おだ》やかなものじゃない。クレームと罵詈雑言《ばりぞうごん》だ。特に歳下の女優には、あんた程度のご面相の女が、よく主役を張れるもの、日本の映画文化のために、即刻辞めろとか引退しろとか、そんなような嫌がらせだな」

「へえ！　嫌がらせを？」

「もっとも本人は、そういうつもりはなかったのかもしれない。心から当人のためとか、監督や映画会社のためを思ってやっているつもりだったかも。しかし、当然ながら誰も電話に出なくなった。この手の情報は業界にすぐ知れ渡るからね、みるみるみんなの鼻つまみになったんだ」

「はあ……」

　細野は言って、茫然とした。

「それにだ、彼女だって、はたしてそこまで言えるほどの演技力だったろうか？　俺はけっこう映画好きだから観ているが、彼女こそただのお人形さんの、美人さんっていうだけだったんじゃないかなぁ」

「ですかねぇ、まあそうかも」

　細野も言った。

「でもひどいよなぁ、大室礼子のその事態。なんとかならなかったんですかね。だっていっときはあれほど活躍した大女優ですよ。映画業界の誰も、彼女を救済しようとはしなかったんですか？」

「しなかった。別れた亭主たちも沈黙していた」

　住田係長は言った。

「何でです？」

「彼女はもう頭がおかしくなっていたから」

「頭がおかしい？」

「精神障害だな。言うことも、だんだん辻褄《つじつま》が合わなくなっていたらしい。幻想の中で、一人生きるようになっていた。だから下手に声なんかかけたら、何を言われるか解らなかったから、みんな怖かったんだろう」

「しかし……、事態打開の方策は……」

「あったさ。家を売ればよかったんだよ」

　係長は言った。

「家の買い手は山のようにあったんだ。老健施設にしたいとか、企業のレクリエーション施設にしたいとか、そういう申し出はたくさん、それも絶えずあった。だから売却して、どこか温暖な海べりの、こぎれいなマンションにでも移ればよかったんだ。でも彼女は、家だけは頑として手放そうとしなかった。家への固執は異常だったから。食べるものがなくなって、飢え死にしそうでも、絶対に家は出なかったんだよ」

「ふうん、そんなものですかね……」

「ある種の女はそうだ。で、豪邸はU銀行の抵当に入った。しかしそうしてる間も、マネージャーは一人頑張っていた。業界のあちこちに、女優の出演の意志を伝えて廻っていたんだ。この運動だけは、必死で続けていた。ところが、どこからも反応はなかったんだよ。だからこの悔《くや》しさが、仲間の現役女優たちへのクレームと、罵倒《ばとう》の電話になったんだ」

「はあ、なるほど」

「でも彼女が六十歳になったかならないかの頃に、昔からつき合いのある監督から、ようやく主演のオファーが舞い込んだんだ。これが、たったひとつきりの出演依頼だった。最後のひとつだ」

「よかったじゃないですか」

「それで彼女は奮い立った。そして、満を持して整形手術を決行した」

「ほう」

「ところが、だ。彼女はもう運に見放されていた」

「えっ？」

「それとも金がなかったから、いい医者に頼めなかったのか。手術は無惨な失敗をした」

「えーっ」

細野は、ショックで顔面を蒼白《そうはく》にした。

「彼女の顔は歪んで、二度と人前に出られない顔になってしまったんだ」

もう声も出ず、細野は息を吞んだ。

「それで、彼女は庭の松の木で首を吊った。ほかに選択肢などはなかったんだ。その足もとには、彼女が可愛がって、丹誠込めていたあの盆栽の鉢がたくさん残っていた。売れ残りだがな、それがあの鉢だよ」

「なんという……、あんな大女優の、それが末路ですか」

細野は慨嘆した。

「そういうことだな」

住田は冷静に言ってうなずく。

「哀れなことだ」

「で、それからどうしたんです係長？　邸宅なんかは」

「T見の提願寺《ていがんじ》に亡《なき》がらをおさめて供養をしてのちに、邸宅はU銀行が手配して、企業に売却手続きをした。それで、彼女の身辺の借財などいっさいをきれいにしたんだ」

「ふうん。で、あのたくさんの植木鉢は、その時？」

「捨てられることになったんだが、そうしたら、地方のある映画博物館の館長さんが、大女優の遺品を、それはあんまり忍びないから、うちで引き取ろうと言ってくれて、それでいったん銀行が預かった。その時に誰かは知らん、運送の業者かも知らん、鉢の大室の人形を全部抜いてしまった」

「えーっ」

「うちの屋上に来た時に、もう植木に大室の人形はなかったんだ。そうしたら館長が心不全で急逝してしまって、うちの屋上に移して置いたまま、宙に浮いてしまったんだ。それでおよそひと月が経過したと、ま、そういう経緯だな」

「ああ、そういうことですか。今はじめて知りましたよ」

細野は言った。

「でもどうするんです？　あれ。ずっとうちの屋上に置いとくんですか？　そんな価値はあるんですか？」

細野が訊いた。

「ない」

住田は言下に言った。

「価値のあるものは全部売れてるし、残ったのは、女優がだまされて買ったようながらくたばっかりだ。それで膳場《ぜんば》部長が捨てようとして業者と話していたら、この前脳溢血《のういっけつ》で倒れてしまった」

「ああトイレで。今入院中ですよね」

細野が言う。

「うん。それでみんなビビっちゃってなぁ」

「はあ……、次から次ですね」

「でもあの植木鉢、実はもっともっと因縁話があるんだ」

「ええ？　どんなです？」

「作者も首を吊って死んでいるんだよ」

「えーっ」

「安住って言ったかな、異端の作家で、盆栽世界からはじき出されたんだよ」

「本当ですか」

「ああ、こっちもまた長い話があるんだ、いずれまた話すけど。だからあの植木には呪いがかかってるんじゃないかってみんな言って。どっかの神主に、お祓《はら》いしてもらおうかっていう話になっているんだ、部課長級の話し合いで」

「したんですか？」

「いやまだしてない」

「ふうん、そういう経緯かぁ、それで係長が……」

「そうだ。だから俺が言っているんだ、呪いだってなぁ」

住田は言う。

7

翌朝朝礼のあと、行員の岩木俊子、小出順一、二人の葬儀についての、係長以上級のミーティングがあった。銀行として、できるだけのことをしようという結論になったが、住田の内心としては、警察にもっと本気で介入してもらい、自死の可能性が皆無である者たちの連続墜落死の理由について、こちらが納得できる説明をしてもらいたいという願望があったのだが、銀行としては、それは歓迎でないようだった。

銀行には世間体がある。客たちの横を、警察官が頻繁に出入りすることには警戒感が湧く。そういう空気が理解されると、住田としても気持ちが萎《な》えた。こちらにも脛《すね》に傷があり、隠しておきたい事柄がある。警察の熱心な捜査によってもし事態に説明がついても（住田の理解では、そういうことはまず考えられなかったが。これは警察ではなく、霊媒師の領域だ）、その結果この点が明るみに出ても困る。そうなったら自分は、まず現職を失う。生活に窮する。住田としては、だから主張を引っ込めるほかなかった。

一階におりて、住田係長が仕事をこなしていると、また背後で富田課長の大声が聞こえた。

「おい、屋上の植木、誰か水やっているのか?」

聞いて、銀行の業務など、十年一日のごときものだと住田は思った。思いながら仕事をしていた。

「枯れちまうぞ、まあどうせ捨てることにはなるとは思うが」

と富田の言葉が続く。同感だと住田は思っている。大室礼子の因縁付きの植木鉢だが、もう奇特な引き取り手など現れまい。それでも生前の大室の大ファンでも現れないかと期待しているが、まず無理だろうとも思っている。値段がつくものはとうに売れている。屋上に置かれているものは、無価値のがらくたばかりなのだ。

　しかし次の瞬間、住田は全身に冷水を浴びた気分になった。

「じゃあぼく、行きましょうか」

　という細野の声が聞こえたからだ。

「細野！」

　大声ではないが、住田は反射的に鋭い声を出していた。何故よりによって細野なのだ、と思ったのだ。心臓が、喉もとに飛び上がったかと思うくらいに驚いた。続いて、自席から自分の方を見た細野に向かい、住田は小さく鋭く、首を左右に振って見せた。

「何だ？」

　富田課長の怪訝な声がする。

「いや、ちょっと細野君には頼みたい仕事がありまして。おい細野君」

　と住田は呼んだ。

「ちょっと君、こっち来てくれ。課長、植木の水やりは、和田君の仕事でしょう」

　住田は言った。心臓が、喉もとで激しく打ち続けている。

「ああ、でも和田君、どこにいる？」

　課長は言っている。住田はそばに来た細野に、小声で手早く言った。

「屋上はやめとけ」

「なんでです？」

　細野は問う。

「おい、ちょっとこっち、顔近づけろ」

　住田は険《けわ》しい気分で要求する。細野がそうすると、言った。

「なんではないだろ？　これとまったくおんなじいきさつで、小出は死んだんだぞ！」

　必死の気分で、住田は言った。

「ぼくは死にませんよ」

　すると細野は即座に、唇に薄笑いを浮かべながら言った。

　住田は内心唖然《あぜん》とした。自分と、どうしてこんなにも気分が違うのかと思ったのだ。細野は、どうして解らないのか。

「ちょっと、とにかくここすわれ」

音をたててそばのパイプチェアを乱暴に引き寄せ、住田係長は命じる。細野がすわると、叱《しか》るような口調で言う。

「馬鹿を言うな、小出もそう言ってて死んだんだぞ。岩木君も、うちは絶対死にませんて、俺にははっきりそう言ってから、屋上に上がっていったんだぞ」

「はあ……」

「それでどーんだ、ここまで音が聞こえた。俺は聞いたんだぞ、ここで、この席で。君は外に出ていたから聞いてないだろうが、俺はもう二度とごめんだ、あんな音聞くの」

「ぼくは大丈夫ですよ」

細野はまた言う。

「そんなの解らんだろうが。保証できるか？」

「できますけどね」

細野は言い切る。

「ぼくは、気持ちしっかりしてますしね、迷っても、悩んでもいない。体調も悪くない、心身きわめて健全、元気もいっぱいで」

「あのな」

住田係長は、さとすように言った。

「岩木君はもっとだった。元気むんむん、はちきれんばかりで、殺されても死にそうじゃなかったんだぞ」

「解りますが、ぼくはそれとも違うと思うんですがね。挑戦したいんですよ、むしろ。そんなに怖いことなら」

「なに⁉」

住田は目をむいた。

「呪われた屋上なんでしょう？　係長。怨みを呑んで死んだ大女優の、悪霊が籠《こも》った植木鉢群で埋められた。そこに上がった銀行員が、理由もないのに次々に飛びおり自殺すると、そういう怪談なんですよね？

これ」

細野は薄笑いを浮かべながら、住田の顔をしっかりと見つめて言う。

住田は聞いて、何も言わなかった。ああそうだと言おうとしたのだが、迷ってしまって、何も言えない。今更何を言っている？　という気分だった。そんなことはとうに解っている。

「そんなの、奥様向けのワイドショーじゃないですか。あほらしいですよ。大の男が、そんなのを怖がってていいんですかね？」

住田はそれでもまだ、何も言えなかった。鼻白むような気分が続いている。正直に言えば、強い恐怖心も持続している。

「そんなじゃ、女の子にも馬鹿にされますよ。これ、肝試しみたいなもんでしょ？　でもまだ真っ昼間だしね、お天道さま高いです。怖くなんてない、あんなただの屋上、ぼくはむしろ挑戦してみたいんです、自分から上がっていって」

しばらく沈黙になった。

「馬鹿な……、やめろよ」

言っておき、しばらく待ってこう続けた。

「若いな君……」

あきれるような気分だったから、切羽詰まった小声になった。

「俺は正直怖いよ、仲間が二人も死んだんだからな、理由もないのに。その音、俺は二度も聞いたんだからな、部下が死ぬ音、この席で。どーんと、ガス爆発みたいだったんだぞ。俺はてっきり爆発だと思った、でも、彼らの頭が割れる音だったんだ。だから……、解るだろう、君にまで死なれたら困るんだよ」

哀願《あいがん》するような口調になっていると、住田は自分で思った。

「まあ葬式三つですからね。ちょっと体裁悪いですよね、U銀行としてもね」

細野は言った。

「ああそうだ。いやそうじゃない！　そういう、体裁の問題じゃない、葬式の問題じゃないんだよ！」

すると細野は、顔の前でひらひらと手を振った。

「ぼくは死にませんよ係長、大丈夫、賭けてもいいです」

笑って言う。

「ぼくは小出や、岩木さんとは違います」

「おい、信じていいのか？」

住田は必死の形相で言った。

「どうぞ信じてください」

細野は言う。

「君にまで死なれたら、俺が一人になっちまう」

住田は小声で言う。それに、行員が三人も死んだら、これはさすがに警察も動くであろう。そうなると、秘密にしていることが露見しかねない。住田はそれも恐れている。

「俺だけじゃない、君の奥さんも、お腹の子供も……」

「死にませんて」

細野は笑って言った。

「だったら係長、係長も一緒に来ませんか」

「じょ、冗談じゃない！　いやだよ俺は、冗談じゃないよ！」

「だけど、いつか植木捨てるのだって、誰かがやんなきゃなんないんですよ」

「だからそういうのは、寺の坊主《ぼうず》とかがやるだろう」

「あんなにたくさんあるのに？　屋上埋めてんですよ？　みんな坊主にやらせるんですか？　無理ですよ、業者ですよ、それからわれわれです。数が多すぎますよ」

「坊主を四、五人動員したらいいだろう」

住田は、必死のささやき声で言った。

「どこにそんなに大勢坊主がいるんですか」

「おい、何をごちゃごちゃ言っとるんだ、そこで」

富田課長の声がした。

「坊主が何だ？　何の密談だよ」

そこへ、和田佐和子《さわこ》が戻ってきた。

「お、和田君」

彼女の姿を認めて、課長が呼びかけた。

「屋上の植木に水やってくんないかな。放《ほ》っとくと枯れちまうからな」

「あ、はい、いいですよ」

するとと彼女は、ごく気楽な口調で言った。すわろうとして眼鏡《めがね》をデスクの上にいったん置いたのだが、また取りあげようかと迷った。しかし、そのままかけずに彼女はデスクを離れ、住田には背を向けた。

「あ、和田君」

呼びながら、住田は立ち上がった。眼下の細野には、

「ちょっと書面見てるふりしてろ」

と素早く言った。そしてつかつかと和田佐和子に寄っていった。

彼女は立ち停まり、寄ってくる係長を、両目をしかめながら見ていた。そして、

「はい、何でしょう」

と訊いてきた。

「和田君ね、君、今何か悩みはないか?」

「はい? 悩みですか?」

彼女は言った。

「そうだ、悩みだ、最近だ」

「ありますけど?」

彼女は当然のように言った。

「それ、死にたいくらいの悩みかね?」

住田は真剣に訊く。

「死にたいくらい……」

言って、彼女はうつむいて考えるようだった。

「はい、ま、そうかもしれませんねー」

彼女は顔を上げ、お気楽な口調で言った。

「なに? 本当か? おい、だったらやめろ」

住田は真顔で言った。

「なんでです?」

「なんでって、もう二人、屋上から飛びおりて死んでいるんだぞ。もうこれ以上行員の自殺は出したく

ないんだ」

「でも私、まだ死のうとは思ってません」

和田佐和子は言った。

「まだって、じゃあ、いつなら死ぬんだ？」

住田は訊く。

「えーっ、そんなの解りませんけど、まあ今年は大丈夫です。来年ですかねー」

「おい、何やってんだ、早く行け」

課長が言った。

「はい」

言って、和田佐和子は住田に背を向けようとした。

「おい和田君、気をつけろ。くれぐれも気をつけろよ。もしも気分が悪くなったりしたら、すぐ作業やめて、おりてくるんだ。いいか？　無理するなよ」

「はい、解りました」

彼女は言って、すっかり向こうを向いた。

「和田君、気をつけて水かけてくれよ、道には落とさないでな」

課長が言っている。この言葉を聞くのは三度目だ、と住田は思う。あの音も、三度繰り返さなければいいのだが——。

しかし不思議だ、と思う。人が二人も原因不明の死に方をしたのに、みんな何も心配をしていない。どうしてだ？　能天気に仕事を続けていて、女の子を無造作に屋上に上げて、またしても植木に水をかけさせようとしている。その無神経が、住田には解らない。到底信じられないのだ。

席に向かって戻っていると、やってくる細野と行きあった。もういいだろうと見て、彼は自席に戻ろうとしている。住田は黙ってうなずき、彼を行かせた。そして自分も席に戻り、不安にかられて、天井を見上げた。

しばらくそうしてから、おそるおそる仕事に戻った。心臓はずっと大袈裟な鼓動を響かせ、打ち続けている。耳は、どんな小さな音も聞き逃すまいと感度を上げているらしい。誰かがばたんと資料を閉じても、その音にびくんと顔を上げてしまう。

五分、十分と時間が経過する。神経がもたない気になる。住田は、自分が今や遅しと、和田佐和子が転落する音を待っている気分になって、自己嫌悪にかられた。冗談ではない、自分は待っているのではない、落ちないで欲しいと願っているのだ。心から願っている。彼女の無事を祈っているのだ。

やがて二十分ほどの時間がすぎ、岩木俊子も、小出順一も、このくらいの時間が経過する前には、もう飛びおりていたのではないかと思うようになった。いらいらするような、たまらない気分をもてあまして、表の道に出てみようかと真剣に迷った。というのも、音がしないのは、クッションになるものがある場に落ちたせいではないのか。だから音はしないけれど、実はもう飛びおり、死んでいるのではないか――、そんな恐怖が湧いたからだ。そして銀行ビルの周囲で、クッションになりそうなものというと何があるか、懸命に考えた。額に手を当てた瞬間、ぽんと肩を叩かれた。

「係長」

と言う声が頭上から降ってきて、住田は反射的に上を見た。するとそこに、微笑《ほほえ》んでいる和田佐和子の顔があったので、うわっと大声をあげ、椅子から転げ落ちそうになった。

「な、な、な……」

と住田係長は焦って言った。

「無事生還しましたよ、係長」

彼女は言った。

「屋上の植木に、水あげてきました」

「な、な、何だ、びっくりするじゃないか、いきなり!」

住田は怯《おび》えて言った。動悸《どうき》が、変わらず喉もとで打ち続けている。

「心配してくださっているみたいだったから、ご報告をと思って」

和田佐和子は笑って言った。そして空中の一点を見つめて自失する係長を放っておき、さっさと自分のデスクに戻っていく。

住田はそれでもまだ動悸がおさまらず、放心が続いていた。しばらく仕事にならない。これは、お茶でも一杯飲むべきか、などと、放心した頭で考えた。

「係長」

その時、今度は男の声を聞いて、住田はわれに返った。

「係長」

二度目の声にまた上方を見ると、今度は細野の顔がある。

「ほら、だから言ったでしょう、係長」

彼もまた笑って言う。

「な、何がだ？」

住田は怯えながら言った。

「偶然ですよ、二人の転落」

「偶然て、何だよ」

住田は言う。

「たまたま落ちたんですよ、二人は」

そして細野は、横にあるパイプチェアにすわってきて顔を近づけ、声をひそめる。

「たまたまです係長。係長は二人の転落が、あのこととと関係があるんじゃないかと思ってんでしょう？」

「あのこと？」

すると細野はさらに顔を近づけ、ささやき声になる。

「だからサンタクロースですよ、例の」

聞くと住田は表情を凍りつかせ、何も言葉が出なくなる。

「植木の祟《たた》りと、それから強盗のことでしょう？」

住田はしばらく無言になったが、やがてうなずく。

「とにかく、解らないと言ってるんだ俺は。まだなんにも解らないんだ。だが確かにな、あのサンタの一件と、俺は無関係とは思えない」

「だから、くすねた者への天罰と？」

細野はささやき声で問う。しかし住田はうつむいてしまって、もう何も言えなくなった。

「関係ないですよ係長、考えすぎ！」

細野は明るい声できっぱりと言った。

「怯えてるからそう思えてしまうんです」

細野は鼻で笑った。

「もしも植木の祟りなら、今、和田君も、落ちてて不思議じゃないでしょう?」

住田は頭を横に振った。

「だが細野君、岩木、小出の二人に、自殺するような悩みなんぞ、まったくなかったんだ。これもまた事実なんだぞ」

「でもそれ、確かですか?」

細野はじっと住田の目を見て問う。

「え?」

住田は戸惑った。

「係長は彼らの私生活、よくよく知っていたわけじゃないでしょう?」

虚を衝かれた格好で、住田はどんぐりまなこを見開いた。

「どういう意味だ?」

「よく知らないでしょ? ってことです」

住田は絶句した。

「二人に、実は自殺の理由があったかもしれないじゃないですか、人には言えないような類いの。サラリーマンってのは、実はみんなそういうの、ひとつやふたつは必ずあるものなんです。金のこと、家庭内のこと、女房の浮気、健康上のトラブル、鬱病、癌、性病、みんなに加齢臭と言われる、あるいは若はげとかね……、当人たちの心の中は、当人たちにしか解らないですよ。死ぬ理由がなかったなんてね、赤の他人は言っちゃいけないことですよ、まして絶対にない、なんてね」

「…………」

「係長にだってあるでしょう? よくよく突き詰めたらです。何かあるでしょう、ひとつくらい」

「うーん」

住田は唸った。

「でもぼくには絶対にないですよ。これは断言できます。みなさんとは違います。かけらもないです、悩み。だからぼくだけは、絶対に死ぬことはないんです」

「まあそうなんだろう、解るよ、そうだろうなとも思うよ」

住田は言った。気分が動転していて、もう何がなんだかよく解らなくなっている。

「でも、だから、何だっていうんだ君は。どうしたい？　何が言いたい？」

住田は訊く。細野の言っていることは解るのだが、なんでわざわざ自分の席までやってきて、こんなことをくどくど言うのかと思った。

「だからぼく、今からちょっと屋上に行ってきますよ」

気軽な調子で言ったので、住田はとたんに髪の毛が逆立った。

「な、じょ、ば、馬鹿なこと言うな！」

住田は目を見張り、反射的に大声を出した。

「何を言ってるんだ君は。わざわざそんな、自分からそんな……」

「自分からなんです？」

「わざわざそんな危険を冒すことはないだろう。まだ事態は解明されてないんだぞ。何か解ってからでも遅くはない」

「いつ解るんです？　係長」

細野は問う。

「いつ解明されるんです？　じっと待ってたら解るんですか？　調べないと解りませんよ」

住田はそれで、言葉に詰まった。

「誰かが調べなきゃあ。だからぼくが今、ちょっと行って調べます」

「それが君か？　君の役割か？　よせ、危険だ、やめろ。君のような素人が調べて何が解る。こ、これは係長命令だ、やめろ！」

「じゃあ係長、一緒に来てくださいよ」

細野は言う。

「いやだ、冗談じゃない」

住田は激しく首を振って言った。

「だって係長、今さっき、和田さんは無事に帰ってきたじゃないですか。あれはどうなるんです？　ぼくは行きますよ」

細野は言う。

「やめてくれ、頼む」

住田は泣かんばかりの真顔で懇願《こんがん》する。

「係長、今夜また百福で話しましょうよ。その時ぼく、調べた結果、詳しく報告しますから。じゃ、あとで」

細野は言ってくるりと背を向け、すたすたと囲みスペースから通路に出ていく。止める声など聞く気はない。

住田は一瞬腰を浮かせたが、悄然《しょうぜん》と椅子に尻《しり》を落とし、そのまま長いこと動けなかった。


時間が跳んだような心地がした。一瞬だが、記憶がなくなった。自失していたからだ。どのくらいそうしていたのか、自分では不明なのだが、いっとき記憶がない。

はっとわれに返り、このますわり続けているのはまずいような気分が本能的に起こって、ゆるゆると立ち上がった。ちょっと立ち尽くし、それから奥に向かってふらふら歩きだして、衝立ての向こう側に行った。そして、そこのデスクに置かれている日本茶のセットの前に行く。煎茶《せんちゃ》の缶を開け、急須《きゅうす》の蓋《ふた》を取って中に葉を落とし、ポットのお湯を注いだ。

急須の蓋を閉め、人差し指で押さえたまま、しばらく立ち尽くした。どうしてこんなにも心が騒ぐのかと理由を考えるのだが、たっぷり五分考えても何も気づくことがないから、急須を持ち上げ、伏せられていた茶碗《ちゃわん》にお茶を注いで、右手に持った。口まで持っていき、ひと口すすり、そのまま飲みながら衝立ての陰から歩み出て、オフィス・スペースに戻った。その瞬間だった。どーんと、爆発めいた音が表から響いた。

口がぽかんと開いた。瀬戸物が割れる音がして、足首に熱い飛沫《ひまつ》がかかった。だがそんなことに気づいたのも、かなりの時間が経ってからだった。

頭は何も考えなかった。ただ茫然と立ち尽くし、どうしてだ？　と内心で激しく思った。

往来側の自動ドアが開き、見知らぬ男が飛び込んできて、こちらに向けて怒鳴《どな》った。

「飛びおりだ、自殺だ、救急車呼んで！」

言いおき、彼はすぐに回れ右をして表に戻っていく。客の一部、そして行員も何人か、表に向かって駆け出していく。

富田課長が電話機を引き寄せ、受話器を取り、救急車を呼ぶべく電話している。住田はぼんやりとそういういっさいを見た。

飛び出していった男性行員が行内に戻ってきて、こちらに向かって何か叫ぼうとした。しかし思いとどまり、無言でカウンターに駆け寄ってくる。カウンターに手をつき、鼻先の女の子の頭越しに何を言うかも、もう住田には解っていた。

「細野だ、細野です、飛びおりたのは！」

住田はぼんやりとそれを聞いたが、ゆっくりと膝《ひざ》の力が萎えていき、ゆるゆると、お茶で濡れた床に尻餅《しりもち》をついた。

8

駈けつけた警察官によって、銀行は即刻閉鎖させられ、すべてのシャッターがおろされて、臨時休業となった。客は帰され、しかし銀行員は建物から出ることを許されず、一人ずつ刑事たちの待つ応接間に呼ばれて、話を聞かれることになった。三人の行員の連続死で、さすがの警察も、ようやく事態の深刻さに気づいたのだ。

住田が最も恐れていた事態だった。これを避けたくて住田は、あれほど懸命に細野の屋上行きを留めたのだ。先頭バッターはその住田係長だった。死んだ岩木、小出、細野の三人はすべて住田の直属の部下だったから、この判断は妥当だった。

応接間で刑事三人に対した住田は、聞かれるままに三人が屋上から飛びおりた経緯を話した。とはいっても、住田が彼らの転落の様子を直接見たわけではない。三人ともに、死んだ時には住田は一階のフロアにいた。それにより、住田自身が疑われることがなかったのはさいわいだが、直属の上司たる住田の話は、別段誰にでもできるような、通り一遍のものになった。

加えて警察官たちが聞きたかったことは、経緯ではなく、三人が飛びおりた理由だ。しかしそのようなことは住田は知らない。むしろ自分が聞きたいことだった。警察は、上司の言からこの点に見当をつけようとしている。このように両者の思惑は、最初から大きくずれていた。さらに住田には、死んだ三人もまじえて、四人で共有している大きな秘密もあったから、話せる内容は限られる。

「では、さっきの細野さん転落の時は、あなたはさんざん制止されたと」

元木《もとき》と名乗った刑事は確認してきた。

「そうです、そこのフロアで。同僚たちも見ていました。屋上はやめとけと、やめてくれと、私はさんざん彼に言いました。もう、ほとんど懇願しました」

「それはどうしてです？」

「そりゃ岩木さん、小出君の二人が飛びおりていたからです。君にも死なれては困るからと、そういうことで。でも細野君は、まったく聞き入れませんでした。さっさと屋上に上がっていって、そして案の定どーんと表で音がして……」

「ふむ。音を聞きましたか？」

「聞きました、このオフィス・スペースで。あるいは席で」

「前の二人の時も？」

「そうです、前の二人とも、音を聞きました。どーんという、爆発のような音です。このすぐ表ですから、近いです」

「じゃあ三つとも聞いたと、三人とも、音は」

「はいそうです」

住田は即座にうなずいて言った。

「ふん、しかし、彼らが自殺する理由には、心当たりはないと」

元木はまた訊く。

「まったくありません」

住田もまた言って、首をしっかりと横に振った。

「しかし三人とも、あなたの部下ですよね」

元木は常識的なことを言う。

「そうです」

住田は言って、首を今度は縦に振る。

「そういうことがありますかね？　生活のこととか、日頃の不満や悩み、上司のあなたは、部下の彼らの愚痴《ぐち》などを聞く機会があったのではないですか？」

「それは、はいまあ、あったと言っていいでしょうなぁ」

住田は言った。

「それでも解りませんか」

住田はまた首を左右に振る。

「解りません。これはもう、全然解りません。三人とは、それぞれいろいろ話はしましたが、彼らは、特に最近は、悩んでなんていなかったんです。そもそも悩みがなかった」

「しかし人間、そういうことがありますかね」

刑事は一般論を言う。

「岩木俊子君は、イケメンの彼氏と来月にも結婚すると言っておりましたし、もう嬉しさいっぱいで、私にはっきり、自分は自殺なんて絶対しませんと、そう宣言したくらいですから。そう言い切ってとんとん上がっていって、その直後に飛びおりたんです」

「ふうん。自殺はしないと……」

刑事はむずかしい顔をする。

「そうです。うちの銀行中で、一番自殺しそうもない人間でした。そしてさっきの細野君は、これももうじき子供が生まれるということで、夫婦仲も円満で、張り切っておりました。ぼくは絶対に自殺なんてしませんよと、こっちも私にしっかり言い切っていたんですから」

聞きながら刑事は無言で、じっと住田の顔を見ている。歳は住田よりも上らしく、その様子にはなかなかの威圧感がある。銀行強盗にも感じないような威圧で、それは嘘は言わせないぞと言っている圧力だ。しかし住田は、嘘は言っていない。

「彼も、細野君も言ったんです、今まさに刑事さんが言われたように。世の中のサラリーマンは、みんな大なり小なり、ひとつやふたつくらいの悩みはあるもんだと。でも自分の場合は違うと。今の自分には、いっさいそういうものがないんだと。だから世の中のみんなが死んでも、自分だけは絶対死なないと、そう私にはっきり言ったんです」

「どうしてそこまで言いましたか？　そんなふうに言う理由があったんですか？」

「はいありました」

住田はうなずいた。

「なんですか？　それは」

「そりゃ、私が屋上に行くなと、何があるか解らんから危ないと、そうしつこく留めたもんだから。彼もまた意地になって、自分は絶対に死なないから大丈夫だと、だから行かせてくれと」

「屋上へ」

「そうです」

刑事はすると、少し憮然《ぶぜん》としたようだった。しばらく言葉を失ったが、やがてこんなふうに言う。

「ふうん。しかしなんで細野さんは、そんなにまでして屋上に上がりたがったんです？　上司のあなたがそれほど留めるのに」

「そりゃ、調べたいと」

「調べる？　何を？」

「前の二人の同僚が、飛びおりた理由をです」

「ふん」

元木は言って、ソファの背もたれに反《そ》り返《かえ》った。それから何度か首をかしげる。その様子に、住田は失望を感じた。専門家もまた、自分たちと変わらないと思ったのだ。

「で、何か解ったのでしょうかな、細野さんは」

「さあ……」

と住田は言うほかない。細野の頭の中が、自分に解るはずはない。

「それは細野君に訊かないと。あの、彼は今？　彼は、助かるんでしょうかね」

すると、元木は首を小さく横に振る。すると横にいたタカナシと名乗った若い刑事が、こう住田に言った。タカナシという苗字《みょうじ》、文字は「小鳥遊《たかなし》」と書くらしい。彼だけが住田に名刺をくれた。珍しい苗字だった。

「さっき病院から連絡で、亡くなったと。頭を強打しているからと……」

聞いて住田は衝撃を受けた。細野も死んだ。それでは、いったいどういう理由によって転落したのか、彼の口からはもう聞きようがなくなったということだ。三人が三人とも、黙って死んだ。

「よけいなことは言わなくていい」

元木が横を向いて後輩を叱った。そして住田には顔を向けて、このように言う。

「細野さんが亡くなったことは、しばらく銀行のみなさんには伏せておいてください。みなさんから証言を取る際に、障害になる可能性があるので。今夕まででけっこうですから」

「はあ、解りました」

住田は言った。が、気分に混乱を感じた。そんなことを伏せて、いったいどんな益があるのか。何も解らないくせに警察は、特権意識だけは発揮して、情報の独占をするのかと思ったのだ。そしてこれとは別に、細野の死の衝撃が、自分の内でむくむくと成長するのを感じていた。いよいよ自分が一人になったのだと、徐々に実感させられた。秘密を抱える者が自分一人になった。警察を相手に、大きな秘密を抱えて、これからたった一人で頑張らなくてはならない。

「細野さんのことは解りました。それじゃあ岩木俊子さん、小出さんは、どうして屋上に?」

「それは、植木に水をやりにです」

住田は答えた。

「植木に水?」

刑事は怪訝な顔をした。

「屋上にいっぱい植木鉢が並んでるんです。屋上一面、ぎっしりと埋めてます」

小鳥遊が、また横から言った。

「どうして植木が?」

しばらく部下の方を向いていた元木が、住田に向き直り、訊いた。

「はい、もともとは大室礼子さんって方の持ちものだったんですが……」

「大室礼子さんというのは、あの女優の?」

元木は訊く。

「はいそうです。うちの銀行が、彼女が亡くなったあと、住まいを売却処理した際に、しばらくという約束で、うちが預かったんです。でも、引き受けると言ってくれていた映画博物館の館長さんが急逝されたもので、現在引き取り手がなくて、ずっとこの屋上に」

住田は説明した。

「ふうん。その植木鉢に水をやっていて……」

「そうです、飛びおりた。全然自殺しそうもない人間が三人、続けてです」

「ふうん」

言って、刑事は溜め息をついた。そしてこう続ける。

「だが、何か理由があるでしょう。理由がなくては人は飛びおりませんよ、そうでしょう？　それとも、誰かに落とされたということですか？」

刑事は核心に入るようにして、訊いてくる。

「解りませんが……」

住田は言った。

「しかしあなたの言われることからは、そうなりますよ」

刑事はじっと住田に目を据え続け、責めるように言う。

住田は、小さく首を横に振った。そして言った。

「屋上には誰もいなかったんです」

「どうして解ります？」

「私がすぐに駈けつけましたから。音を聞いてすぐです。三階に飛んでいったんです」

「どうしてすぐに屋上という判断を？」

刑事は隙を見つけたように訊く。しかしこんなことは隙ではない。

「飛びおりだ、という叫び声が聞こえたからです。うちの女の子が飛びおりたと、それなら屋上しかないです」

刑事は無言だった。

「ついでに言うと、表でそう叫んだのは小出かもしれません。二番目に飛びおりた男です。あいや違うか、あいつは一階に飛び込んできたんやったか。声が聞こえたのはあとか」

刑事は聞いて、さらに無言を続ける。

「ともかく駈けつけてすぐに屋上を見たら、誰もいなかったですし、それに……」

「それは、最初の岩木俊子さんの時ですね？」

小鳥遊が確認してきた。

「いや、最初の岩木君、それから二度目の小出君、両方です。双方ともに私が駈けつけましたから」

「何故あなたが駈けつけましたか？　ほかの行員でなく」

元木がまた隙を見つけたかのように、あるいは引っかけるように訊く。

「それは両方とも私の部下だったからです。それに……。上がっていったのを知っているのは私でしたし、彼らと最後に会話したのも私です」

「解りました。それに、とは？」

元木が訊いた。

「最初の岩木君の時は、目撃者がいるんです」

「ほう、誰です？」

「原と言います。原裕信《ひろのぶ》といったかな、庶務の」

「原……」

言って彼は、手帳にメモした。

「原さんは何と？」

「うわあと小声で言って、岩木君が一人で逆さに落ちていったと。それをたまたま見たと、彼が、原君が」

「どこから目撃しましたか？　原さん」

「三階です。屋上に出るドアのところからです」

「ふむ。あとで原さんに話を聞きましょう。二人目の小出さんの時は？」

元木は訊く。

「それは、目撃者はいませんけど、でもこの時も私は、五人で即刻駈けつけました。そしたら屋上にも誰もいなかったし、その時には私、すぐに写真も撮らせました」

「写真を撮った？　誰が？」

「北田という者です。岩木君の時も小出君が写真撮っています。それから三人で手分けさせて、すぐに三階の三部屋に入らせました。一人が一部屋担当で、同時にです。私は廊下で立って三人を見ていました。しかし部屋の中には、誰もいませんでした」

「彼らが出てきてそう言った？」

「そうです」

「その三人というのは？」

「小島、田中、保井《やすい》という者です」

「ふむ。小島、田中、保井……」

元木はこれも手帳に控えている。

「それから写真が北田、ほかに何か異常は？」

訊かれて、住田は宙を見た。

「別になかったですね。ホースから水が出続けていました、そのくらいです」

「ふうん、ホースから水と」

刑事は手帳に書いている。

「はい。水を撒いている途中で、屋上から転落したんでしょう、二人は。岩木君と小出君は」

「ふうん、水を撒いている途中……」

「そうです」

「二人とも？」

「そうです。屋上へ行ってみたら、まったく同じ光景がありました」

「しかし彼らを落とした者はいないと？」

「いません」

住田はしっかりと首を横に振った。隠れる場所さえなかったのだ。

「私ども、しっかりと調べましたから」

「解りました。ほかに何か気づいたことはないですか？　どんな些細《ささい》なことでもけっこうです」

刑事は訊いた。

「ほかにというと……、もう一人、和田佐和子という子が、屋上に水を撒きにいきました」

「それはいつです？」

「さっきです。細野君の落ちる、ちょっと前です。でも彼女は無事に戻ってきました」

「無事に戻った」

「そうです」

「そりゃどういうことだ？」

刑事は小声でつぶやいた。

「落ちた三人と、その和田さんとの違いというのは、何かありますか？」

言われて住田は、はじめてこの点について考えることになった。

「別にないですねぇ……。岩木君、和田君は、まあ似たようなタイプの女の子ですねぇ」

この点に嘘はない。心からそう思う。しかしむろん岩木は強盗事件のことを知っている。そのことは大きな違いだが、刑事の前で言えることではない。

「ふん、解りました」

刑事は言う。

「それで、細野君が行ったんです。彼女は死ななかったから、危ないことなんかないじゃないですかと、そう私に言って」

「しかし彼の場合は死んだと」


「そうです」

住田は深くうなずく。

「あとで上がった細野さんだけが？」

「そうです」

「ふうん、おかしな話だな……」

元木がそう言った時、制服の警察官が応接間に入ってきて、元木の耳もとに、小声で何ごとか報告した。しかしその内容は、住田にも聞こえた。彼はこう言ったのだ。

「細野さんが転落する時に、見ていた人がいるようです」

聞いて元木はうなずき、

「あそう」

と言ってから、住田に向かってはこう言った。

「はい住田さん、それではこれでけっこうです」

サンタクロース

1

U銀行のソファにすわり、名前が呼ばれるのを待っている間、菩提裕太郎《ぼだいゆうたろう》は激しく絶望していた。昨夜の安酒による二日酔いの不快も手伝った。来年もう四十になるが、未だ定職にも就《つ》けていないし、世の中に名前を轟《とどろ》かすこともできていない。高校時代は柔道部のキャプテンで鳴らし、大学時代は柔道の全国大会で準優勝までした。当時はそれなりに有名人になりかかって、スポーツ新聞によく顔写真が載った。このまま社会のエリートになりおおせるものと思っていた。

ところが実業団柔道でアキレス腱《けん》を切り、以前並みへの回復は不能と医師に宣告され、柔道界からは引退を余儀なくされて、大手貿易会社、N物産に就職できていたのだが、ついでに上司とぶつかって一年で退社ということになった。その後再就職もできず、以降スポーツからも遠ざかり、そうなってみたら自分には案外取りえがないことにも気づいて、バイトで食いつなぎ、気づけば四十の手前まで来てしまった。酒好きと、豪放な性格がたたって未だに安アパート暮らし、妻も子も持てていない。これは子供時分から思い描いていた将来像とは大いに違った。

年末のこの日も、サンタクロースの衣装を着て街角に立ち、「キャバクラ・ホステス大募集」の活字が入ったティッシュペイパーを、雑踏の中で配るアルバイトをする予定だった。仕事のシフトは、夕刻の六時から深夜の十時までであった。クリスマスが近いから街に人通りは多い。都心に近いこの街は、深夜まで人通りが絶えない。

菩提は、バイト斡旋《あっせん》会社、T見広告企画から渡された派手なサンタクロースの衣装と、白い付け髭《つけひげ》、それから小型ティッシュがびっしり詰まった段ボールの箱、それらを入れたスポーツバッグ、それに丸めた新聞紙を詰めてふくらませた布袋などを持って、銀行の待ち合いのソファにぽつねんとすわっていた。

便意をもよおしてきたので、トイレに行くべく立ち上がった。二日酔いのせいでちょっと吐き気《はけ》もする。だがそれ以上に、ティッシュ配りのバイトのために重ね着の必要があって、そろそろトイレに入らねばと思っていたのだ。自分の名前が呼ばれるまでにはまだ間がある。

ちょうどその時、店内の離れた二ヵ所に立っていた女性が、同時にさっと、視線を振り向かせるのが見えた。そして駆け足になり、奥の衝立ての陰にあるはずのトイレに向かっていく。奥から男の大声がしたのだ。その声は菩提の耳にも聞こえたが、内容までは聞こえなかった。

菩提は遠慮してしばらく待とうかと迷ったが、やはり行きたかったので、彼女たちの後方をついていった。するとカウンターの後方、囲みスペースの中からも男性行員らが大勢通路に駆け出してきた。そしてそのまま全員がトイレに駆け込んで行く。何ごとか一大事らしい。不審に思いながらも、菩提も一緒にトイレに入った。

大勢の男性行員に抱え上げられ、熟年の男性が個室から運び出されてきた。女子行員も入ってきている。横の男がズボンのベルトを締めてやったりしながら、みなで彼を通路に連れ出して行く。そして口々に、おい救急車だ、救急車を呼べ、などと叫んでいる。ゼンバ部長、と名を呼ぶ者もいた。

菩提は、そういう人の動きに押しやられるようにして、一番端の個室に入った。すると、トイレ内はたちまちがらんとした。昨夜安酒を飲みすぎたせいで、菩提は二日酔いの上に若干腹を下しており、時おり腹痛も感じたから、いたってゆっくりと用を足した。そうしていると日頃の絶望感も襲って、動くのがおっくうになった。これから外に出て、窓口に並んで、真面目にクレジットカードを作ってどうなるのかという気がした。

このところの菩提は、よく泥酔して深夜の街をうろつき、公園のベンチで眠ったりしていたから、銀行のカードをどこかで落とした。それで新しいカードを作ろうと思って銀行に来ていたのだが、預金の額もしょっちゅう底を打ち、カードが使えないことも多かったから、別にどうしても作りたいとも思っていなかった。この頃は、金を使うといっても定食屋とラーメン屋、そして飲み屋での支払いが大半で、寝すぎて昼メシを抜いてしまったら、財布を出すのはもっぱら飲み屋だけになる。飲み屋で酒を飲み、何か腹に入れて寝るだけだったから、カードなど使う用はない。まだカードを持っていたのは、昔有名企業にいた時代に作ったのであって、実のところカードを持つような身分からはとうに滑落していた。

便器にすわっていたら、案の定吐き気も来た。それで便器からおりて床にしゃがみ込み、吐こうかと思ってやってみたが、吐けなかった。胃液が少し上がって来て、その不快感にまたぞろ絶望はいやまして、もうどうにも表に出たくなくなった。トイレに入ったのは、便意や吐き気もあったのだが、着替えのためだ。だが着替えたところでまた今夜も表の通りで女の子にティッシュを配るだけだ。そんなことしてもどうだというのか。もう何度もやって、すっかり飽きている。今からもう一回あれをやっても、自分の人生にさしたる意味はないし、未来が拓《ひら》けるわけでもない。

蛍の光のメロディが聞こえてきた。銀行は閉店か、とぼんやり思う。このT見支店は変わっていて、午前中、そして午後三時から五時まで窓口業務を行う。五時の今、窓口のロビーは閉店で、あとはもう、ビルの横っちょに作られたATMだけの営業になる。これは自分は使えない、カードがないからだ。だが今夜の飲み代くらいなら財布にある。焼酎《しょうちゅう》と日本酒と、それから若干の食い物代を払うくらいの金はポケットにある。明日、あさってくらいまでの分もある。その先はないが、まあ何とかなるだろう。またキャッシングで金を借りてもいいし——、いやもう借りられないのだったか。けっこうな借金総額になっていた。だがもう、それもどうでもいい。駄目なら自己破産するまでだ。どうせカードはないことだし。

なんでこんなことになったのかと思う。学生の頃は輝いていて、それなりに女にもモテた。金廻りもよく、後輩によく酒をおごってやった。みなラーメンが好きで、大勢引き連れてラーメン屋街を徘徊《はいかい》し、飲み屋に行くことを繰り返していたら、東京のラーメンに飽きてしまって、よし今宵《こよい》は本場の札幌《さっぽろ》ラーメンだと宣言し、羽田に行って飛行機に乗ったりもした。

N物産に就職したらさらに金廻りがよくなったから、こんな生活が生涯続くものと勘違いした。実業団柔道で、まさか自分がアキレス腱を切るなど、考えてもいなかった。生活態度が傲慢《ごうまん》になって、日頃酒を飲みすぎたり、トレーニングや準備運動をサボったせいだ。体も重くなりすぎていた。

ともかく、このまましばらくすわっていようと考えた。そうしたら、銀行の誰かが呼びにくるだろう。お客さん、閉店ですから出てくださいと外で言われたら、それから出ればいいと考えた。なにごとにも横着に、感性が鈍《にぶ》くなって、何を言われても大してこたえなくなっていた。神経のどこかが麻痺《まひ》したか、壊れるかしたのだ。

ところが、待てど暮らせど誰も来ず、表からなんの文句も聞こえてはこなかった。蛍の光のメロディもとうにやんでしまい、行内は気が抜けたようにひっそりとした。

菩提はのっそりと立ち上がり、ズボンを上げて、その上から真っ赤なサンタクロースのズボンを穿いた。セーターとブルゾンの上に赤い上着も着て、ボタンを塡《は》めた。上も下もそのままで、赤い服を重ね着したのだ。瘦《や》せていた高校生の頃なら、もっと着なければならなかったろうが、トレーニングをしないで酒ばかり飲んでいる今は、たっぷり贅肉《ぜいにく》が付いて、これで充分だった。まるまると脂肪の付いたサンタの爺さんに見える。

　髭を付けて赤い帽子をかぶり、ゆっくりと個室を出た。がらんとしたトイレ内を歩いて鏡の前に行き、白髭の感じを確かめた。充分にサンタクロースになっているように思ったから、ティッシュを詰めた段ボール箱が入っただけになったスポーツバッグを布袋に入れて肩に背負い、廊下に出た。それからさっきまでいたロビーに行ってみたら、もう蛍光灯が消えていて暗い。真っ暗でないのは、通路の天井の蛍光灯だけは消されないでいたからだ。

　ちょっと驚き、出ようと思って、入ってきた自動ドアの前まで急いで行ってみたら、マットに乗ってもドアはうんともすんとも言わず、ガラス越しにシャッターがおりているのが見えた。焦って別のふたつの自動ドアの前にも行ってみたが、どちらも同じだった。すべての自動ドアがスウィッチを切られていて、ガラスの扉の向こう側にシャッターがおりている。

　ロビーをぐるりとひと巡りしてみた。どこにも開いている出入り口はない。これでは表に出られず、仕事に行けない。ちょっとあわてる気分になり、どうしてこうなったのかと考えた。今まで何度も銀行に来たが、こんなことになった経験はない。どこで手順を間違えてこうなったか、と考えていたら解った。誰かがトイレの中で倒れたせいだ。救急車を呼べとか言っていたので、脳卒中かもしれない。そうなりそうな熟年の男だった。それでロビーにいた行員の何人か、そしてフロア係の女の子二人もトイレに急行した。

　ああいう時、銀行のヴィジターたちはおとなしく椅子にすわっているだろう。だが自分はちょっと切羽詰まっていたので、騒ぎに合流するようにトイレに向かった。行員たちは、自分たちがパニックになっているものだから、すぐそばにいる客に誰も注意を払わなかった。サンタクロースの真っ赤な衣装でも着ていれば別だろうが、平凡な服だから誰の注意も引かなかったのだ。自分は騒ぎを横目に、静かにトイレの一番端の個室に入り、行員の誰もそのことを記憶しなかった。

客の動向の把握は、たぶんフロア係の女の子の仕事だろう。彼女らがトイレに入った客を憶えておき、店じまいのおりには呼びに来るのだろうが、あの急病人のせいで自分は彼女らの盲点に入ってしまって、客が一人トイレにいることが認識されず、自分は放っておかれたまま、店は閉じられてしまったというわけだ。まもなく自分の番だったから、窓口から名前を呼ばれたろうが、申し込んでおいていなくなる客は珍しくもなかろうから、自分のあとの客が呼ばれて対応されたのだろう。

自分が悪いくせに、そう考えたら菩提はだんだんに腹を立てた。まったく教育がなっていない行員どもだ、などと思った。自分の都合で銀行を閉めてしまい、客を一人行内に閉じ込めたのだ。

だが裏口のドアのひとつくらいは開いているだろう、そう考えてトイレ前の通路に戻り、そのまま口ビーと反対の方角に進んで、突き当たりにあったドアのノブに手をかけた。ところがひねってみても、微動もしない。鍵がかかっているのだ。

あわててなかば駈け足になってロビーに戻り、カウンター前のフロアを横切って反対側の通路に入り、これも突き当たりまで行ってみた。ここにも裏口のドアがあったことをかすかに記憶していたからだが、このドアのノブをひねってみても、やはり施錠されているのだった。

見ればドアは、室内側が押しボタン式になっているというわけではない。室内側、室外側、ともに鍵を差し込んでひねる形式だ。室外側が押しボタン式になっているはずもないからだ。ドアの下にはわずかな隙間があるが、この隙間からなど、何かができるはずもない。

　これで菩提は完全に腹を立てた。これでは仕事に行けない。遅刻だし、開始時刻にはT見広告企画のスタッフがチェックに来るから、所定の歩道に立っていなかったら減俸になる。銀行のせいだと思った。

　バイト料を半分にされたら、今月の家賃が払えなくなる。キャッシングの借金がかさんで、バイト先からもひと月分前借りしているが、良心的なところからはだいたい借りているから、あとはもう闇金《やみきん》に頼らざるを得なくなる。そうなったら悲惨な将来が透けて見えて、いよいよ首をくくらなくてはならない日も近づく。世間によくある、自殺組の袋小路《ふくろこうじ》に片足を踏み入れることになるのだ。そんなことになってたまるかと、菩提は憤然と考えた。それでかたわらの階段をずんずんと上がり、上がりながら、

「すいませーん！」

と大声をたてた。

　しかしすぐに、こんなに丁寧に呼びかけてやる必要もないと思った。自分を閉じ込めた落ち度は銀行側にあるのだ。もっと高飛車に出てやってよい。自分はかつて柔道部の猛者だった。街のやくざ者でさえ、自分のことは避けて通っていた。銀行員のごときは、何人いようがひとひねりだ。

「おい！」

　菩提は階上に向かって大声をあげた。しかし空間は冷えてしんとして、返事は戻らない。菩提は舌打ちしてさらにこう言った。

「おい、出してくれよ、表に。客を閉じ込めてんぞ！仕事があるんだ。どこの扉も、全部鍵がかかっているじゃないか！」

　しかしやはり返事がない。それで仕方なく、ずんずんと階段を上がっていった。

「冗談じゃねえ、仕事、クビになっちゃうじゃねぇ

かよ！」

踊り場に着き、折れて反対向きになり、二階を目指す残りの階段に向かおうとして、菩提の足が停まった。見上げると、踊り場に面した壁の上方に、小窓があったのだ。しかしガラス窓は閉じている。背伸びして手を伸ばせば、ガラスの下端に手はかかる。しかし、頑張ってみても窓は開けられなかった。サッシが重なる部分にあるクレセント錠がかかっているのだ。

半月の突起を下げたいと願う。しかしジャンプしてみても、おしいところで手が届かない。この小窓を開けられたら、ここからなんとか表に出られる。この窓の下は、確か自転車置き場の屋根になっていた。屋根におりられたら、軒先まで歩いて、そこから飛びおりられるだろう。

あきらめて階段を上がり、二階に着き、左方向に折れて階段手すり脇の廊下を歩いていった。手近な部屋のドアを開けてみた。ここには鍵はかかっていない。

がらんとしている。明かりはついていない。しかし、広い部屋の中はぼんやりと明るい。窓の外に、赤白の光が明滅するネオンがあるらしい。

部屋の中には、まるで学校の教室のように、机と椅子がたくさん並んでいた。実際、何かの授業をやっている部屋なのかもしれない。しかし教室にしては、机の上にいろんなものが乱雑に載っている。大小のカバン、スポーツバッグ、野球のグラブとボール、バスケットボール、週刊誌、漫画雑誌、段ボール箱。

段ボール箱の中を覗いてみると、ワンカップ大関がびっしりと並んでいるのだった。その上に乾きものつまみ、さきいかとかアラレ、ピーナッツなどの袋が見える。机の上、箱の陰にもワンカップ大関がひと缶置かれてあり、これは口が開いていた。カップの上に蓋が載っているのだが、これはただ載っているというだけで、押し込まれてはいない。持ち上げてみると、半分ほど飲まれているが、まだ半分は残っている。もと通り机に置こうと思って戻しかけたら、肩に袋を背負っているせいで仕草《しぐさ》が粗《あら》くなり、蓋が床に滑り落ちた。

　この安酒の味が案外嫌いでなかった菩提は、部屋が冷えていたこともあり、温まりたいと考えて口をつけ、ええいままよと一気に飲み干してしまった。あまい舌触りが心地よくて、体が温まり、とたんにアル中の本能が呼びさまされて、もっと飲みたくなった。今の一気が呼び水になったのだ。

　それで椅子に腰をおろし、袋は横の椅子に置いて、箱の中からワンカップ大関をひと缶抜き出した。つまみの袋も破ろうかと思ったが、それはちょっとやりすぎかと思って遠慮した。蓋を開け、ワンカップ大関をひと口飲んだ。そうしたら、さっきまで悪かった腹の調子も、ついでに絶望感もどこかに飛んでいって気分がよくなった。このくらいかまうことはない、自分は閉じ込められたのだ、これは迷惑料だ、と都合のよい理屈を思った。

　さらにもうひと口、もうひと口、そして残りの酒も、一気に腹に流し込んだ。すると見上げる天井がゆるりと回転したから、いかん酔ってしまったと思ったが、もうあとの祭りだった。このままここにいたらもう酔って動けなくなると思い、二カップだけで切りをつけ、菩提は立ちあがった。そして部屋を出ようと歩きだした。その時、部屋の後方、ロッカーの前の床に、長い黒ヴィニールの袋が置かれてあることに気づいた。ゴルフのクラブか、それとも野球のバットだろう。かまわず出ようと思い、ふと思いつくことがあって足が停まった。

　この長いものを使えば、踊り場の高い場所にある小窓のクレセント錠を下げられるのではと思ったのだ。酔いが出はじめた足でよろよろ歩いて、床の隅《すみ》の長いものを拾った。ずっしりと重かったが、これでなんとかクレセント錠の突起を下ろしてやろうと思って階段まで戻った。そんなことをせず、足場用に椅子をひとつ運んでいけばよかったのだが、酔ってしまって思考力が働かなかった。

踊り場までおり、クレセント錠の突起にヴィニール袋の先っぽをあてがって上下させてみたが、袋の方に突起がないのでうまくいかない。上方ばかり見ての辛気《しんき》くさい仕事に集中したせいで、酔いがますます廻って、立っていられなくなった。貧血が起こったような感覚で、どっとしゃがみ込み、しばらく正気が戻るのを待った。

なんとか感覚が戻ったから、立ちあがり、袋の先端のジッパーを少し開いた。再び袋を持ちあげて、袋を上下させる作業をしばらく頑張った。バットのグリップの段差に、クレセント錠のつまみ部分が引っかからないかと期待したのだ。

しかし、やはりうまく行かなかった。菩提はあきらめて袋を床までおろし、しばらく立ち尽くして呼吸を整えた。酔っているものだから、その程度の作業でも息があがってしまった。柔道部で鳴らした学生時代を思えば、なんとも体力が落ちたものだった。トレーニング不足、そして酒の飲みすぎだ。それは自分でよく解っていた。

しかし柔道をやめた今、どんなスポーツにも挑戦できずにいる。何に挑戦していいのか解らないし、きっかけがない。どうしたものか菩提は、球技が全然駄目だった。ボールを操るセンスがないのだ。また体が重い方なので、それも今ますます太ってしまったから、走ることが得手でない。

これは冗談ではないと思った。このままでは本当にこの建物から出られない。バイトにも行けないし、腹ごしらえもできない。アパートに戻れないことくらいはどうということはないが、朝までここにいなくてはならないのは困る。今は冬だ、布団がなければ眠れないし、風邪をひいてしまう。

ここは、雑居ビルではなかった。わずかに三階建てで、U銀行の専用ビルだ。雑居ビルならどこかのオフィスに残業している者もいるだろうが、すべて銀行員なら、退社時刻に全員がいっせいに建物から出てしまったのかもしれない。入っているのがＵ銀行一社だけなら、独自の取り決めで六時にビルの出入り口全部に施錠してしまってもよい。なにしろ大金を扱っているのだからそれも自然だ。そう理解はしても、信じがたいような馬鹿馬鹿しさに腹が立ち、菩提は乱暴に階段を上がった。

三階までのぼり詰め、菩提は手近のドアを乱暴に開いた。室内に人影はなかった。やはりそうだと思った。行内すべての者が、もう行外に出てしまった。こんな馬鹿馬鹿しい話は聞いたこともない。トイレに行こうと思ったら、その時たまたま倒れた行員がいて、その騒ぎのどさくさで自分が忘れられ、ビルに閉じ込められてしまった。こんな間の悪い話、聞いたこともない。

それでなくても今の仕事、Ｔ見広告企画の者と折り合いが悪い。若いくせに妙に横柄な社員がいて、そいつと何度かぶつかった。菩提が遅刻したことをとがめられたのだ。こっちは謝っているのに、向こうが嵩《かさ》にかかってあまりがみがみ言うから、やかましいとつい怒鳴ってしまった。その時も酒が残っていて、相手がクラブの後輩のような錯覚に陥ったのだ。後輩をたびたび怒鳴って叱った経験も悪く作用した。酒もよくなかった。

問題になり、年配の上司が出てきて、もう酒はやめろときつく言われた。平身低頭してその場でのクビは免《まぬが》れたが、今度のこれで間違いなくクビだ。遅刻してでも行ければいいが、すっぽかせば、どんな言い訳も聞いてはもらえない。ありのままに説明などしたら、作り話を疑われるのが落ちだ。

好景気と言われるご時世だが、まともな仕事を新たに探すのは骨だ。あるのはコンビニの店員くらいだろうが、あれにはノルマがあり、罰金がきつい。おでん五十個販売というノルマがあって、売り残したら罰金を取られた。まったく冗談ではなかった。しかしそれだって右から左には見つからない。有名飲み屋チェーンの店員もやったが、これも激務だった。怖そうな風采《ふうさい》が用心棒代わりと重宝がられて出世し、店長の手前まで行ったが、店長になれば仕込みだ何だで寝る時間もなさそうだったし、まずは隣県のド田舎の店の店長に行かされるというからやめた。

これでしばらくはまたハローワーク通いになるかと思うと、際限なく腹が立って、こんな銀行ぶっつぶしてやろうかと考えた。一介の就職浪人にそんなことができるわけもないのだが、自分がティッシュ配りのバイトをクビになるのはどう考えてもこの銀行のせいに思われたから、なんとか一矢を報《むく》いてやりたい気分にとらわれた。投書でもしてやろうかと思ったが、それでは町内のおばさんのようで気がなえた。

だから廊下を進んで次のドアを開けたら、なんだか事務仕事をやっている行員が四人ばかり居残っていて、みなが揃って顔を上げるのが見えたから、

「おいっ！」

とついまた荒い声を出してしまった。勝手に声が喉からほとばしったので、自分で驚いた。大学の部室での先輩癖《くせ》が、またしても出てしまった。これはもう、生涯直らないかもしれない。

屋上の呪い

9

自席に戻ることを許された住田は、衝立ての方向に目を据えて、自分の次に応接間に入る者の姿を待った。それが、屋上から細野が落ちるところを目撃した人間と思われるからだ。しかし、待ってもなかなか動きがない。そこで住田は、フロアに原裕信の姿を探した。原はすぐに見つかった。ということは、細野の目撃者は原ではないということだ。

住田は原のそばに行き、この尋問聴取から解放されたら、少し二人で話せないかと彼に質《ただ》した。自分の部下ばかりが三人死んだ。この理由を考えたいから、協力してもらえないかと訴えた。

いいですよと原はすぐに言った。そこで、会合は退行を許され次第ということにして、場所は百福を指定した。百福はあまりはやっていないので、二階の座敷席はいつも空いているのだ。原も百福は知っていて、これにもいいですよと応じてくれた。

次に住田は、細野君が屋上から転落するのを見ていた者がいると聞いたが、これが誰か解るかと訊いた。期待してはいなかったのだが、原は即座に知っていると言う。

「知っている？　誰だ？」

住田は勢い込んで訊いた。

「うちの課の塚田《つかだ》だと思いますよ。ほら、今応接間に入ります」

と言って原は、応接間の方向を指差す。振り返って見ると、応接間の手前にある衝立ての陰に、塚田が入っていくのが見えた。

「塚田君か」

住田は言った。知らない男ではない。以前に、二、三年だが住田の下にいたことがある。

「あいつも三階にいて、銀行便りの原稿を書いてたんですよ。それで見たんだと思うな」

「今日は、君はいなかったのか？」

「ぼくは今日はいませんでした」

原は言う。

「じゃあ塚田君も呼んでもいいかな百福、三人になっても。それとも一人ずつの方がいいかな」

「いいですよ、三人で」

原は言った。

「ぼくも、塚田の見た内容をきちんと聞いてみたいから」

彼は言った。それで住田は原と別れて自席に戻り、応接間から出てくる塚田を待ちかまえて百福に誘うことにした。塚田は飲むのが嫌いな男ではなかった。たぶん承知するだろうと思った。


住田と塚田は午後六時に解放され、銀行を出ることが許された。しかししばらくは旅行に行ったり、地もとを離れることは遠慮するようにと刑事たちに言われた。

塚田はアルコール好きで、しかもまだ独り者だったから、飲み屋での会合は歓迎のようだった。住田は妻帯者だが、ウィークデイの晩飯はたいてい外ですませてくると女房は心得ているので、帰宅が遅くなるのは問題ない。

百福の二階に上がり、がらんとした座敷の座卓で額を突き合わせると、塚田が、

「いやあ、今日はショックなものを見てしまって、酔っぱらって忘れたい気分ですよ」

と開口一番に言った。声は比較的大きかったが、二階の座敷席には客の姿はなく、だいぶ離れたテーブル席に、アベックの姿が二組あるだけだった。

塚田は三十そこそこでまだ若い。

「だから今日はぼく、こういうとこ来たかったです

ね。誘っていただいてどうも」

住田はしかし、塚田の言をろくに聞いてはいなかった。

「知っていると思うけどな塚田君、飛びおりて死んだ三人は、三人とも俺の部下なんだよ。俺としては、もう冗談じゃない……」

と言ったところに、娘が突き出しを持って注文を取りにきたので、ビールの中ジョッキふたつと、焼き鳥の盛り合わせ、ウィンナソーセージ、刺身の盛り合わせ、鮟肝《あんきも》のポン酢など、いつものあれこれを取った。娘がメモを取って階下におりていくと、住田はそれを横目で見てから、すぐに身を乗り出してもと部下に訴える。

「だからな、なんとしても理由が知りたいんだ。三人が三人とも、自分は絶対に自殺しないと俺に言いおいて、それで屋上に上がっていったんだぞ。それで簡単に飛びおりた、なんで飛びおりるんだよ、冗談じゃないんだよ。ほんま、冗談じゃない！」

「係長、理由は解らないんですか？」

塚田は訊いた。

「全然解らないよ」

住田は答えた。

「彼らの身の上相談とか、することなかったんですか？」

「おい、警察みたいなこと言うなよ。あったよそりゃ。でも全然悩みなんてなかったんだよ連中」

「ほんとですか？　そりゃ」

「いやそりゃ、突き詰めたらいろいろあるだろうよ。でもたまたま、今はない時期だったんだ。君もあるだろう？　悩み多い人生でもな、たまたま今は絶好調だ、悩みなんてないぞーってぇ時期が」

「ま、ありますねぇ。希望校に合格した年とかねぇ」

「それだ、連中はまさにそれだったんだ。たまたま今は幸運の絶頂期で、人に自慢したくてたまらないようないいことがあってなぁ、もうルンルン気分だったんだよ、少なくとも一人は」

「誰ですそれは？」

「先頭バッターの岩木俊子君だ」

「ああ彼女」

「トム・クルーズそっくりのイケメンと、来月あたり挙式の予定だったんだ。人生最良の時だったんだよ、銀行一モテない女がな、奇跡が起こって」

「本当ですかそれ。そいつ目悪いんですかね、トム・クルーズ」

「あのな、みんなそれ言うけど、駄目だろ、死んだ者のこと悪く言っちゃ」

「あ、そうか、バチ当たりますかね」

「君も飛びおりたいのか」

「おりたくありません」

「だからほかのやつは死んでもな、あいつだけは死ぬはずないんだ」

「はあ、そうですか」

「それから、今日君が見たっていう細野君だが、彼は三番目の犠牲者だが、最初の子がそろそろ生まれそうなんだ、夫婦仲も円満、彼もまたここのところ、なんにも悩みなしの時期をすごしてた」

「ふうん」

聞くと、塚田は腕を組んでうつむき、考え込む。

「まあ、いろいろ悩みができるのは、もうちょっと経ってからやな。歳いってから」

「はあ」

「俺な、今日くらい警察、頼りないと思うたことないわ。俺らと全然変わらんのやなと。連中、なんも解っとらんわな。直属の上司の俺に、なんやかや、あれこれと引っかけを言うてな、切れ者のつもりになっとる。死んだ者、自殺と決めてかかってな、悩みがないない言うても、絶対何かあるはずやと、それを俺に言わせようと思っている。そんなん、俺が隠してるわけないがな。俺を犯人と間違うとるで、しっかりせいやと言いたい」

「うーん、はあ」

塚田は、うつむいたまま、そんな声を出している。

「でもまだ、懸命に捜査してますね警察。鑑識班来て、さかんに屋上調べてますよ、指紋だなんだと。それからまだ行員の尋問続けてます。これは時間かかりますよ」

「ああ、だから原がまだつかまっとる。だからあいつここ、まだ来られないんだ。これは、明日もまだ続くとみなきゃいかんぞ、警察の捜査。だから君も、絶対今夜は飲みすぎない方がいい、明日二日酔いになったら辛いぞ、警察相手に」

そこに、ビールや焼き鳥が運ばれてきた。娘があれこれをテーブルに並べている間は、二人は沈黙して待った。娘が去り、ジョッキを合わせて乾杯してから、住田は言う。

「本当のところ、どんな感じだったんだ？　細野君が死んだ時の様子。見たんだろう？」

すると塚田はビールをひと口ぐいと飲んでから言う。

「はあ、偶然なんですよ。トイレ行ったんですよぼく。行く途中でちらと見たら、細野がしゃがんで、植木鉢の間なんかを熱心に調べてました」

「ふんふん、そいで？」

訊いておいて、住田もビールを飲む。

「トイレすまして戻ってくる途中に、また屋上を見たんです、なんの気なしに、ドアのところから」

「どうして？」

「別に理由はないんですよ、何か異音を聞いたとか、叫び声聞いたとか、そんなことは全然ないんですけど、あれ、虫が知らせたっていうんですかね。そしたらちょうど細野がこう仰向けに、背中から落ちていくところが見えたんです。ふわあっと」

「背中から？」

住田は言って、顔を歪めた。そうするつもりはなかったのだが、嫌悪とも不快とも、恐怖ともつかない感情で、顔が歪んでしまった。

「背中から落ちたのか？」

「そうです。背中からこう、のけぞるようにふわあっと」

「じゃ、手すりの上でその……」

住田は恐怖で口ごもった。

「そうです、そうです。シーソーみたいっていうか、だから足が上になって落ちて……」

「声なんか、何もなしか」

「ないです、無言です。ただ、両手はばたばたさせて、そいで、無音ですね、あたりは」

塚田は言う。

「じゃあ誰も、細野を突き落としたやつなんていないと」

「絶対いません！」

当然だというように、塚田は目をむいて言う。何を言うんだ、と言いたげなびっくりした口調だった。

「細野が一人です、ほかに誰もいませんよ」

「周囲の異常なんて……、じゃ、なんにもなしかぁ？」

確認するように、それとも往生際悪く、住田は問う。

「それ、警察にも訊かれましたが、しつこく。ないですね、全然ない。それなりにぼくは見たし」

「見たというのは？」

必死の面持ちで、住田は訊く。

「いや、というのは、ぼくはぞっとしてしまって、もう立ち尽くしたんですよ。その場に。しばらく動けなかった」

「ああ、そうだろうな」

「刑事にも言いましたが、あんまり静かな出来ごとで……、すべてのことが無音で進行したんですよ、すーって感じ」

「ああ」

「だからいったい何が起こったんだろうって、頭真っ白になっちゃって」

「ふん、そうだろうな、で？」

住田は身を乗り出す。

「ぼくが見たもの、あんまりあり得ないことだもんだから。そしたら、きゃーっていう女の人の悲鳴が下から聞こえて、続いていろんな大声がわんわん聞こえてきて、それでぼくもはっとわれに返って、あやっぱり今の、本当の出来ごとだったんだなって、そう思って……」

「うんうん」

「いや、夢だったのかなぁとか、目の錯覚とか蜃気《しんき》楼《ろう》とか、本気でそう思ったんです」

「うん、そやろな。で?」

住田は必死の面持ちで訊く。

「だからぼくはだーっと、細野が落ちたところまで全力で走ったんです」

「行ったのか!? おい!」

住田は大声を出した。

「はあそうです、走って、簀の子の上を」

塚田は言う。

「おい、そりゃ怖いな、怖いぞ」

住田は興奮し、あたふたしながら言う。

「細野が落ちたと同じとこまで行って立って、何かに取り憑かれるとは思わなかったのか?」

「誰が? ぼくがですか?」

塚田はびっくりしたように問う。

「そうだ、自分が。細野と同じように」

「全然。そんなことは考えもしなかったです」

塚田は言った。

「実際、何ともなかったのか? 君。ちょっと飛びおりてやろうかなとか、そんな気持ちになることはなかったか?」

「あ、ありませんよ!」

塚田は、ぶるぶると首を横に振って言った。

「冗談じゃないです」

そしてちょっと絶句したふうなので、住田もちょっと待ってから、こんなふうに問う。

「ふん、それで?」

「下、見おろしたんですぼく、手すりに掴まって」

「おい手すり、掴んだのか!?」

住田はまた驚く。

「そりゃ摑みましたよ、摑まないと怖いです、落ちそうで」

塚田もまた驚いて言う。

「ふん」

「こわごわ下、覗いてみました」

「で、見たら、人が集まっていた?」

「いや逆です。みんなばーっと逃げてましたね、蜘蛛《くも》の子散らしたように。血がじわーっと広がっていたからですね、歩道の敷石の上」

「ふうん、そうか。それで?」

「で、やっぱり本当のことだったんだなと。幻じゃなかったんだなと。細野は死んだんだと。人間、あっけないものだなぁと」

「ああ……」

言って、住田は深くひとつうなずいた。

「そうだよなぁ」

「それで、ぼくはあたりを見たんです。こうさあっと周囲三百六十度、ぐるうっとひと渡り、見廻したんです」

「ふん、ふん、そしたら?」

「いやぁ、何にもないです。異常なしです。全然異常なんてない、誰もいない、何もない、人間はもちろん、猫の子一匹いない。それから置いてあるもの、屋上にですね……」

「うん、それはどうだった?」

「異常なしです、おんなじですよ。壊れているもの、割れているものなし、いつも通りです、いつもと違うものも、別に置いてはなかったし」

「見落としたということはないか?」

住田は訊く。塚田は宙を見て言う。

「ないと思うなぁ、動転はしてたけど、仲間が一人死んだんだし、あとでいろんな人にうるさく訊かれるの、予想してましたからね、その時話せるようにちゃんと、もうしっかりと見ましたよ」

塚田は言う。そしてビールを飲んだ。

「しっかり見たと」

「見ましたねぇ、かなりしっかり。だってすぐに冷静になったからぼく。何にもなかったなぁ。周囲のビルの窓も見たんです、ざっと。こっち見ている人いなかった。開いている窓もなかった」

「窓もかぁ」

「はい」

「俺、細野君の時はもう行かなかったんだ屋上。前の二人、岩木君と小出君の時は、血相変えて駆けつけた。でも三人目はなぁ、もう嫌になっちゃった。あんなに留めたのにというむなしい思いで。留めて留めて、行かないでくれと俺は、懇願までした」

「細野にですか?」

「そうだ」

「それなのに細野は上がったんですか?」

「そうよ。というのも、その直前に植木に水やりにいった和田君が、無事におりてきていたからな。だから大丈夫ですよ係長、の一点張り」

「えっ?」

「ぼくは絶対死にません、気持ちもしっかりしているし、心身充実、悩みもない、ほかの人間は死んでも、このぼくだけは絶対死にませんよの一点張りで、それで上がっていって、すぐにどーんだ。いったい何なんだこりゃ!」

「和田君がその前に上がっていたんですか? 植木に水やりに」

「ああ、上がっている。そして無事におりてきた」

「ええっ、それは知らなかった」

塚田は驚いて言う。

「和田君は無事だったのに、なんで細野だけが?」

「ああ、まぁ細野君だけっていうことはないが。岩木君も、小出君も死んでるんだから」

「その三人と、和田君の違いっていうと、何でしょうね」

塚田が言い、

「ああ、俺もそれ考えた」

住田が言う。それから二人で沈黙し、しばらく考えた。

「だが別に、何もないんだよ」

住田は言う。

二人はさらに会話を続け、三十分もした頃に、原が上がってきた。

「おう」

と原と塚田は声をかわした。そしてすでに三つあったおしぼりの一本で手を拭《ふ》いてから、原は話しだした。

「いや、まいりましたよ。さんざん訊かれました、根掘り葉掘り」

「見た時のことをか？　岩木君を」

「そうです」

原は言う。そしてついてきた女の子に原が、

「ビール、同じのを」

と言うと、住田が手早く、

「焼き鳥、たれ、サラダ」

と追加注文した。そして、

「野菜食べないとな」

と言った。

「何訊かれた？　どんなこと話した？」

住田は訊く。原はどちらかというと、口数の少ない男である。

「それでぼくは、さんざん考えたんですけどね」

原が言いだす。

「何を？」

「いや、岩木さんの転落についてですけど」

「うん」

「彼女、自殺する理由なんてなかったわけですよね」

「なかった、全然ない。これはもう、まったくない」

住田は言葉を尽くして断言する。

「今思うとね、なんか、紐《ひも》で体引っ張られたようにも見えたかなぁと」

「なに⁉」

住田は言った。

「紐で引っ張られた？」

「はあ、そう思えてきたんです」

「どこから引っ張られる？」

「そりゃ、解りませんが、向かいのビルとか……」

住田と塚田は絶句する。

「空中に向けて、向かいのビルあたりからですね」

「向かいのビル？」

塚田はつぶやく。

「うん、だから空中に体が引っ張られて飛び出して、でも腰は手すりにぶつかって、それでこうくるっとね、あんな様子になったのかなぁと」

原は言う。

「ああ、それで両手をばたばたさせたのかあ」

塚田は言う。

苦行者

2

ワンルームのマンションを出た田辺信一郎は、布団も持たず、着替えだけを抱えて京急線沿線の友人のアパートを転々とした。家のない若者が生きるには、友人を頼る以外に道はない時代だった。

友人たちの多くはまだ結婚していなかったから、そういうこともできた。友人たちの中には歓迎してくれる者もいて、そういう者には、部屋代の一部を負担するとか、夕食をおごるなど言って、なんとか相手の機嫌をつないだ。

けれども就職口はなかなか探せなかったし、バイトは続かなかったので、そういう約束が守れないことも多かった。さらには泊めてくれた友人と賭け麻雀をして、信一郎が勝って部屋代負担をチャラにしたり、ということもしたので、好意的な友人ともだんだんに気まずくなった。信一郎は高校時代から麻雀をする機会があったので、相手が初心者なら、だいたい勝つことができた。

しかし真に強いというわけでもなくて、プロのレヴェルには遠かったから、信一郎が負けることも多く、そうなら部屋代負担という口約束の上に借金を作ってしまい、そうなったら、その街から姿を消す以外にない。まだ暖かいうちは公園で眠ったり、駅のベンチで眠ったりして、だんだん寒くなれば安宿に逃げ込んで風呂に入った。すっかり浮浪者の生活に落ちぶれた上に、友人をみるみる失っていった。

ついには電車代もなくなったので、恥を忍んで実家に帰り、食べさせてもらった上に泊めてもらい、半月ばかりぶらぶらしてすごした。働くと言って朝家を出て、あちこちの街の三流館に行って、終日映画を観てすごした。大半はピンク映画だったが、まだ映画館が多い時代で、横浜や私鉄の沿線には、場末ふうの映画館がたくさんあった。それから古本屋をひやかし、喫茶店に入り、コーヒーだけで何時間も粘《ねば》って、夕食時になると実家に帰った。そんな生活を続けていたら、Y家電で受けた精神の傷も次第に癒《い》えた。しかし、別種の絶望感や低迷感が育った。

そんな生活にも飽きてきたから、親に頭を下げてまとまった金を恵んでもらい、またT見の街に戻って、安い木造モルタルのアパートでも探そうと思った。トイレ共同、風呂なしからの再出発だと考えた。信一郎はT見市には何故か愛着を感じていて、自分の街と思う気分があった。しかもこの街には学生時代の友人は住んでいなかったので、不義理もせずにすみ、したがってここでは人目を気にする必要もなかった。

不動産屋の店先に出ている安アパートの貼り紙を見て廻っていたら、富士という不動産屋で事務員募集の貼り紙を見つけた。このようなものでも仕事にありつけたら御の字だと思って訊いてみたら、社長がおばさんで、信一郎の風貌を気に入ってくれ、では一ヵ月間試験採用だと言ってくれて、簡単に仮就職ができた。好景気ゆえのことだったろうが、決まる時はこんなものだなと思った。それで実家に泊めてもらいながら、京急電鉄でT見に通うことにした。ひと粒四百メートル看板を観に通っていた時代が復活した。

毎月きちんと収入がある生活がしたかったし、眠る家のない暮らしの不安に信一郎はこりごりしていたので、不動産屋では真面目に勤めあげた。おばさん社長について歩き、物件案内のこつも学んだ。Y家電の人づかいの厳しさに較べたら、少々の厄介くらい、何でもないことだった。そうして一ヵ月ほどが無事にすぎ、社長が本採用すると言ってくれた。これは大変ありがたく、酒を買って帰って一人祝杯をあげた。

しかし、よいことがひとつあると、たちまち厄災も訪れた。代休のウィークデイ、三流館で映画を観ての帰り道、京急電車で帰宅ラッシュにぶつかった。ふだんは避けていたのだが、うっかりした。その夕は特に、まったく身動きもできないほどの混雑ぶりで、これほどのものははじめてといってもよいほどだった。十二月に入り、もう真冬かと言いたいくらいに寒い日だったから、乗客たちが着膨《きぶく》れしていることも理由だった。

ふと気づくと、右手の甲に柔らかいものがあたり続けている。あれと思ったら、それは前にいる女性のお尻だった。わずかに手を動かしたら、そんな気はなかったのに彼女のお尻の割れ目に指がはまり、形状がリアルに感じられた。信一郎はしばらくその感じを楽しんだ。電車がカーヴで揺れるたびに女性の体はますます強く押しあてられ、その様子から、女性が嫌がっていないように感じた。


その時電車が曲がりながら加速し、女性の体との間に一瞬隙間が生じて、信一郎の手がすとんと下方に落ちた。次の瞬間にブレーキがかかり、背後の人の群れにどっとばかりに押されて、信一郎の指の背に、ざらりとした感触が来た。びっくりしたが、それは彼女のストッキングだった。驚いたのは、触れるほどの低さではなかったからだ。手はまだそれほど下がってはいず、これでストッキングに触れるということは、彼女のスカートが異様に短いということか。

これはまずいと思い、信一郎は手を手前に引こうと考えた。その時にまた電車が揺れて、異様に柔らかく、温かい何かが触れた。一瞬何であるのか解らなかったが、ストッキングの上方に覗く女性の太もも上端、わずかに露出した肌だとじき解った。

ぎょっとして、信一郎の頭に血が昇り、下半身の変化を感じた。女性のスカートの中に自分の手が入っている。それともひどい混雑で、スカートがたくし上がっているのか。

　さっき観ていた映画が、ピンク物であったことも まずかった。長く女の体に触れていないかったから、少しでも女性の、女性的な部分を味わいたいという本能が、激情になって信一郎を突き上げた。二本の指をわずかに動かし、上向けると、夢のような信じがたいものが触れた。布の感触、それは彼女のパンティだった。

　その部分は温かく、しかもわずかな湿り気が感じられた。するともう激情に抗しきれず、足の間の、彼女のその部分にぴたと指をあてた。すると温かい湿り気はますます感じられて、信一郎の思考は停止し、パニックが訪れた。平常心も警戒心も千々に粉砕されて飛び散り、気を失うような興奮の中で信一郎は、彼女の肉体のくぼみに沿い、中指をゆっくりと前方に滑らせてしまった。その瞬間、悪夢の時間が訪れた。耳を聾《ろう》するような激しい悲鳴が車内に響き渡ったのだ。

　大柄《おおがら》の女の体がもがくように動き、顔が無理やりこちらを向いた。上気した、鬼のような顔に見えた。予想していたような若い顔ではなかった。女の体はさらにもがき、動いて、信一郎の手首がたちまち摑まれた。逃げる時間などはなかった。

「てめぇ！」

　と叫ぶ悲鳴のような声が耳を打ち、信一郎の脳内は真空になった。信じられない言葉を、女は叫んだのだった。

「なんだこいつ、何しやがった！」

　とわめく男の声が周囲に沸いた。

「痴漢よ！」

　という女の大声がこれに応えた。

「おい、逃がすな、捕まえろ！」

　頭に血が昇った別の大声が言う。

「警察に突き出せ、ホームにおろせ！」

　正義顔の別の大声が言った。遠のく意識のすみで、信一郎はそれらの声をぼんやりと聞いた。

周囲の男たち二、三人の体がどっと信一郎に押し寄せて、上半身を羽《は》交《が》い締《じ》めにされた。混んだ車内なので、押されてどこかで別の女の悲鳴が上がる。そして信一郎は、いっさいの身動きができなくなった。

　と同時に、電車が速度を落とすのが感じられた。自分を奈落《ならく》に突き落とすため、すべてが完全に段取りされているように感じた。電車はみるみる速度を落とし、停車して、どっと吐き出される通勤客たちに混じって、信一郎は男たちの手で乱暴にホームに引き出された。

「おーい、駅員さん」

　と叫ぶ声が耳もとでした。信じがたいことだった。まったく間が悪いことに、すぐ近くに駅員がいたのだ。京急線のホームで、それまで信一郎は駅員の姿を見たことがない。

「早く、早く！」

　と別の男が叫び、信一郎は駅員に向かって乱暴に押し出された。

「あんた、大丈夫か？」

　男の一人が女に訊いている。

「はい、もう大丈夫です」

　と女の声が、しおらしく答えている。女は、信一郎の右の手首を握ったままだ。女の背は、信一郎より高かった。

　ホームを吹き渡る冷風に晒《さら》されて、女の恥部に触れた感覚はとうに失われ、その意味では信一郎は素面《しらふ》に戻った。しかし、別のパニックに支配された。

「どうしました？」

　寄ってくる靴音とともに、駅員らしい男の大声がする。

「痴漢なんです」

　興奮した女の声が言う。そして周囲から、男たちの気配が離れていく。これで役目は果たしたとばかりに、彼らは電車の中に戻っていくらしい。電車をひとつ乗りすごしてまで協力する気はないようだ。

「スカートの中に手を入れられて、触られたんです」

ヒステリックな高音で、女が訴えている。電車のドアが閉まる気配、そして電車は出ていく。じっとうつむいたまま、信一郎はそれらの声や音を聞いていた。

「はい、あんた、身分証明の類い、持ってる？」

駅員が、もの馴れたふうの口調で訊いた。若くない声だった。

「あんた、早く出しなさいよ！」

女が、それにヒステリックに加勢した。

「免許証とか、持ってるでしょう⁉」

激しい口調で問われた。

信一郎はまるきり思考停止の状態だったから、何ひとつあらがうことができず、上着のポケットに手を入れて探って、財布を引き出した。そうしたら、女がそれを引ったくった。そして二つ折りを開いて、運転免許証のカードを勝手に抜き出し、駅員に手渡した。

「財布、返して……」

と信一郎は訴えた。財布を取り戻し、内ポケットに戻して視線を上げると、駅員と女が額を寄せて信一郎の免許証を覗き込んでいた。気づけば両手首も体も、もう誰にも拘束されていない。

だっと走り出した。熟慮の末ではない。反射的な行動だった。

「おい待て！」

「待ちなさいよ、あんた！」

と叫ぶ声を同時に、背後に聞いた。聞きながら信一郎は、泣きたい気分で全力疾走になった。ホームをふらふら歩く人を突き飛ばし、ぶつかり、ぶつかられて、玉突きのようにあちこちに弾《はじ》かれながら、信一郎は走った。階段を駈けおり、人けのない地下道を疾走する。

息が上がり、喘《あえ》ぎ声が漏れたら、泣き声も一緒に出た。視界が涙にかすみ、周囲がよく見えない。ここがどこの駅なのかも不明だった。

どうしてこんなことになってしまったのか。自分は何か悪いことをしたのだろうか、と心の中で叫んだ。しかしそれは、自問しているわけではない。考えているわけでもない。ただそういう言葉の連なりが浮かんだのだ。

何かの罰が当たったのだろうか。まったく、なにがなんだかわけが解らないうちに、気づけばこんなことになっていた。事件に遭って人が死ぬような時は、きっとこんな感じなのだろう。

改札の金属柵《さく》にぶつかり、すり抜ける。痛みなど感じない。

「おいおい、あんた!」

という改札員の大声も聞いたが、当然無視して、どことも解らぬ日暮れ時の雑踏に、信一郎は飛び出した。通行人にぶつかり、突き飛ばし、飲み屋の看板をかすめ、パチンコ屋の前に停められた自転車の群れを将棋倒しになぎ倒しながら、信一郎は猛然と走った。

「おい!」

という強い声がまた聞こえた。追っ手だ、まだ追ってきている、信一郎は思った。止まれば逮捕され、それでもう生涯が終わる。何がどうなろうと、ここは死んでも逃げ延びるほかない。

繁華街、酔ってふらふら歩いている男の横を抜ける際、彼が歌う歌謡曲が耳に飛び込んだ。そののんきな調子、お気楽な鼻歌と歌詞を、とてつもなくうらやましく感じた。

自分は今命を捨て、地獄に向かって突進している。行き着く先はひどいひどい、この世で最低最悪の暗がりで、自分はそこで命を失うだろう。この先、もう自分に命などあろうはずもない。しかしこの男は平和で無害な日常のうちにいて、誰にとがめられることもなく、気持ちよく酔い、のんびり鼻歌を歌っているのだ。

駈けて駈けて駈け続け、いったいどのくらい走ったのか。気づけば周囲はがらんとして人けがなく、街灯も消えて暗かった。見れば車道の縁《ほとり》だ。ヘッドライトをともした車が目の前を行く。

途切れるのを待ってふらふらと車道を渡り、枯れ草の空き地に踏み込んだ。四方に、店舗の明かりの類いはまったくない。ふと自分の右手を持ち上げて見たら、暗いため、ぼんやりとしか見えない。草地の奥に進み、それから振り向く。安堵することに、誰もいなかった。自分を追ってきている者はもういない。よかった。

安心した途端、足の筋肉が痙攣を始め、どうと枯れ草の中に倒れ込んだ。すると口から泡《あわ》が噴《ふ》き出《だ》して、背中に激痛が走った。喘ぐ気分が極限にまで嵩《こう》じて、呼吸が不能になる。ああ、これでもう自分は死ぬと確信した。激しい絶望感、極限的な苦痛の中、それ以外の考えなど浮かばない。心臓はめちゃめちゃな打ち方を続けていたし、呼吸もでたらめでリズムなどなく、多少は空気を吸っているのか、それとも止まっているのか、自分ではもう解らない。

三十分も草の中に寝ていた。そうしているうちに痛みがおさまり、だんだんに平静な気分が戻った。不思議な感覚だった。回復するなど、思ってもいなかった。引きつけてみれば、足はなんとか動く。極限的に苦しいながらも、呼吸らしいこともできている。土と、枯れ草の匂《にお》いがしきりにした。鼻先にあるのだから当然だ。自分の鼻腔《びこう》が機能していることが、とてつもない奇跡に思われた。少し考え、迷ってから、苦痛に堪えてゆっくりと仰向いてみる。どすんと背中を落とすと、輝きはじめた星が目に入った。

地平線の方向に視線を下げると、ひときわ輝くまたたかない星がある。あれは宵の明星、金星か。しばらく見つめてから、ゆっくりとひとつ深呼吸をした。ああ自分は生きている、と思い、なんて不思議なんだろうとまた思った。あの最低の地獄から、これは生還したということか——?

到底そんなことはできないと、すっかりあきらめていた。もしもそうなら、この先も自分には、命があるのかもしれないと考える。これが、もしも助かったということなら、もしもそんな信じられないような幸運が自分のもとにあるのなら、この先、もう高望みなどはすまいと思った。ただただ、真面目に生きようと思う。

そう考えたら急に、堰《せき》を切ったように涙があふれて、信一郎はまたゆっくりとうつ伏せになり、枯れ草の底で泣いた。

泣きながら、このあたりにビルがなくてよかったと思う。もしもビルがあったら、そしてあと先考えずに飛び込み、もしも屋上に駆け登ってしまっていたら、間違いなく自分は飛びおりた。激しい絶望感が、それを可能にしたはずだ。すると自分の人生は、つい今しがた終わっていた。この点、間違いはない。

そうならなくてよかった、ビルがなくてよかった、つくづくそう思う。とその時、

「おい、どうしたんだ⁉」

とわめく男の大声が遠くで聞こえて、信一郎は全身を固くした。そしてゆっくりと上体を、土と枯れ草から浮かせた。逃げ出すための用意だ。駅員の誰かがここまで追ってきた、見つかったか？　と考えた。

「どうかしたのか？」

とまた問う声とともに、枯れ草に踏み込んでくる気配。とっさに信一郎は飛び起きた。これは警察に通報される、と考えた。

「大丈夫なのか？」

と訊く、少し近づいた男の声。

「大丈夫です」

と信一郎は、急いで答えた。これは駅での事情を知る者の訊き方ではないと判断したからだ。近所に住む者か、無関係の通りすがりだ。

そして立ち上がり、声に背を向け、すたすたと歩き出した。だんだん早足になりながら、なんてことだと思う。この世とは、なんてひどい世界だろうと

考える。嫌なことばかりでできあがっている。

　そこで生きる人々はみな、極限的に意地悪なのだ。そしてみんな、寄ってたかって自分を滅ぼそうと企《たくら》んでいるのだ。

屋上の呪い

10

「おまえ、隣のビルの窓とか見たか？」

塚田が勢い込んで原に尋ねた。原は、曖昧《あいまい》な表情でうなずく。

「こっち見ていたようなやついたか？」

「まあ、いなかったな」

原は言った。

「俺はぐるっと見たんだよ。屋上の端の、手すりのとこからな、隣のビルとか、周囲の建物の窓全部」

原は、同僚の顔を無言で見た。

「こっち見ている人間は全然いなかった。開いてる窓もなかった」

塚田は言う。

「紐で引かれたというと、どうやってやる。隣のビルから、投げ縄とかか？」

塚田が問う。原は首を横に振る。

「そりゃ解らないよ」

「カウボーイみたいに投げ縄回して、投げて、屋上の端に立っている岩木の体にすぽっとかけて、ぐいっと引いたと、そういうことか？」

塚田が言い、原は答えない。

「塚田君、君はどう感じた？　紐なんて見えたか？」

住田係長が訊いた。

「いや、見えません」

塚田は答えた。

「隣のビルったってけっこう距離あるし、そんな芸当、一般人には無理ですよ、よほどの投げ縄の達人かなんかじゃないと。それに細野は地上に落ちてるんだから、ロープ体にかかっていたらみんなに解るし、落ちてる途中ではずす方法なんてないでしょう」

「うん」

住田は聞いて腕を組む。

「原、おまえ、岩木さんが落ちた地点まで行ってみたか？　屋上の端」

原は首を左右に振った。

「ドアのところから見ただけか？」

原はうなずく。

「結局、そこから動かなかったんだろう？」

「ああ」

原は観念したように言う。

「じゃあかなり距離あるだろう。俺は行ってみたんだよ、細野が落ちた地点まで。すぐに下の道も見た。ロープなんてなかった、どこにも。空中にもどこにも」

塚田は言う。

「じゃあどう説明する？　三人も銀行員が落ちたことを。三人とも、絶対に自殺なんてしそうもない人間だったんだ。そうですよね？　係長」

原は問う。住田はうなずいて、また同じ話を繰り返した。

「岩木君と細野君は、屋上に上がる直前、自分は絶対に自殺しませんと、はっきり俺に言い置いて上がった」

「それなのに死んだ、どう説明する」

原は塚田に問う。

「だが、ロープなんて絶対になかった」

塚田は繰り返す。

「でもそう言っているだけだと、不思議だ不思議だで終わってしまうぞ。現実に三人は屋上から落ちて死んでいる。何か理由があるはずだ。理由がないと人は落ちないよ、そうだろ？」

原は言う。塚田は無言になる。

「当人たちに飛びおりる理由が絶対にないのだったら、それは第三者に落とされたんだ、そういうことにならないか？」

原が問い、それで三人はしばらく沈黙になった。その時、ビールや焼き鳥が運ばれてきた。娘がそれらをテーブルに並べ終わるのを待ち、三人はジョッキを合わせて乾杯をした。ビールをひと口飲んでから、住田が言う。

「そうだな、確かにそういう理屈になるな原君。で、君はどう思うんだ？　何か考えがあるのか？」

住田が原に訊いた。しかし原は黙っている。

「それはつまり、屋上にいる人間の殺し方、っていう話にもなるな」

住田は言う。

「殺し方のトリックだ」

すると、塚田がうなずいている。

「それで、いろいろ考えたんです、方法」

原は言いだす。

「何か方法はないかって」

「おまえ、ミステリー好きだものな」

塚田は言う。

「たとえばこういう方法どうだ？」

原は同僚に向かって言う。

「どういう？」

「あの屋上の、端から端まで一本のロープを張っていて」

「どうやって張るんだよ」

「たとえば救命索発射銃か？　そういうガンでボンと撃ち出す。窓から窓へ、屋上またいで。なければ投げる」

「あそこ、左右は隣のビルの壁で、窓なんてほとんどないぞ」

「ロープが渡ったら、それをずうっと、手すりの方向にスライドさせていくと。すると屋上に立っている人間はロープに引っかかって、手すりを越えて下の道に転落する……」

「そりゃあ無理だ」

塚田は言下に決めつけた。

「俺は見たもの。細野が屋上にしゃがんでいる時も、転落する瞬間も。両方とも、屋上にロープなんてなかった」

原は無言になる。

「第二に、窓がほとんどないんだから、たとえロープを張れても、前進はさせられない。張ったら張ったまんまだ。隣のあさひ屋にも、窓はほとんどないんだ」

「それなら、たるんだロープを屋上に置いておいて、前方のビルからそれを引いて絞るとか、地引き網みたいにじわーっと」

塚田がまた言う。

「それも駄目だ。そんなことしたら屋上を埋めてる植木鉢の植木に引っかかる。植木鉢が倒れたり、植木が鉢から抜けたりするだろう。全然そんな様子はなかった。俺は見たもの。細野が飛びおりたあとも、植木鉢はいつも通りきれいに並んでいた」

原はそれで黙った。

「それに、その話だと説明できないことがあるよな」

塚田が言い、住田が応じた。

「なんだい、説明できないことって」

塚田が考え考え言う。

「今のその原の考え、無理だと思うけどな、それでももしもそういうトリックがあったとします。つまり屋上にいる人間を、無理に手すり越えさせて落とすトリックがあったとしても……」

住田は言う。

「うん、あったとしても？」

「どうして和田君は落とさなかったんだろう」

「ああ、うん……」

住田はうなずいて、腕を組む。

「さらに、どうしてぼくは落とさなかったんだろう」

「ああ、うん」

住田はまた言う。

「一人落としたら、その直後は無理だとか」

原が言った。

「え？　どういうことだ？」

塚田が原に訊く。

「つまり、準備に時間がかかるってこと。さっきのロープなら、一人落としたら、次の殺人まで時間がかかる、ロープ張る準備をしなくちゃならないから」

「そんなことって、あるかなぁ……」

塚田も腕を組む。

「ロープなんて、あの時絶対になかったし、それなら和田君はやれることになるぞ、彼女は最初の一人だ」

「まあ、ロープ使うトリックは無理だろなぁ、あの屋上じゃあ」

住田も言う。

「いや、あの屋上だからですよ係長」

原は言う。

「うちの銀行、屋上は狭いし、背の高い突起物の類い、何にも置いてないんですよ。だからそういうトリックも可能なんです。長い棒かなんかがざーっと来たら、屋上にいる者は逃げられない」

「モップ掃除みたいにか？　まさか。たとえそうだとしても、真っ昼間だぞ。見えるだろう、やってくるものが。身かがめたり、飛び越えたりできるよ、その棒とかロープを」

塚田が言う。

「女性行員が飛び越えられなかったというならだ、和田君は殺されていていい」

「では、三人を選んで殺してるんだろう、犯人は」

原は言った。

「三人を？　岩木、小出、細野、の三人か？」

塚田が訊く。

「そうだ。この三人を殺すつもりでこの計画は立てられていて、三人以外の人間には興味がないんだ、計画立てたやつ。だから和田佐和子とか、塚田、おまえは殺さなかった」

「はぁ」

塚田は言った。

「その三人を選ぶ理由って何だ？」

「それはまだ解らないが」

「つまりこの三人に怨みとか、動機があるんだな?」

塚田は言い、聞きながら住田はぎくりとする。

「つまり、これは殺しだって言うのか? おまえ」

塚田は問うている。

「だって、死ぬ気のまったくない人間が三人、すでに死んでいるんだぞ」

原は言う。

「だから殺人か?」

「ほかにどう考える? そう考えるしかないだろう。こりゃもう殺人だよ。だからT見署の刑事課の刑事が銀行に来てるんだ」

原は塚田の顔を見て言った。塚田はしばらく考えてから言う。

「じゃあ、犯人誰だよ」

「さあな」

原は言った。

「動機は?」

「知らない」

「銀行の内部の人間かな」

「どうかな、そういうのは全然解らない」

「とにかく、ロープはいただけないよ」

塚田は言う。

「モップもな」

住田も言った。

「ロープ駄目だろうなってのは、ぼくも内心、ていうか薄々思ってた。現実問題、実行は無理だろうから」

「そうだよ、漫画じゃないんだからよ」

「だからほかに方法はないかって、さんざん考えたんだ」

「ああ、原、おまえ、銀行員には珍しい理系だもんな。なんか方法ありそうか?」

塚田は訊く。

「解らないけどな、こういうのはどうだ?」

「どういうの」

「ホースだ。あのホースの中に、薬物の類いが塗ってあってだ、水出したら、その薬が水と一緒に飛び出して、揮発して、ホース持ってる人間を昏倒《こんとう》させる……」

塚田と住田は沈黙した。到底ありそうもないと思ったからだ。

「そんな薬あるか？」

塚田は訊く。

「そりゃあり得るだろう。そしてそれに幻覚性があったら、ＬＳＤ系のドラッグ……」

「たとえ昏倒しても、手すり越えて落ちるとは限らんだろう。屋上の真ん中でパタンと倒れるだけかもしれない。そしたら下の道には落ちない」

住田が言った。塚田がうなずき、言う。

「それに、そうなら、水撒きはじめてすぐでないとな」

「すぐだったろう？」

原は訊く。

「比較的早いが、そんなにすぐじゃない、植木鉢の十個くらいには水がかかってたんだぞ」

「十個くらい、一瞬だよ」

「ちょっと待て」

住田係長が、二人の会話をさえぎって言った。

「忘れてないか？　原君。細野君は全然水撒いてないんだぞ、ホースで」

「あ、あ、そうか！」

原は言った。

塚田も言う。

「忘れるなよな」

原はまたうつむいてしばらく考え、こりずに今度はこんなことを言いだした。

「じゃ、こういうのはどうだ？　ホースの中に金とか、貴重品を仕込んでおいて、ホースから水と一緒にそれが飛び出して、地上に落下しそうになったから、とっさにそれ摑もうとして、あわてて空中に身を乗り出して、自分も落下してしまうと」

「くだらねぇ」

塚田が言った。

「漫画の読みすぎだ。屋上の端でそうなるとは限らないじゃないか。屋上の真ん中だったらゆっくり拾ったらいい」

「たまたま屋上の端だった」

「三人ともか？　それに地上に貴重品が落ちてたという話はないし」

「拾われたんだろ。それともまだ見つかってないか……」

「たとえそうだとしてもだ、そんなことで人は落ちない。ホース置いて、ゆっくり拾いにいったらいい。却下だ、そんなアイデア」

塚田は言う。

「殺人の計画としては無理だな。落ちる可能性があったにしても、十パーセントもないだろう」

住田も言った。

「そうだよ」

「じゃあ植木鉢の土に薬品を仕込んでおく。それに水がかかったら、幻覚性のある麻薬成分が揮発して、水をかけている者の鼻腔に吸い込まれて、それでふらふらとなって……」

「駄目だそれも。屋上の端でそれが起こるとは限らない。みんな、同じ場所から落ちてるんだぞ」

塚田が言った時、住田は瞬間目を見張った。

「そうだ、それは大事な点かもしれないぞ塚田君。三人とも同じ場所だな、これはたまたまなのかなぁ」

住田は言った。

「ホースの中にダイヤモンドでも仕込んでおいたらどうだ？　それも、岩木さんのダイヤを盗んでおいたとか。それが水と一緒に手すりの向こうの空中に飛び出したら、あわてて手を伸ばして、必死で掴もうとして、岩木さんはうっかり落ちてしまわないか？」

「またそれか。却下だ、あり得ん」

「どうして」

「おまえ、見てたんだろ？　それでそういうこと言うかなあ。植木の水やり、下の道に水を落としちゃいけないって、何度も何度も、うるさく言われていたんだ、課長に。それに、細野は背中側から落ちたんだぞ」

「え？　そうなのか？」

「そうだ。尻か腰を支点にシーソーみたいになって。ダイヤ掴もうとしたのなら、前向きに落ちるだろう？」

「うーん」

「それに忘れるなよ、細野は植木に水やってはいなかったんだぞ。屋上、ただ調べていただけだ、何度も言わせるな」

塚田は言う。住田もこう言った。

「岩木君がダイヤなんて持ってるもんか」

それで原は決定的に黙り、三人はしばらく無言でビールを飲んだ。かなり経って、塚田が言う。

「おまえまさか、今みたいな想像、警察に言ったんじゃないだろうな」

「え？　言ったけど」

「あーあ」

塚田が嘆いた。

「U銀行T見支店の知性が疑われてるな、T見署のデカ部屋、今頃爆笑だぞ」

「真相が解らないのに爆笑できるもんか。刑事は、ホースの内部とか、濡れていた植木鉢、持ち帰って成分を調べると言っていた」

「へえ」

「可能性低くてもな、調べるに越したことはないんだよ」

原は言う。

「警察がそんなことをねぇ」

「あと、簀の子も調べると言っていた」

「簀の子？　なんで」

「あの簀の子に仕掛けがあるかも。その可能性だってあるだろう？」

「はぁ？」

塚田は頓狂な声を出した。

「どんな仕掛けだよ」

「たとえばびょんと持ち上がって人間を手すりの外に弾き飛ばす」

「どうやって？　バネ仕掛けか？」

塚田は失笑しながら言う。

「そうだ、時限装置付きのバネ。だから簀の子の裏も調べてみるって。今頃やってるんじゃないか？」

「おい、どんどん漫画になるな、トムとジェリーじゃないんだぞ。警察に悪いだろうが、そんなくだらないこと調べさせて」

「何時何分に岩木君を屋上に上げるってか？　それでその時間に時限装置をセットしておいたと？」

住田が問う。

「はい」

「じゃあ富田課長が犯人だ」

「はい」

「でも細野君の場合、屋上に上がれと命じた者はいないんだ。あれは彼が自発的に上がったんだ、俺がいくら留めてもきかず」

「それにそうなら、それこそ和田君は絶対に死んでなきゃならないぞ。あれは課長命令で上がったんだから」

塚田も言う。

「じゃあこういうのは」

「なんだ？」

「磁石で、超強力な。そして被害者には鉄のチョッキ着せておいて……」

「着てない！　おまえ、行内の評価高いけど、案外大したことないな。理系頭って、そんなもんか？」

「とにかく、調べるに越したことはないだろ？　そういう、今言ったような可能性が残っていたら気持ち悪いじゃないかよ。可能性をつぶすという意味はあるよ。細野の体に、薬物の反応がないかどうかも、調べて欲しいって言っておいた」

そしてまたしばらく沈黙になったが、やがて原は、塚田に向かって、住田係長の心臓が止まるようなことを言った。

「あのな、俺、ちょっと変なことがあるんだよ」

「なんだ?」

「ここだけの話にしてくれよ。誰にも言うなよ」

「ああ解った。何だ?」

「俺、クレー射撃趣味なんだよ、大学の時から、射撃部で」

「え? そんなクラブがあったのか?」

塚田は驚いて言う。

「うん、あった。ちょっとめずらしいだろ? 乗馬クラブもあった」

「それはあるよ、だが射撃はめずらしい」

「それでまぁ俺、散弾銃を所有登録してるんだけど、四、五日前かなぁ、二階の部屋に、うっかり銃を忘れて帰ったことがあったんだ。府中《ふちゅう》の射撃場でクレー撃った日の帰りに」

「おい、そりゃ、危ねぇなぁ」

「弾は入ってなかったんだけどな、ロッカーの前。バレたら始末書ものだよな」

「ふうん、それで」

「翌日に銃を見たら、なんかケースの中が濡れてんだよ」

原が、真剣な顔を作って言った。

「濡れてる?」

「ああ、なんでかなぁって思ってさ。ほかは異常ないんだけど、使用されてもないし。でもケース内部のスポンジが濡れててさ、気持ち悪いんだよな」

「おい君、それ、警察に言ったか?」

住田が訊いた。原は、勢いよく首を左右に振った。

「まさか、言いませんよ。へたなこと言って、自分が疑われても困るし」

原は言う。

「ああ、そりゃ黙っていた方がいいな」

住田係長は言う。

　翌日、警察が銀行に捜査にやってきて、原の疑問に関しての報告もついでにしていった。ホース内部にも、植木鉢にも、薬物などの異常成分はいっさい検出されず、細野の体にも、薬物や毒物は検出されなかった。それからすべての簀の子の裏側に、仕掛けの類いはいっさい発見されなかった。

苦行者

3

枯れ草のおい繁る空き地から出て、さらに小一時間もふらふらと歩いていたら、思いがけず多摩川《たまがわ》の土手に出た。それで、自分が強制的に下車させられた駅は雑色《ぞうしき》と知った。しかし、もう京急電鉄の駅にも、線路にも近づくのが恐怖で、川崎の実家まで、二時間ほどかけて歩いて帰った。

翌朝から、田辺信一郎はT見市の不動産屋に通勤しながら、内心激しく怯えて暮らした。京急の電車に乗ることも恐怖だったが、一番の恐怖は別にあった。雑色の駅から無事に逃げ延びはしたものの、あの駅には、今も自分の免許証が保管されてある。免許証に記載されている情報から、いずれ警察が自分の居場所を突き止め、やってくるのではあるまいかという恐怖だった。

すぐには来られないはずだ。というのは、まず免許証に記載されている信一郎の住所はT見市のワンルームマンションで、そこはもう越したし、引っ越し先は大家に告げていない。夜逃げ同然で、次の住まいなど決まっていなかったのだから、告げようもない。だからそこに行っても、自分の今の住まいは解らない。

それから免許証の本籍地も、もう今の実家の住所とは違う。親の家が移っている。ただこれは同じ川崎市内だし、警察なら附票の交付は右から左だろうから、その気になればすぐに調べられる。だがこんな小さな痴漢事件を、雑色駅がいちいち警察に届けるだろうかと思う。忙しい鉄道業務の中、そんなことをしている時間はないだろうし、告げられた警察も、殺人事件でもないのに、このくらいのことでいちいち動かないのではと思う。

けれどあのヒステリックな女が、事態をこのままにはしないような気がした。免許証を駅員から預かり、自分で警察署に行き、被害届を書きそうな気がした。そうなると厄介だ。免許証などという明瞭《めいりょう》な証拠物件があるのなら、警察も楽な案件と見て動くかもしれない。また、たとえそういうことがないにしても、忙しい雑色駅が、自分の免許証をいつまでも保管してはいない気がする。勝手に破棄はできないと考え、陸運局に問い合わせるなどし、当人に訓戒を与えるなり、返却するなりしようとして、いずれは何らかの動きをしそうに思われる。

そうなら、自分が無事社会にいられるのもあとわずかな気がした。信一郎は前科はなかったし、痴漢犯罪は初犯で、それほどの罪にはならないと思うが、逃走した点は心証を悪くすると思われた。この点を放置すると、逃走者が続出しかねない。だから初犯ゆえの執行猶予が付かず、短期間にしても実刑で収監となるかもしれないと恐怖した。

そうなれば今の勤め口は当然解雇になるし、再就職はむずかしい。身が潔白だった頃でさえあんなふうだったのだから、賞罰ありとなったら、そんな者の就職は困難を極めるのが目に見える。ありつけそうな仕事はせいぜいパチンコ屋の手伝いか、非合法の物品販売くらいで、非合法まで行けば完全に転落者の人生だ。親にも縁を切られる。

いったい、どこで間違えてこうなったのか、やはりY家電をクビになったあたりがそのトバ口なのであろう。それで親の家でぶらぶらして、昼間からピンク映画など観ているからこんなことになった。あんな殺人企業の暴力上司でも、歯を食いしばって堪えるべきだったということか。この国の社会とは、そんなに厳しいものなのか。

きっとそうなのであろう。穏やかな外観に見せていて、内実は生き延びるのが命がけの厳しい世界なのだ。いずれにしても、もう運転免許証は流さなくてはならない。のこのこ旭区《あさひ》に更新に行き、待ってましたと拘束されては藪蛇《やぶへび》だ。これからの自分は、運転免許を持たない人間で通し、生きていく必要がある。どうせ運転は得意ではなかったし、好きでもなかった。車など、自分の人生に必要ではない。こんな自分の今後に、車が買えたり、家が持てたりするような高収入の人生が待つとは思われない。もう自分は、陽の当たらない社会の片隅で、小さくなって生きるしかないのだ。

それからの三日ばかり、田辺信一郎は、呼吸を止めるようにして、不動産屋で業務した。辛気くさい帳簿付けの毎日だが、信一郎はこの作業が案外嫌いではない。むしろ得意かもしれない。頭は使わないし、人目を忍んで小さくなるべき自分には、ふさわしい仕事だ。刑務所内での懲役のようなものと思う。

その日作業ははかどり、午後の四時すぎには、もう仕事が終了した。女性社長は名を藤木佳子《ふじきよしこ》というのだが、見ると彼女は革の上着を着て、首に海外ブランドのショールを巻き、いそいそとよそ行きの支度《したく》をしている。そして信一郎に向かい、

「あんたこの頃元気ないわね」

と言った。

「どうしたの?」

と訊くから、

「ちょっと体調がよくないんです」

と答えた。

「病院行った?」

彼女は問う。感染性のものなら、移されるから大変だと思っているのだ。

「いや、それほどのものじゃないんです」

と答えた。毎日少しも気が休まらず、睡眠不足で食欲がないし、胃から絶えずゲップが上がって消化不良の気配がする。

「もう仕事がすんだのなら、私は新橋《しんばし》に友人に会いにいくから、あんたももう上がっていいわよ」

と彼女は言った。どうやら店を閉めたいようだった。それで信一郎も書類を片づけ、銀色のダウンジャケットを着て、社長と一緒に店を出た。

商店街を駅に向かって並んで歩き、このままだと駅の改札の中まで一緒の道行きになる。それはなんとなく気詰まりだったので、駅の手前で別れ、信一郎は一人になった。

その時点では、少し街をうろつき、社長と時間差をつけて駅に入ろうと思っていたのだが、どこかで洋服でも見ようかという気分になった。ずっと金欠だったせいで、一年以上洋服など買っていない。買うどころか、洋品店を冷やかしてさえいない。着るものでも新しくすれば、今のこの気分がわずかでも晴れるかと考えた。

ぶらぶら歩いていたら、プルコひと粒四百メートルの大看板が正面に見える道に出た。子供時代から歩き馴れているので、T見の街で無意識に足を繰り出していると、自然にこの道に出てしまう。

今はないプルコキャラメルだが、この看板に見えるパッケージ・デザインは、プルコ食品の一部には、まだ登録商標として使用されている。だからこの汚い看板も、はずされずにある。看板に向かって進み、U銀行の前をすぎて、看板が取り付いたあさひ屋デパートに入った。一階は化粧品や女性洋品の売り場なので用がなく、素通りしてエスカレーターに乗り、二階に上がった。

二階は女性服の売り場だ。だからここにも用はない。エスカレーターを乗り継いでまた階を上がる。すると三階がまた女性洋品のハンドバッグや靴、和服に台所用品だ。これも用はない。菓子とか食料品、酒のコーナーでもあれば少しは関心が湧くのだが、それは地階になっている。エスカレーターで四階まで上がれば、そこにようやく男物の服やバッグ、靴、旅行カバンなどが現れる。この階には本屋もあり、洋酒の店もあって、この階ならぶらつけるし、時間がつぶせるのだ。

信一郎は、ブルゾンと大きく書かれたメンズの店に入った。ブルゾンは、ハイセンスな男ものの代表格になりつつある。信一郎も好きだ。萌葱《もえぎ》色の革のブルゾンなど、以前から欲しいと思っている。しかし革製品は高いので、なかなか手が出ない。一年以上前、最後に買ったのが、今着ている銀色のダウンジャケットだ。

売り場の女の子をあしらいながら、店内を一周した。欲しいと感じる服はあったが、どれも高価で、すぐのことにはなりそうもない。洋品店を出て、隣の書店に入った。経済や国際情勢の硬い本、そして小説本、そういうものにはあまり興味が湧かず、有名女優の伝記本、それから上方落語の本に目が行く。しかし買おうというほどではないから、手に取ってぱらぱらとやり、戻し、それから雑誌のコーナーに移動した。

今自分の興味を引く事柄は何もないなと気づく。こんな境遇に落ちる前から、信一郎は世の中のことにさして興味を持てないでいる。電化製品や、オーディオに多少興味を持っていたが、あんなことになった。今また、自動車雑誌に手を伸ばそうとしてやめる。車にはもう、自分は興味を持ってはいけないのだ。こうして世界がどんどん狭くなっていく。

音楽雑誌に、映画雑誌があった。何冊か順に書棚から抜き、手に取って開くと、ついピンク映画特集のグラビアに目が行く。信一郎は、ピンク映画が実のところ好きではない。特に粗製濫造《そせいらんぞう》のその手の日本映画を何本か続けて観ていると、心底気がめいる。場末館のがらんとした座席にいると、表の廊下のトイレ臭が次第に客席にまで侵入し、漂うのが感じられて、すえたシートの臭いとともに自分の服に染み込む心地がする。

低俗館で、これ以上ない低俗な裸映画を観て、自分自身が下等で低俗な人間に落ちてしまった自覚と向き合う、それが場末の映画館の味というものだ。どん底に堕《お》ちつつあると気づかせるあの雰囲気は、何にたとえようもなく惨めで苦いものだが、しかし続けると、様子が変わる。ほかに興味を持てるものがない。馴れてしまえばそう悪いものでもないという自己憐憫《れんびん》に似た感情が湧いて、それは堪えがたい安ウィスキーの刺激臭に、だんだん舌が馴染むあれにも似ている。おとな世界の諦《あきら》めに似た嫌らしさ、それにまた言いようもない嫌悪を重ねる。

この日、映画館にいるわけでもないのに、突如その気分に襲われた。映画雑誌を立ち読みしていると、ついこの間までの無職の時期、数限りなく観たピンク映画の裸の場面が思い起こされて、その前後の妙に格好をつけたやくざ志向の男の台詞とか、痴態が繰り広げられる部屋のチープな調度品のセンスなどへの生々しい感想がよみがえり、目眩を起こした。

映画館にいる時はそうでもないと思っていたのに、こういう明るい場所でのそれは、ひどい、堪えがたいまでの恥辱だった。今それがよく解る。女たちの裸の写真にはっきりと嫌悪を感じ、本屋の片隅で、泣き出したいほどの絶望に打ちのめされた。自分を今のここまでに貶《おとし》めたものが、まさにこれらだ。これらにより自分は、痴漢現行犯で摘発され、正真正銘の犯罪者にされて、ついでに逃走犯にもなった。

しゃがみ込みたい絶望に堪えながら雑誌を棚に戻し、信一郎はコーナーを離れてふらふらと書店を出た。不快感、絶望感のせいなのか、次第に腹痛を感じた。内臓がぐるぐるとかすかな音をたてはじめ、下痢が始まりそうな感覚がやってきた。よろよろと通路を進み、つと立ち停まり、壁にもたれて、苦痛が去るのを待ってみた。ところが去らない。これはトイレに行った方がよさそうだと考えて、信一郎は壁から身を起こし、またふらふらと歩き出して、トイレに向かった。

向かい始めたら、腹痛はみるみる激しくなる。今にも漏れそうな心地がして、歩きながら、思わず尻を押さえるほどだった。絶望感、欠落感も手伝い、生きた心地がしない。一般社会人としての羞恥心《しゅうちしん》や、矜持《きょうじ》までもが失われそうになって、これはいかんと思い、トイレが混んでいなければよいがと願った。この切羽詰まった状態で個室に入れず、ドアの外で待つのは辛いだろう。長く堪え続ける自信はない。

　腹を押さえ、わずかに前屈みになって、信一郎はゆるゆると歩いた。眼下のリノリウムばかりを眺め、時々顔を上げて、トイレの案内表示を追った。このデパートに信一郎は何度か来ているが、そうたびたびではないから、トイレの位置は記憶にない。

　洋装店の壁の角を曲がり、エレヴェーターの前をすぎると、トイレが見えた。入り口周辺はひっそりとして人の姿はなく、それで深い安堵を感じた。ありがたいと思いながら、信一郎は早足で歩み込んだ。トイレ内もひっそりとして人の姿はなく、個室もがらがらで、すべてのドアはなかば開いている。信一郎はずっと先まで歩み込んで、一番奥の端に、あたふたと入った。端が落ち着くと考えたのだ。

ドアを閉め、ロックをして、信一郎は用を足した。時間をかけ、出すべきものをすっかり出すと、それで気分はようやく落ち着いて、人心地がついた。絶望感も去り、大丈夫、これなら生きていけると、楽観的な気分も戻った。

　ほうと何回も溜め息をつき、ずいぶん長い間、便器にすわっていた。一度水を流し、それからもまだ立たずにいた。しばらくこうしていれば、元気になれそうに思ったのだ。

　いったいどのくらいすわっていたろう。信一郎のいる個室は一番奥の端だったから、左側は壁だった。頭上には小窓があり、曇りガラスがはまっている。夕刻で、そのガラスが、見上げるたびに黒ずんでいく。時々顔を上げては、信一郎はそれを確認した。

　窓の外がすっかり暗くなった頃、信一郎はおや、と思った。ドアの外の手洗い場の気配が、なんとなくおかしいのだ。入った時はがらんとした空間だったが、今は人でひしめいているふうだ。その様子が、信一郎が知っているものと違う。

空間を埋めている人間たちがしきりに言葉を交《か》わす気配が奇妙だ。まるで子供らが群れているように不思議に高い声で話し、時にけたたましい。しかも人の数が減らない。話し声がいつまでも続く。トイレにこんなに人が集まり、話すことは通常ない。おかしいぞ、と信一郎は思った。

その時だった、こんな声が聞こえてきたので、信一郎の全身が総毛立った。

「ねぇちょっと、ここ、長すぎない?」

そう言ったその声は、女だった。

信一郎の視界が、すうっと暗転した。一瞬にして自分の置かれた事態、自分のいる場所が解ったのだ。

いったいなんということか。ここは女子トイレなのだ。切羽詰まっていた自分は、よく表のサインを確かめずにトイレに入ってしまった。男子便器の存在も視認しなかった。小用なら間違えるはずもないが、そうでなかったのが敗因だ。

「ねぇここ、この前痴漢が入ったって聞いたよ」

女の声がまた言い、途端に信一郎の心臓は爆発のように打ち、すうっと意識が遠のく。失神しそうになったのだ。

違う、と思う。そんな目的ではない、自分はただ間違えたのだ。それだけだ、他意などない!

コンコン、とドアがノックされ、信一郎は悲鳴をあげそうになった。

「ねぇ、大丈夫?」

女の声が訊いてくる。女性に話しかける口調だ。

「危ないよ、やめた方がいい」

すると横から、別の女の声が言う。

「痴漢だったら危ないよ」

「うん」

と逡巡《しゅんじゅん》する女の声。

「内視鏡みたいなカメラ、下から入れられたって聞いたよ、私」

「え? 内視鏡って?」

「こんな、細い蛇みたいになってるの。先にカメラ付いてるんだよ」

「えーっ」

　と複数の悲鳴に似た声。

「ガードマン呼んできた方がいいよ。男の人にやってもらおう、もし痴漢だったら、逆上して、何されるか解んないよ」

　言われて、無言のまま、ぱたぱたと表に駈けていくらしい靴音がする。ガードマンを呼びにいった。

　信一郎は夢中で立ち上がり、そそくさと下着とズボンを引き上げた。水を流そうとして、思いとどまった。すでに一度流しているし、便器の中はきれいだ。水音は表の女たちを刺激すると思った。無人を思わせる方がいい。無人だが、何かの拍子《ひょうし》に施錠された——。

　ズボンのベルトを締め、上着の前のチャックをそうっと引き上げた。そして、なんてことだろうとまた思う。入り口を入ってすぐの個室にすればよかった。そうなら、ドアを開け、だっと飛び出し、逃げることもできた。だがここは一番奥だ。自分はわざわざ一番奥の、端っこまで入り込んでしまったのだ。ここから出入り口までは距離がある。だから手洗い場の前に群れている女たちを、かき分けたり、突き飛ばしたりして走ることはむずかしい。無理にやれば、デパート中が大騒ぎになる。

　こうしている間にガードマンが来る。ここでまた痴漢として捕まったら、もう駄目だ。京急線の中で痴漢で捕まらなければよかった。あれがなければまだなんとかなったのだが、捕まって調べられ、あの事件が出てくれば、このハプニングが誤解では済まなくなってしまう。今の自分は、電車の時とは違い、ただ単にトイレを間違えただけなのに。

「どこですか?」

　と遠い男の声が聞こえて、信一郎の頭髪が逆立った。重そうな男の靴音が入ってくる。ついに逮捕の瞬間が来たと思った。新聞に顔写真が載り、下手をすればテレビのニュースにもなる。

信一郎は壁に付いた小窓をいっぱいに開けた。小さいがなんとか体を通せる。脱出口はもうここしかない。

だがここは四階だ。飛びおりれば死ぬ。だが緊急避難の梯子など、壁に付いてはいないか。

どんどん、とドアが激しく叩かれた。信一郎はショックで飛び上がった。叫びそうになり、怯えた。乱暴な、男のやり方だ。

「誰かいますか?」

男の大声がすぐ近くでした。心臓が止まった。続いて、ドアが激しく揺すられる。力まかせというふうで、各個室を隔《へだ》てる壁や枠組み全体がゆさゆさと、きしみ音を上げて揺れる。

もう駄目だ、と思う。一刻の猶予もならない。何らかの行動を起こさなくてはならない。そうでなければ身の破滅だ。命を落とすと同等か、それ以上の屈辱が、数分後の自分を待つ。

小窓から身を乗り出し、信一郎は外を見た。その瞬間、稲光が前方の空に走った。待っていると低い遠雷。雷が迫っている。

素早く見廻す。陽が没してしまい、暗いからよくは見えないが、梯子の類いはやはりない。左を見れば、ひと粒四百メートルの大看板が、鼻先すぐの眼下に、ぎょっとするほどの巨大な背中を黒々と晒している。

今から自分は、この看板の下で死ぬのかと思う。子供時代からこれに憧れ、川崎から見学にかよった。結局自分は、その下で死ぬ運命だったのか。これはいったい、どうした皮肉なのだろう。

しかし、見れば窓の下は道ではない。隣接した隣のビルの屋上が、眼下にある。とはいってもこの屋上は低い。だからここからなら、二階分くらいの高さがある。あそこへ逃げるのは到底無理だ。

「もしもーし!」

とまた男の大声。

また下を見る。デパートの壁面に、横方向にパイプが走っている。あの上におり、そろそろと大看板の上まで進めば、なんとか脱出する道は拓けないものか。

駄目だ、看板は空中に浮かぶ、ただの巨大な壁だ。付近に窓などない。

その時、また男の声がした。今度は大声ではない。

「ちょっとこれ、上から中覗いてもいいかな？」

ガードマンが、周囲の女たちに訊いている。

「えーっ、それはちょっと……」

と抵抗する女たちの声が聞こえる。中に女がいる場合を、彼女らは考えている。

それでどんどん、とまた激しくドアが叩かれる。

「誰かいるの？　いたら返事して⁉」

ガードマンは、いよいよ威圧を意識した大声になった。急激に速度を上げ、迫ってくる終わりの時。そろそろ彼は、何らかの行動に出る。それは信一郎の命が消える時だ。

心臓は破裂寸前のように打ち、信一郎の全身はぶるぶると震え、涙があふれた。

「破るよ、出てこないと。それとも乗り越えるからな！」

ガードマンは大声で宣告する。

サンタクロース

2

　四人の行員が揃って、椅子をがたつかせて立ち上がった。みな仰天したような表情をしている。男が三人、女子行員が一人だった。みな急いで椅子から離れ、後方の壁に向かってじりじりと後ずさって行く。

「鍵はないのかよ⁉」

　菩提《ぼだい》はぶっきらぼうに訊いた。

「一階のドアというドア、みんな閉まってるじゃないか！」

　すると一人の若い男性行員が、小声で応じた。

「はい」

「鍵がかかってるぞ、冗談じゃねぇ、出られないじゃねぇかよ」

「鍵……、ここにあります」

　デスクの上を、彼は指差した。そこには鍵の束《たば》が載っていた。

　ふと見ると、四人全員が、両手を体の前に上げて、手のひらをこちらに向けている。何をしているのだろうと菩提は思った。

「こんなに鍵いっぱいあったら、どの鍵だか解らないよ」

　ちらと鍵束を見て言った。

「小さい鍵ふたつが裏口のドアの鍵で」

　別の男が言った。見ればみな若い。一人だけ年かさがいるが、それでもせいぜい四十代だろう。みんな後輩に見える。

　全員怯えたように突っ立っている。そしていっぱいに目を見開いているのが、眼鏡越しに見えている。

女子行員などは目に涙を溜め、今にも泣き出しそうだ。菩提は不審に思った。だから、

「何だ?」

と訊いた。

「みんな、何をしている?」

しかし全員が無言だった。

「鍵を借りてく。誰か一緒に来てもらおう」

「それはご勘弁ください」

一番年かさがかん高い声で言った。菩提は、それで唖然とした。

「なんで。一緒に来なきゃ、鍵、返せないじゃないか。俺が出たあと」

「みんな、女房と子持ちなんです。こっちの細野は、もうじき子供が生まれるんです!」

菩提は目をぱちくりとさせた。そして言った。

「それがどうしたんだよ」

「ここには大してないんです!」

係長クラスらしい四十男がさらに言った。見れば、掲げた手の指が震えている。

「ないって、何が」

菩提が問うと、彼は左手の壁を指差した。そこには丸い金属の扉があった。

それでも、菩提が事態を理解するのに数秒を要した。酔っていたからだ。さっき飲んだ日本酒が呼び水になって、昨夜のアルコールがすっかり呼び戻されていた。それとも、胃壁で固形化していた日本酒が溶けたのか。

それで菩提は、自分の手が持っているものを見る気になった。あらためて見て、愕然《がくぜん》とした。左手には布製の袋を持ち、肩に引っ掛けている。中にはスポーツバッグが入っており、この中には通行人に手渡すためのティッシュの詰まった段ボールの箱がある。それ以外は新聞紙を丸めた詰め物だ。そして右手には、さっき階下の部屋から持ち出し、それで踊り場の窓のクレセント錠を開けようとした、長い何かを依然として持っていた。

菩提は、自分の手がまだこれを持っていたことを忘れていた。酔っていたからぼうっとしていたのだ。そして先端を見てぎょっとした。先端のジッパーが開いている。そして何かが覗いていた。てっきり中身は野球のバットかゴルフのクラブだと思っていたのだが、なんと銃身の先端らしいものが覗いていたのだ。

猟銃――！

菩提は、心の中で叫び声を上げた。この長いものは猟銃だったのか。どうりで重いと思った。なんでこんなものが銀行にある？

そしてあらためて自分のいでたちを思い返した。腕を見れば真っ赤だ。サンタクロースの扮装《ふんそう》をしているからだ。そして顔には大きな付け髭をしている。これでは覆面をしているのと同じだ。銀行の彼らには、こちらの顔が全然見えていない。自分では喜劇的ないでたちと思っていたが、考えようによっては恐ろしい扮装ともいえる。

要するに彼らは、自分を銀行強盗と思っているのだ。顔を隠して金を盗りに押し入った暴漢と思っている。ようやくそのことに気づいた。それでみな、こんなに怯え、両手を上げているのか。自分が猟銃で行員を脅し、金庫の中の金を盗もうとしている、そう思っているのだ。

菩提は笑いたくなった。違う違うと思った。自分はただ一階の裏口の、ドアの鍵を借りにきただけだ。ただ表に出て、通行人にティッシュを配りたいだけなのだ。

なんというとんでもない勘違いだ。長い人生には、こんなにおかしな間違いも起こるものなのかと思う。それで実際に笑い出した。笑いながら全員の顔を見た。

そして驚いた。彼らの顔は、ますます青ざめているのだった。生きた心地がしていないふうだ。こっちは笑ったのに、自分の笑いは、彼らをリラックスさせていない。

銀行に就職したのだ。行員たちは全員、生涯に一度くらいは銀行強盗に遭遇するものと考えているのだろう。そんな時に対応を誤り、怒らせて発砲されたら、簡単に命を失う。家族ともう二度と会えなくなる。命を取り留めても、生涯車椅子かもしれない。そういう想像を、銀行勤めの毎日、たぶんしているのだ。

「ぼくら、抵抗はしません、みんな家族持ちで、銀行への忠誠心もそんなにはありませんし」

年かさの男が、訊かれもしないことを言った。

「おとなしく指示にしたがいます。だから、発砲はしないでください。この中の金、五、六千万くらいしかありませんが、それでもよろしいでしょうか」

「五、六千万？」

菩提は言った。そんなに置いているのかと思ったのだ。こんなに無防備な行内の三階に。

「すいません！」

彼は悲鳴のような声をたて、頭を深く下げて謝った。

「先日、本社筋からの回収がございまして、そのくらいしか残しませんでした。あの、金庫、開けますか？」

彼は訊いてきた。そして、

「その袋に、お詰めしましょうか？」

と訊いてきたから啞然とした。おい、一階の窓口業務じゃないんだぞと思った。強盗に対してもサーヴィス満点か。それがこの銀行のモットーか。それで菩提としても、酔いも手伝って緊張の感覚がなく、さっきから冗談をやっているような気分が去らない。

「よろしいでしょうか」

彼は手を上げたままでこちらに訊いてくる。一瞬意味が解らなかったが、どうやら歩き、金庫に寄ってもいいのかと許可を乞《こ》うている。

「ちょ、ちょっと待て」

菩提は言った。このままでは自分は銀行強盗にされてしまう。こちらにはまったくその気はなかったのに、こっちの意志とは無関係に、勝手に銀行強盗になってしまう。

彼は手を上げたまま、立ち停まって待機している。顔から緊張の気配がわずかに消えた。やり手銀行員に戻っている。

妙にもの馴れたやつだと思う。まるで銀行強盗に遭い馴れているとでもいうふうだ。銀行は、対銀行強盗用のマニュアルでも作成しているのか。それで練習を積んでいるのだろうか。

「待てよ」

菩提は言った。自分は銀行強盗ではないと言おうとしたのだ。

「通しナンバーでしょうか」

彼はすると、思いもかけないことを問うてきた。

「通しナンバー？」

「こちらで番号を控えている札はあるのかと。そのこと、気にされていますか？」

問われて、菩提は知らずうなずいてしまった。

しかし内心、自分は今ので、銀行強盗だと同意したわけではないぞと急いで言い訳した。ただ、行内に置かれているゲンナマというものは、ナンバーが控えられているものか。そうなら、控えられた札がどの程度のパーセンテージあるものか、そういう事実に興味が湧いた。それだけなのだ。

「五千円札だけ、番号が控えられております。それが、八百万円分あったかと存じます」

男は言う。

「ああそう」

と菩提は言った。

「それは、お持ちにならない方がよいかと存じます、使えないですので。じゃ、よろしいですか？　お開けしても」

彼は言った。それで菩提はまたうなずいてしまった。うなずいてから、今の首肯はちょっと言い訳ができないかもしれんと考えた。金庫を開けることに同意してしまっては、もう強盗目的と言われてもしようがない。

　金庫が開き、扉を開けておいて、年かさの男はさっと脇にどいた。中を見せようとしてくれているのだ。すると、妙につるつると光っている金属の内壁の手前に、重ねて積まれた一万円札の束が見えた。

　それを目にした時、菩提の思いがぐらりと傾いた。これらを全部自分の金として使えたら、どんなにいいだろうとつい思ってしまったのだ。今、実のところ金に困っている。これであちこちの借金がすべて返せる。自分は、借金のない清い体に戻れる。

　さらに、しばらくは仕事をしなくてもよい。ただ食って寝て、酒を飲むだけの暮らしが当分続けられる。それだけではない、自分が今宵配ろうとしていたティッシュに名が書かれたキャバクラ、いやそうではないぞ、もっといい女がいるクラブにも行ける。三日にあげず、何週間だってそんなところに通えるかもしれないではないか。それこそは、夢のような暮らしだと思った。

　いや待て、と思う。それよりもこれで小ぎれいな分譲マンションを購入するのはどうか。あるいはずっと郊外の街に、瀟洒《しょうしゃ》な一戸建ての家を買えるかもしれない。

　自分はもういいところの勤め人になど戻る気はないから、住まいは別に山の中でもいい。通勤時間を気にする必要はない。自転車の一台でもあれば、山道を下って街に食い物の買い出しに行ける。そういうところに庭付きの二階家でも建て、庭に池を掘って鯉《こい》を飼いたい。田舎《いなか》の親爺が昔、そんな夢を語っていた。立派な家があれば、いい女を嫁にもらえるかもしれない。

「いくらある？」

　菩提はついに訊いてしまった。出してみれば、自分の声がかすれてしまっていたから驚いた。おいおい、と自分に向かって言う。とうとう俺は、銀行強盗になっちまった。

「お待ちを」

年かさの男は忠義顔で言った。そして金庫に頭を突っ込み、馴れた手つきで札束を数えた。

「六千五百万円とちょっとありました。そのうちの八百万ほどが使えませんので、五千七百万円ほどかと存じます」

聞いて、菩提は目の前に火の粉が飛ぶのを感じた。今まで見たこともない大金だ。ほんの数十分ほどの威圧で、そんな額の金が一挙に手に入るのかと思った。なんとまあ楽な仕事かと思ったのだ。そんな額なら、即金で都心のマンションも手に入る。

「あの、差しでがましいようでございますが」

年かさの男は言った。

「そのお袋、お貸しいただければ、私の方でお金、お詰めしますが」

菩提は茫然とした。するとその放心を、彼は慎重ゆえの逡巡と取ったようだった。

「あの、どうかご心配はなさらないでください。この部屋には非常ベルもまだ設置しておりません。防犯カメラもまだなんです。来年入れようという話になっておりますが、業者の選定等で遅れておりまして、本当によろしかったです。ですので、大丈夫です。どうぞご心配なさらずに。さ、さ、どうぞ、そのお袋を」

彼は言って、手を差し出してくる。

「私ども、おとなしくしております。だからどうぞお撃ちになりませんように。お撃ちになれば、罪も重とうなります。複数死ねば死刑もございます。どうぞご自重を。私ども、こちらに固まっております。その方が狙《ねら》いやすいかと存じますので。そのようにして、手早く済ませるのが得策かと」

言われて菩提も、それもそうだなと考えた。

「私どもも、残業を早くに切りあげて、家に帰りたいです、家族が待っておりますから。私ども、お客さまのお顔は拝見しておりません。今後、よけいなことはいっさい何も申し上げません。だから、お客さまのおん身は、安全でございます」

おい、俺はお客さまかよ、と菩提は思った。猟銃を持った強盗さまか。そしてこれは残業かい。

　しかし、と思う、銃はケースに入れたままだ。だから引き金に指はかかっていないのだ。これではいざという時撃てない。出した方がよいかとずっと迷っていた。銀行強盗なら、そうしないとまずいぞと思う。これでよく連中がしたがっているものだ。連中は、袋の引き金のところに、指の穴でも開けていると思っているのか。

「あの、よけいなことでございますが、そのへん、デスクや壁にはお触りにならない方が……、指紋が遺りますんで。あ、ありがとうございます、私ども、急ぎますので、少々お待ちください」

　彼は丁重に言った。菩提が汚い袋を肩からおろし、彼の目の前のデスクに置いたからだ。それはこれに金を入れさせたいというよりも、ケースから銃を取り出したいと思ったからだ。片手ではそれがむずかしい。

「あの、この新聞のお詰め物はお出ししても……？」

　彼は慇懃《いんぎん》に訊く。

「あ？　ああ」

　菩提は応えた。

　銀行員が札束を袋に詰めてくれている間、菩提はケースのジッパーをすっかり開けて、中の銃を引き出した。出してみてほっとする。事実猟銃だったからだ。銃身の先端は見えていた。立派そうに見えたが、しかしそれは先っぽだけで、実は子供用のオモチャだったりはしないだろうかと、菩提は真剣に恐れていたのだ。

　立派な、黒光りのする、重々しい猟銃だった。取り出すと、腰だめにして、引き金に指をかけておく。しかし、弾丸が装塡《そうてん》されているのかどうかは知らない。また単発の銃なのか、散弾銃なのかも知らない。菩提に、銃の知識は皆無だった。安全装置の位置も知らない。しかし引き金がどれかくらいは解っている。

「お待たせしました」

言って彼は、札束を詰めた布袋をテーブルに置き、ずいと押してきた。そのもの馴れた口調は、最近まで窓口業務に従事していたのかと疑う。それとも、銀行員という人種はみんなこういう口のきき方なのか。

ここまで親切なら、もしも警察に逮捕されても、弁護士探しやその他、手続き業務いっさいも引き受けてくれそうだ。

「ありがとう」

菩提は思わず言った。礼を言わずにはいられない心境だったからだ。銀行に閉じ込められたおかげで、ワンカップ大関にありつき、そのうえさらに五千七百万円もの大金を、ただでもらったのだ。

人生にはこういうこともあるのだなあと、菩提はぼんやり考えていた。小学生の時、無理に柔道に誘われた。地元の警察に子供柔道教室があったためだが、生徒が集まらなくて困っており、体格のよい菩提が熱心に誘われた。結果としてそれがよかった。全国大会準優勝までも行ったのだ。天分があった。

今回もそうだ。強盗の天分もあるということか。あまり嬉しくはないのだが。

「いえ、私ども、いつもお客さま本位でやっております」

年かさの男は丁寧に言った。

「それで、あとはどうすればいい」

にわか銀行強盗の菩提は、ついそう問うた。銀行員なら、銀行強盗の取るべき行動パターンも、心得ているかもしれない。

「あとはお逃げになればよいかと存じます」

年かさの男は当たり前のことを言った。警察に行けと言わないだけ良心的だ。

「この鍵で裏口を開けて。実は今日は、ガードマンが八時出勤の日で、下にはまだ誰もおりません。あと一時間の猶予があります」

「ああそう」

菩提は言った。

「裏口から出て、鍵はその場に置いておいてくださればそれでけっこうです。私どもで、あとで回収にまいりますんで」

年かさの男は言った。

「何から何まで世話になっちゃったな」

菩提は言った。

「いいえ、私どもも、身の安全が第一でございますので」

「しかし、あんたたちも困るだろうそれでは。こっちとしても、俺が外に出ると同時に警察に通報されても困る」

「そんなことはいたしませんが、お疑いなら、そこのガムテープで、私どもを縛っていただいてもけっこうです。そうしてくだされば、一時間程度、逃亡の時間が稼げますでしょう」

そうだな、と菩提は考えた。

金を持って銀行を出て、あとでどうするか。もう表でティッシュを配る気はない。アパートには捨てて惜しいものは何もない。そのまま放り出して旅にでも出るか。田舎に帰るか。外国に行ってもいい。そう考えてから、待てよと思った。別にあわてることはない。アパートにそのままいたってかまわないのだ。この行員たちに自分は、顔も、服装も見られてはいない。彼らに証言できることは何もないのだ。

「そうだな、よし」

菩提は決心した。脇のデスクに載っていたガムテープを取り、白ブラウスと紺の制服姿の女子行員にそれを放った。

「あんた、男たち全員の両手を、これで後ろに廻して縛るんだ。しっかり縛れよ、ぐるぐると、幾重にもだ。ここでしっかり見ているから。手を抜いたり、変な真似をしたら撃つからな」

菩提は指示した。

そして女の子が男性行員の両手を後ろ手に縛るの

を、じっと立って見ていた。馴れないので、けっこう時間がかかっている。終わると菩提は言った。

「よし、すんだな。では全員しゃがめ、尻を床につけるんだ」

するとて彼らはおとなしく、言いつけにしたがった。三人が揃って、ゆるゆるとしゃがみ込む。銀行強盗など、簡単なものなのだなと菩提は思った。思い切って行動に出れば、行員など子羊のように従順だ。銀行のために命を捨てる理由など、彼らにはない。

「よし、そうしたらあんた、続いて彼らの足首も縛れ。しっかりとテープを巻くんだぞ、急げよ」

女の子は、続いて男性行員の足首にもガムテープを巻いていった。三人全員に、それを行った。

「よし終わったな。そうなら次は口もふさげ、声が出ないように」

菩提は指示した。女の子はテープをちぎって口に貼るので、それでは駄目だと言った。

「ぐるっと後ろまで、一周させるんだ。でないとすぐにはがれてしまう」

アメリカ映画で、そのようにしていたからだ。

三人目が終わると、菩提は言う。

「終わったか？　では目もふさげ。これは目の上だけでいい。それで終わりだ」

女の子はあきらめたように、その作業に没頭した。終わり、三人の男の動きは、これで完全に封じられた。当分彼らは何もできないだろう。

菩提は寄っていき、彼らの特に手首を点検した。一時間程度あとならはずれてくれていいが、すぐにはずれるのは困る。

「よし、よさそうだ。次はあんただ、そのテープをこっちに」

菩提が女の子に言うと、彼女は身を折り加減にして、泣きだした。

「やめてぇな、怖い、怖い」

彼女は言った。

「大丈夫だ」

菩提は言った。

「絶対に何もしない。信用してくれ。さあこっちに来るんだ」

ガムテープを持った手首を摑み、ぐいと引いた。すると女の子の泣き声が一段とひどくなり、足を床にぐいと突っ張った。無理に引くと、靴がリノリウムの床をずるずると滑る。

「何もしない。だけど、うるさくすると解らないぞ」と脅した。それで女子行員は従順になり、手の力を抜いて、おとなしく後ろ手に縛らせた。しかし、全身が恐怖で激しく震えている。

続いて口をふさぎ、目の上にもテープを貼った。しかし、足首にはまだ巻かない。

こんな火急の時、女の子に何かする気など毛頭ない。自分はけっこう気が大きい方だが、そこまで鉄面皮ではない。女の子は眼鏡はかけず、小太りで、平凡な風貌をしていた。このような子には手を出さない。これが派手めの美人だったら解らないが、などと菩提は考えた。

ケースを拾い、銃と一緒に右手で持った。

「よし引き上げる。あんたは下までついて来てくれ」

言うと、目の見えない女の子は、呻《うめ》き声をあげて首を左右に振る。しかし、かまわず女の子の二の腕を取って廊下に出た。大金の入った布の袋は当然持っている。ガムテープはポケットに入れた。廊下に出てドアを閉める。指紋をつけないように、袖口の生地《きじ》を間に入れてノブを摑んだ。それから菩提は女の子の耳に口を近づけ、小声でこう言った。

「一階の裏口を出て、できれば鍵を、ドアの下から渡すからな。すべてを以前通りにしておきたいんだ。一階であんたの足を縛る。だがガードマンが来るまでの辛抱だ」

これは菩提の計略だった。そうするともう決めていた。女の子を男三人から離しておけば、女子行員を人質に取られていると考え、男たちは慎重になる。もしも自分たちの拙速な動きゆえに女の子に何かされたら、これは自分らの責任になる。そうなったら大変だと考えて、彼らはガードマンが来るまでじっと待つはずだ。みんな一緒にしておけば、男どもにすぐに動かれる危険がある。

女の子を引っ張って三階の廊下を進んでいると、急に猛然と尿意を感じた。しかしトイレの位置が解らない。横の女の子に訊こうにも、目も口もふさいである。しゃべれない。

下り階段の前に、ドアがあった。何のドアだ？と思い、また袖の生地越しにノブを掴み、回してみたら施錠されている。菩提はそれで、預かってきた鍵束のうちから、適当にいくつか鍵を差し込んでひねってみたら、中のひとつで手応《てごた》えがあり、はずれた。

ドアを開けたら、さっと冷気が感じられ、目の前に狭い屋上が開けた。屋上はいちどきに全体が視界に入るが、誰もいなかった。屋上の床に、ぎっしりと植木の鉢が並んでいる。鉢は大きいもの、小さいもの、丸いもの、四角いもの、とりどりであるが、植わっている植物は同じ種類に見える。一見するところ花も緑も見えないのは、冬だからだろうか。

「すげえ植木鉢だな」

菩提は言った。

鉢の間に、十字路のように簀の子が何枚か敷かれている。これはたぶん、鉢に水をやった際に床が水浸しになるから、通路の便として置かれているのだろう。これだけ鉢の数が多ければ、ホースでいっせいに水をかけているに相違ない。ひとつひとつに丁寧に水をやってはいられまい。

そういう様子がすべて見えるのは、屋上が明るかったからだ。屋上自体には照明はなかったのだが、周囲のビルの無数の窓明かりが降ってくるし、さまざまなネオン、そして広告ボードを白々《しらじら》と照らす照明の灯などが頭上にあったからだ。

尿意がいよいよ我慢できなくなったので、菩提は女子行員を連れて屋上に歩み出た。

「屋上に出るよ、足もとに気をつけて」

菩提は紳士的に言った。が、女の子はまた声をあげて怯え、足を突っ張った。屋上でレイプされるとでも思ったか。それとも地上に突き落とされると心配したのかもしれない。

こんなことをする理由がないではないか。こんな冷風が抜けて行くような寒い場所でレイプなどするはずもないし、女の子を殺す理由はない。こちらは金さえ手に入ればそれでよいのだ。

「心配しないで。何もしないよ。ただ小便がしたいんだ。ここでちょっと待っていてくれたらいい」

そして簀の子の上に女の子を立たせ、自分は屋上の縁に置かれた傾いた簀の子に乗り、一方の端まで行った。すると簀の子ががたんと音をたてて床を打った。

簀の子が斜めになっているから、足もとが不安定でやりにくい。簀の子が、何やら大きな突起の上に載っているのだ。だから立つ位置を変えたら、簀の子がまるでシーソーのようにゆらゆらする。

どうしてこんなところに簀の子を置いたのか。暫定的のつもりなのか。だから目いっぱい端に行って、姿勢を安定させた。それから足もとの植木鉢のひとつ目がけて放尿した。

「植木に栄養をやろう」

気持ちよく放尿しながら、菩提は言った。

「ああ、天気が悪いなぁ、星が出ていない、曇ってる」

彼がそう言った途端、ごろごろと雷鳴を聞いた。底から腹を揺すって響いてくるような、重く、そしてかなり大きな音だった。

「おい、こりゃ、ひと雨来るかな」

女の子に聞こえるような大声で、菩提は言った。

「雷、近いぞ。落雷しなけりゃいいけれど……」

菩提がそう言った瞬間だった。

ガシャーンという、世界が割れるような凄《すさ》まじい轟音《ごうおん》がした。これまで聞いたこともないような種類の音で、鼓膜が破れたと確信した。続いてさまざまな種類の破壊音が、折り重なってあたりを圧《あっ》した。

女子行員は悲鳴をあげたが、口をふさがれているので大した声にはならなかった。しかし、たとえ声をあげられても、誰の耳にも聞こえはしなかったろう。

鼓膜が圧倒され、しばらく何も聞こえなくなった。大きな風圧を感じて立っていられず、不自由な体のまま、女子行員はその場に転倒した。その音もしなかった。激痛を感じ、簀の子の上でしばらくうめいた。

耳だけでなく、目をふさがれているから何も見えない。けれど、周囲がすっかり闇に呑まれたことは解った。光がすべて消えた。停電？　と思う。

ひゅうひゅうと、異常事態の名残を伝える残響音が、世界に充《み》ちている。それともこれは、巻き起こされた風がうなる音？

自分の体が接する世界が、まだ存在することが不思議だった。世界が終わったと確信したのに、まだ続いている？

いったい何が起こったん？　倒れた姿勢のまま、体のあちこちから湧きあがる激痛に堪えながら、女子行員は思い、だんだん事態に気づいた。落雷？そうか、これは落雷があったのだ。

不思議なのは、あの銀行強盗の声が以来聞こえないことだった。これほどの異常に直面したのだ、当然何か言うはずだ。つい今しがたまで、ご機嫌で放尿しているふうだったのに。完全に沈黙してしまった。

いったいどないした？　どこ行った？　何があったん？　彼女は大阪弁で思った。

宇宙人

1

簀の子の上に、不自由な体のままでしばらく倒れ込んでいた俊子だったが、だんだんに体から痛みが引いてきたので、思考が戻った。こんなふうに目も口も両手もふさがれた状態では、何があったのかなど、いくら考えても解るはずがない。行動を起こし、自分で探らなくてはならない。そのためには、まず目のテープをはずすことだ。何かが見えれば、それを材料に、考えることを始められる。

銀行強盗の男は、待っても何も言ってこない。声も聞こえないし、存在そのものの気配がぷっつり消えた。何かとてつもないことが起こっているのだ。それがもう終わったという保証はない。何かが続くかもしれない。そうなら、このまま何も見えない、動けないという体のままじっとしていたら、命だって落としかねない。

そこでゆっくりと体を起こし、板の上で膝立ちの姿勢になった。しかしこの姿勢に膝が痛く、長く続けられそうではない。しかし、不自由な体で立ち上がるのはもっと危険だ。目が見えないのだ。手の自由もきかない。足は縛られていないが、もう一度またあの衝撃が来たらと思うと、このままの姿勢でいる方が安全に思われた。

しかしとにかく目か口か、手の自由が欲しい。口はとてもテープが剥《は》がれそうではない。ガムテープが頭部を一周している。手なら何とかなりそうな気もするが、これもすぐには無理だ。何とかなりそうなものは目だった。目なら、両目に届くくらいの量、テープを短くちぎって貼ってあるだけだ。応急処置のようなものだから、これなら何とか剝がせる。そして目さえ見えれば、事態に対処ができる。

右の肩を精一杯持ち上げ、顔もまた精一杯前方に曲げて、なんとか目の上のテープの端を、肩に押し当てた。そして、嫌々の仕草をするようにして、何度も布にこすりつけた。苦しい動作だったが、するとテープの右の端が、少し肌から浮くのが解った。テープの端がわずかにめくれたのだ。

しめたと思う。そして、めくれた部分の裏面を、制服の肩の部分にぎゅっと押し当てるようにした。すると予想通り、粘着性のあるその部分が、制服の生地に接着するのが感じられた。続いて慎重に慎重にと自らに言い聞かせながら、生地に接着した部分を剝がさないように注意し、わずかずつ顔を動かして、テープを顔の肌から剝がしていった。

わずかずつ、視界が戻ってくる。ファンデーションも、粘着テープを剝がれやすくしてくれている。テープの下から、景色が見えはじめた。しかし視界は、すっかり暗がりだった。停電だからだ。この一帯が停電している。だから周囲の様子はよく見えない。右目ひとつきりのせいもある。けれどもずっと目を閉じていたから、右目は暗がりに馴れている。

それでも目に入る限りの風景には、なんの異常も感じられなかった。屋上の簀の子の上に、人影はない。周囲のビル壁、床を埋めている植木鉢の群れにも、割れたものはなさそうだ。位置も変わっていない。何時間か前に見たままの状態だ。

顔を上げ、懸命に目を凝らせば、視界の及ぶ限り、明かりはすべて消えている。けれど向かいのビルの背後のどこかに明かりが残っていると見え、そこからあちこちの壁面に反射しながら届いてくる間接光で、屋上はごくわずかながら明るさがあった。それでかろうじて様子が解るのだ。それがなければ俊子のいる屋上は漆黒の闇、そのただ中だったはずだ。

俊子は、まずサンタクロースのいでたちをした銀行強盗の姿を、わずかな視界のうちに探してみた。

あのような者は、姿を消してもらってせいせいなのだが、消えた理由が不明なのは困る。でないと、また戻ってきて自分に危害を加えるかもしれない。こちらはあらかじめ予想をたて、対処を考えておく必要がある。

彼はトイレのあと、自分を連れて一階におり、そこで自分の足を縛ってから放置し、裏口を出ると計画を言っていた。裏口のドアは、室内側からも室外側からも施錠ができる。室内側が押しボタンとか、クレセント錠形式ということではない。そしてドアの下にはわずかに隙間がある。強盗はそれを知っていて、表に出て施錠したのちは、ドアの下の隙間から鍵を室内側に戻しておくようなことを言っていた。

彼の言を信じるなら、屋上の時点で何も言わずに姿を消すことはないはずだった。自分一人を屋上に捨て置き、一人でさっさと室内側に戻り、階段をくだってビルから出ていったのかもしれないが、そんなふうに計画を変えるのなら、自分に何かを言いそうに思えた。必ずそうするという確信はないが、強盗はどちらかと言えば饒舌《じょうぜつ》で、何も言わないということはないだろうと俊子は思う。

しかしまあ、おしゃべりだろうと寡黙だろうと、強盗は強盗なのだ。いろいろこちらに気を使い、あれこれ説明したのちに行動するとも思えない。気分が変わって、私を放って室内に入り、さっさと階段をおりて一階に向かったのだろう。そして出ていった。最初からそう行動することを想定して、自分を拘束し、目隠しをしたのかもしれない。

俊子は、懸命に顎《あご》や首筋を動かし、両目の上に貼られていたガムテープを剝がしきった。テープが簀の子の上に落ちると、暗がりながらも、遠方からのごくわずかな明かりによって、屋上の様子が見えるようになった。サンタクロース姿の強盗は、影もかたちもなかった。不思議なことは、彼が持ってきていた猟銃と、その黒いヴィニール製のソフトケースも、簀の子の上に落ちていることだった。鍵の束はない。当然だが、金の入った布の袋もない。これらは持っていったのだろう。

しかし、と俊子は首をかしげる。自分に黙ってさっさと逃亡するにせよ、盗んだ金と一緒に、銃は持っていくように思われた。重大な証拠品で、強盗のものなら、登録を追えば、所有者の身もとも判明するのではないか。それに彼はこれを素手で持ち、引き金に指をかけてもいたはずだ。だからこのようなものを遺して警察や鑑識に調べられたら、指紋が検出される。どうして遺したのだろうと思う。

それから不自由な身をよじって左右を、続いて背後を見た。そしてぎょっとした。ひっと、わずかな悲鳴をたてた。予想もしていなかったものを見たのだ。銀色の派手なダウンジャケットを着た男が、さっき俊子たちが屋上に出てきた、壁に唯一ついたドア横の床に、長々と寝ていたからだ。

強盗だ、と思った。こんなところにいた。サンタクロースの衣装や、付け髭を取っている。そしてふだんのいでたちに戻って、ここに寝ているのだ。どうして？　と一瞬思う。そしてすぐに、そんなことはどうでもいいと思いなおした。とにかく犯罪者の彼はそのようにしたのだ。早く逃げなくてはと思い、焦ったから尻餅をついてしまった。

その無防備な姿勢に恐怖を感じ、男にレイプされると思って急いで膝を閉じたら、体勢をくずしてまた右手の肘《ひじ》から簀の子の上に倒れ込んでしまった。もがきながら、不自由な上体をなんとか起こしたら、男がううんとうめき声をたてたから、髪の毛が逆立つ恐怖を感じた。目もくらむような恐ろしさに、わずかに泣き声をたててしまう。早く早くと自分を叱《しっ》咤《た》し、一秒でも早く屋上から脱出しようと焦ったら、不自由な体ゆえに体勢をくずし、また膝をついてしまった。

駄目だ、この手首を束ねているガムテープをはずさなくてはと焦る。そうでなくては、うまく立ち上がることさえできない。簀の子の上で上体を折り、懸命に手首を動かした。ひねってみたり、手首同士を離そうと思って頑張ってもみた。けれどガムテープの粘着力は強力で、びくともしない。だんだんにヒスが起こって、俊子は泣き声をたてた。

「どうしたの？」

と静かな声が聞こえて、俊子はびくんと顔をあげた。見れば、銀色のダウンジャケットの男が、むっくりと上体を起こしていた。

俊子の両目から、みるみる涙があふれてしまった。顔が歪むのが解る。もう駄目だと思う。どうしてこんなにひどいことになるのか。一難去ってまた一難。この見知らぬ男との、またさっきのような恐怖の時間が始まる。

口が自由なら、喉を限りに悲鳴をあげていた。せっかく恐怖の時間が終わったと思ったのに、また始まってしまう。結局私は運命から逃れることができない。今宵自分は、必ずレイプされるのだ。体を汚され、下手をすれば命まで失う。それが定めなのだ。自分のこのいでたちは、どうぞレイプしてくださいと言っているようなものだ。

「何？」

彼は言った。怪訝そうな声だ。

声は聞こえる。しかし顔は見えない。涙ですっかり視界がかすみ、視力が失われてしまっていたからだ。

「君、どうしたの？　どうしてそんな格好しているの？」

彼は尋ねてきた。いやいやをしながら、俊子は泣き続けた。どうしたのもないものだ、しらじらしい、自分が縛ったくせに、とそう思った。

「ねぇ、よかったら、ぼくが剝がそうか？」

そう言って、少しにじり寄ってくる。途端に俊子は、悲鳴のような泣き声をたてて身をよじり、後方に逃れた。

「いやなの？　それならいいよ」

彼は言った。その声の、思いがけない優しげな調子に、俊子はあれ、と思った。男のその気配から、不思議なくらいに威圧が感じられなかったからだ。

首を前方に折り、制服の胸で、懸命に瞼《まぶた》の涙を拭おうとした。しかし無理だった。けれど、ぼんやりと男の顔が見えた。

あっ、と思う。え？　え？　と思う。いい男だ、と思ったのだ。

一瞬放心してしまう。ちょっと日本人離れしたふうの、イケメン顔であることが暗がりの中でも解った。しかも若い。まだ二十代か。

一瞬の沈黙ののち、俊子は感情を爆発させた。精一杯のうめき声をたて、俊子は彼ににじり寄っていったのだ。ふさがれたこの口を自由にして欲しいと、懸命に目で訴えた。チャンスだと思い、これを逃してはならじとあと先もなく興奮した。われを失ってしまって、男にぐいぐいとにじり寄る。この青年になら、ガムテープを剝がして欲しいと願ったのだ。

「はずして欲しいの？」

青年は問うてきた。それで俊子は知らず、何度も何度も、激しくうなずいていた。おそらく今、自分は必死の目つきをしていると思う。けれど、あれこれと体裁を気にしている余裕はなかった。

そろそろと手を伸ばして、彼は俊子の口をふさいだガムテープに指先で触れた。それからつつと、その表面に指先を這《は》わせていって、テープの端を探している。だが暗がりのことで、容易には見つからない。俊子は顔を動かさず、じっと待った。ようやく探し当てて、爪《つめ》を使って、彼はテープの端を立てようとしている。そういう気配が、俊子にはいちいちはっきりと解った。

苦労して、ようやくそれができたら、彼は端に指をあてがって、そろそろとテープを剝がしにかかる。数センチも剝がれたら、ビーッと音をたてて、顔の半周ばかりを一気に剝がした。

するとテープは髪の毛のあたりにかかり、俊子が痛がったので、彼はそれでやめて、テープの反対側の端を探しにかかった。耳の手前の頬にそれを見つけて、彼は気を使いながら、ゆっくりと顔の肌から剝がしていった。俊子はじっとその痛みに堪えた。唇の上は特に痛かったが、しばらく待つと、ようやく俊子の唇は自由に動くようになった。

「ああ痛い」

俊子は静かに言った。

「痛かった？　ごめんね」

と彼は言った。なんと言っていいか解らず、俊子はうつむいた。それから上体をひねり、後ろで束ねられている両手首を、彼の視界に向けた。それで男は、今度は両手首をひとつにしているテープを剝がしにかかった。こちらはさっきほどは手間取らずにすぐ端が見つかり、やや乱暴な調子で、彼は剝がしはじめた。

たちまち両手が夢のように自由になり、自在に動かせるようになった。そうしたら、自分でも驚いたことに、俊子はどんと青年にぶつかっていた。そしてそのまま、後方に彼を押し倒した。二人で、冷えたコンクリートの床に転がった。

「え、えっ？」

と彼は驚き、声をたてていた。

しかし俊子は必死だった。なんとかこの男を、と思っていたからだ。自分はもう来年には三十二だ。なんとかしなくてはという日頃の慢性的な焦りがあり、彼の顔を見た瞬間、この男が欲しいと思ったのだ。ヒステリーを起こしてしまい、なんとか結婚にもつれ込むためになら、自分は何でもする、と叫ぶように思ってしまった。

俊子の頭の中で、筋道の立った、常識的な理屈は消滅した。仲間内で、まだ結婚ができずにいるのは自分だけなのだ。だからおっとり行儀などを気にしていては負ける。この男なら、婚約者だと言って紹介すれば、仲間の誰もが目を見張ることは間違いない。みな、ショックで口あんぐりになる。その様子を想像すると、快感で気が遠くなった。

そのためになら、自分は何でもできる。何でもやってやるぞと思う。ここで裸になれと言われたなら、大喜びでそのくらいやる。

「痛い、痛い」

彼は大声で言った。

「え？　どこが？　どうして？」

俊子は訊いた。少々乱暴ではあるが、相手は男だ、自分はそんなに痛くしているはずはない。

「打ち身があるから」

彼は言った。

「どこ？」

俊子は訊く。

「え、あちこち」

彼は答えた。

「頭とか、首とか、背中とか、腕。あちこち」

彼は言った。

「でも折れてはいないみたい」

「嘘」

俊子は即座に決めつけた。

「さっきから、全然打ってへんかった、どこも」

「えー？」

彼は驚いたように言った。

「ねぇ、お金に困ってるのん？」

俊子は訊いた。すると彼は答えず、しばらく沈黙になった。かなりしてから、彼はおずおずとこう言った。

「まあ……」

「それで、銀行強盗したん？」

すると彼は仰天し、身を起こそうとしてもがいた。しかし俊子はしがみつき、そうはさせなかった。

「だ、誰が銀行強盗!?」

彼は頓狂な声で言った。彼の顔をすぐ鼻先にして目を見ると、彼が仰天して両目を丸く見開いているのが解る。

「銀行強盗って何だよ？」

彼は言った。

「赤い服はどないしたん？　脱いだん？」

俊子は訊いた。

「赤い服!?」

彼はまた頓狂な声をたてた。

「何だそれ、何のこと？」

彼は悲鳴のような声で言った。

「あんた、さっき赤い服着とったやん、ついさっきまで。白い付け髭して」

「なにぃ？　何だそれ、赤い服に白い付け髭？　おい、サンタクロースじゃないんだぞ！」

「サンタクロースだったやない」

俊子は言った。

「誰が？　俺？」

彼はあんまり驚いてしまって、まるで泣くような声をたてた。

「そうや。そんな格好、してないて？」

「してない！　してない！　してないよ、何のことだよぉ、勘弁してよぉ、もう！」

彼は言い、それで俊子はちょっと笑った。彼のその、あまりに必死の様子がおかしかったのだ。

「あんたのそれ、もしも嘘やったら、上手やなぁ、嘘つくの。役者ばりやわ」

「なんだいそれ。嘘じゃないけど」

「ほなら、ほんまのこと？」

「当然。ほんまほんま」

彼は必死で言った。

「この上銀行強盗。勘弁してよ、どういう日なんだ、今日は」

「この上？　この上て？」

「いや、そりゃ……、こっちのことだけど」

彼は言う。

「ほなら、サンタクロース、どこ行ったん？」

俊子は訊いた。

「サンタクロース!?」

男は言う。

「うん」

「なんでサンタクロースがこんなところにいるの」

彼は言った。

「そら、こっちが訊きたいことやけど、とにかくあんた、見なんだん？　サンタさん」

するとと青年は、俊子の鼻先で激しく首を横に振った。そして言う。

「見てない」

「嘘や」

「嘘じゃないよ」

「ほならどこ行ったん、あの男」

「そんなん、俺が知るわけないよぉ！」

彼は大声を出す。

「ふうん」

俊子は言った。

「なんか、釈然とせんなぁ」

「そりゃ、こっちが言いたい」

彼が言った。

「たった今までここにおったのに。そんなん、あるわけないわ」

俊子は言う。

「何が？　サンタクロース？」

「せや」

「知らないよ、そんなの」

「ほんまに見てないん？」

「見てないよ、全然」

俊子は首をかしげた。いったい、そんなことがあるだろうかと疑う。サンタの強盗が放尿を始めて、まだ時間はほとんど経っていない。一瞬で、サンタと若い男が入れ替わった。そして若い男はサンタを見てないという。そんな馬鹿な話があるだろうか。

「あんた、ずっとここ、おったん？」

俊子は訊いた。

「ここ？」

彼は問い返した。

「隠れとったん？　この屋上、ずっと」

「いいやぁ……」

彼は言った。

「せやな、隠れられるわけないわ。うち、五時前に鍵閉めたんやもん。そん時誰もおらなんだわ、確かめた」

「そうでしょ？」

男はほっとしたように言う。

「ほなら、あんたどこから来たん」

青年は少し考えるような表情をした。しばらく沈黙になり、俊子は待っていた。そうしたら、青年はおずおずとこう言った。

「裏口からこっそり入って……」

「そら無理やわ、鍵かかっとるもの、裏口」

俊子は即座に否定した。

「え？　鍵かかってるの？」

「そうや。閉店時刻になったら、下のロビー、みんなですみからすみまで調べて、人がおらんのようよう確認してから、自動ドアのスウィッチ全部切って、裏口のドアも全部施錠するのや」

「ふうん」

男は言ってうなずく。

「ここ、お金扱う機関やから、そういうの厳密。せやからあんた、どっから来たん？」

すると男はまた沈黙し、待っているとこんなことを言う。

「俺ら、何してるのかなあ、こんなとこに、二人して寝て」

「いけんの？」

「いや、でも……、会ったばっかで……」

「そんなんええやん！」

俊子は言う。

「どうして？」

「誰でも最初は会《お》うたばっかや」

「そりゃそうだけど」

「あんた、カオがええ」

「は？」

「もうあれこれ言うてられへんのや、こっちはもうあとがないのやからなぁ」

「はあ?」

「世の中、勝つか負けるかや」

「はあ? でも……」

「でも何?」

「あの、ちょっと……、寒いわな」

「そんなん、ええ、ええ」

「君、さっき縛られてたじゃない」

彼は言う。

「そんなんもええええ」

「よくないよ、一大事でしょ?」

「気にせんといて、そんなんよりよっぽど大事なことがあるやん。あんたどっから来たん」

するとと彼は、おずおずと人差し指を立て、それを空に向けた。

「はあ? 何それ」

俊子は言い、それから少しだけ笑った。そうしたら、青年も笑った。

「空? 宇宙?」

俊子が訊くと、青年はちょっと躊躇《ちゅうちょ》してから、おずおずとうなずく。

「そう」

「ほんま、空?」

すると彼は、またうなずく。

「宇宙? ほんまに?」

すると青年は、今度ははっきりとこう言った。

「うん」

「はあ……」

と俊子は言った。

「ほならあんた、宇宙人?」

すると青年は、またしばらく思案するふうだったが、こう言った。

「そう」

「あはは」

と俊子は短く笑った。

「あんた、宇宙人さん」

「そうです」

青年は言う。

「それでお金困ってるん？　地球人やないから。今はじめて地球来たんやものな、地球のお金、持ってへんからなぁ」

「うん、持ってない」

彼は言った。

「持ってたら宇宙人やない」

「そらそうや。あんた、おもろいやん」

俊子は言った。

「そうや、もうそれしかないわなぁ、空から来るしか道あらへんわ。ここ、一階も、しっかり鍵かかっとったんやもの」

言って俊子は納得し、何度もうなずく。

「円盤でおりてきたん？　うち、目ぇふさがれとったから、もうなぁんも見てないのや」

「そう。そしたら停電しちゃってさ」

「そらそやろなぁ、停電もするわ、そんなん来たら」

納得した俊子はさらに体を押しつけ、そのうえに、左足の腿《もも》を男の腰骨にどんと載せた。それでスカートはすっかりめくれ上がったのが解る。腿は付け根まで露出したろう。望むところであった。勝つか負けるかだ。仲間たちの視線を思うと、この大きなチャンスを逃すわけにはいかない。

「あんた、結婚しとる？」

俊子は単刀直入に訊いた。

「結婚？」

「そうや。してはる？」

ここは最重要のポイントであった。

「いいや、してないけど」

よっしゃ、完璧《かんぺき》！　と俊子は思った。これはほんまに宇宙から降ってきたチャンスや、と思う。命に代えてもものにしたる！

「あんた、歳なんぼ？」

「歳？」

「せや、年齢」

「二十六」

五歳下か、うーん、と俊子は唸った。ここは仲間の最大の攻撃ポイントになる。大きな弱点だが、しかしまあええやろ、なんとか防御は可能や、と踏む。この歳になったら、もう上は出払うとる。

「あんた、自由にしてくれてええのんよ」

俊子は言った。そして体をさらに押しつけた。

「何を？」

彼は言う。

「何をて、解らん？」

「解らないけど……？」

男は言う。

いっそ、ここでしてくれないだろうかと俊子は思ったのだ。どのようにしてでもいい、なんとか体の関係ができないものだろうかと焦る。いったん関係ができたなら、もうこっちのものだ。地獄の果てまででもつきまとい、同棲、そして結婚にもつれ込めると計算した。

彼が勤め人なら、レイプされたと会社に訴え出る、と脅してもいい、結婚にさえ持ち込めるなら、もうこっちのものなのだ。どんな汚い手を使ったってい い、新婚生活にさえもつれ込めたなら、いくらでもあとで手当てはできる。尽くし倒せばいい、料理の腕には自信がある。問題は披露宴なのだ。これをうまく連中にカマせば、彼女らが目をむく。そういう空想は、他のあらゆる欲望に優先する快挙、快感だ。

「ほならあんた、地球で住むとこもないんちゃう？」

俊子は訊いた。

「ないなぁ……」

彼はのんびり答えた。

「これから探さんとなぁ……」

「ほうか？　ほならあんた、うち来ん？　これから」

すると青年は沈黙する。さすがにこれはまずかったか、と俊子は反省した。あんまり直裁にすぎた。しかし青年は、やがてこう言ったのだ。

「いいよ」

それで俊子は跳ね起きた。

「ほんま？」

と訊いた。

「うん」

と青年は弱々しく言《い》う。

「決まった。ほなら早よ表に出よ。あんたいつまで寝とるん、ガードマン来るがな」

俊子は言った。

「え？　ほんと？」

「ほうや。あんた、あっちの角のマイアミで待っといて、うちすぐ行くから。いや、マイアミはようないな……、人目があるわ、戸越通りのすかいらーくがええわ、あそこなら学生いっぱいいや。すかいらーく、解る？」

「うん、解る」

「あんた、宇宙人なのに、よう知っとるなぁ」

「うん、空から見た」

「ああさよか。お金ある？　何かちょっと食べるぶんくらい」

「そのくらいなら」

「さよか。まああとでうちが払《はろ》うたげるから。ほなら先行ってて。絶対よ。ええ？　絶対待っとってよ？　うちのこと。ええ？」

「うん」

「約束よ？　うちのこと、待っといてよ？」

「うん」

「ほんまにほんまよ、約束守ってよ。ほしたら、あんたのこと誰にも言わん、警察にも誰にも」

「警察？」

「うち、さっき銀行強盗入ったんよ」

「えーっ」

彼は目を剥《む》いた。

「でもあんたのことはうち、絶対言わへんさかいに。せやから早よ出よ、ビルから。そしてすかいらーくで待ってて」

「でも銀行強盗が……」

「なしにするわ」

「え？」

「そんなんなしなし。せやから約束やで、待ってて。ええ？　指切りげんまんや」

俊子は厳重に念を押した。

2

建物に入り、青年をドアのところで待たしておいて、俊子は靴を脱いで裸足《はだし》になり、抜き足さし足で、さっきまで男性行員三人と一緒に自分がいた部屋に入った。室内は、停電ですっかり闇の中だったが、男たちが縛られ、おとなしく床に寝ているのが解る。声をたてられなくされているが、かすかな呼吸音は聞こえる。

彼らを刺激しないように、こっそりと歩いて自分のデスクまで行き、そっと抽き出しを開けて、中にある一階の裏口ドアの鍵を持った。サンタクロースの強盗が持っていった鍵とは別に合鍵があり、これを俊子は管理していた。だから自分の席の抽き出しに入れていたのだ。

また抜き足さし足になって、廊下に出る。そして靴を履き、彼の手を引き、せかしながら階段を下って一階に向かった。急がないと、ガードマンが出勤してくるのだ。

裏口のドアの前に無事立った。急いで鍵をさし込み、ドアを開ける。そして青年の背を押して、表に出した。このあたりは自転車置き場になっていて、通りからの目隠しもあるから、人目にはつかない。もっとも今はまず心配はない。停電しているからだ。

「ええ？　こっちから出てよ」

俊子は右側を指で示した。

「こっちの方が人の通り少ないから。気ぃつけて、あんまり人目につかんようにしてよ」

「解った。でもこの一帯、停電してるからね、見えないよ」

「そやな。ほんならあとで、すかいらーくでな」

「うん。でも店も停電してないかな」

「あそこらは遠いから大丈夫やろ」

「そうだな」

「ほならすぐ行くわ。絶対待っとってよ、うちのこと」

「うん」

　俊子はドアを閉め、また鍵をかけておいて、三階に向かって階段を駈けのぼった。

　今度は靴音の心配をせずに部屋に入り、まず抽き出しから非常用に置いている懐中電灯を取り出し、点灯した。そしてまずは住田係長のところに行って、両手首を巻いているテープを剝がしてやった。

「係長、大丈夫ですか？」

　と、作業しながら声をかけた。でないと、また暴漢が戻ってきたかと心配をさせてしまう。

　係長の手を自由にしておいて、次に若い、同僚の小出の両手にかかった。男のことだから、手さえほどいてやれば、あとは自分でやるだろう。自分で口のテープを剝がし、目のテープを剝がし、足のテープを剝がしたら、続いて同僚のテープも剝がしにかかるであろう。

「ああ、岩木君」

　自ら目と口のテープを剝がした係長が言った。

「無事だったか？」

「はい。うちは大丈夫です。みなさんは、大丈夫でっか？」

　俊子は訊いた。

「みんな、怪我はないか？」

　それで係長は、部下たちに問うた。

「大丈夫です」

　小出と細野の声が、闇の中から戻った。

　自分の足首のテープを剝ぎ、俊子から懐中電灯を受け取って立ちあがりながら、係長は部下たちの顔を次々に照らして無事を確認した。

「大丈夫そうだな。よかった、みな怪我がなくて」

　言ってから彼は、俊子に向き直って訊いてきた。

「強盗は？」

「もうおらしまへん」

　俊子は答えた。

「姿、消えましたわ」

「出て行ったのか？　もう逃げたんだな？」

「そうですやろ。急に声が聞こえんようになりましたから」

するとこれ係長は、闇の中で怪訝な顔をしたらしかった。

「どこで？」

「そこの、屋上です」

「屋上で？」

「はい、簀の子の上」

「君は、一階まで連れていかれたんじゃないのか」

「違います。屋上で消えましてん、強盗はん。うちは放っておいて」

「屋上に君を出しておいて、それで逃げたってのか」

「はいそうですぅ」

「よく君、テープほどけたな」

「はい、なんとか」

「一人で？」

「はい、一人でです」

不思議な若者の出現のことは伏せた。

「よく剝がせたな。俺らも無理やったのに」

「はい。なんとか頑張りましたわ」

俊子は言った。

「しかし、なんでまた屋上出たんだろ、強盗は」

係長がつぶやく。

「おしっこです」

俊子は言った。

「おしっこ？　君がか？」

「私やありません、強盗はんがです」

「はあ。で、したのか？」

「おしっこでっか？　してました。そいで、曇っとるなぁ、星出てないなぁとか、ひと雨くるんちゃうかいなぁ、みたいなこと言うとりました。そしたら……、あら？　雨？」

「雨？」

「雨降り出してるんとちゃうかなぁ、ちょっと水の音しません？」

俊子は言った。

「雨か。ところで、なんでこんなに暗いのや」

係長はようやく問う。

「停電です」

俊子は言った。

「停電……」

「はい、停電です。強盗はんがおしっこしてはる時に、どーん、がっちゃーんて、落雷ありましてん」

「落雷。そういや、そんな大きな音、聞こえとったわな。またいろんなことがある日やなぁ、今日は」

「はい。ほいで、電気ぱっと消えましてん」

「ふーん、ほしたら……」

「強盗はんも消えましてん」

俊子は言った。

「消えた……」

係長は言って、闇の中で放心している。

「はい、うんともすんとも言わんようになりました」

「そらどういうことや」


係長は俊子に問う。

「ですから、一階におりて、帰ったんちゃいますか？」

「なんも言わずに？」

「はい」

「あんた、放っておいて？」

小出が言った。

「せや、うちはじっと待っとったんやけど、うんでもすんでもない、なんも言わんようになって、せやから……」

「でも、岩木さんを下に連れてくて、言ってたよね」

細野が言う。

「うん、言うてた。せやから、予定変更やろ」

俊子は考えを言った。

「ふうん、変な強盗だなぁ」

細野は言う。

「雨降ってきたみたいやなぁ、うち、折り畳みあるけどなぁ、みんな持っとる？　帰る時濡れるで」

俊子は言った。

「おい、ちょっと待て、みんな、帰る気か？」

係長があわてて言った。

「はい帰りますぅ」

俊子はさっさと言った。

「帰りますぅて、こともなげに言うな。今強盗が入ったんだぞ、忘れたのか？　警察に通報せんといかんやろが！」

住田係長が声を荒らげた。

「そんなん、なしにしまひょ係長、なしなし」

俊子は言った。

「なしなして、おまえな……」

「でも係長、もう強盗おらしまへんで、帰りましてん」

「そりゃ、逃亡したんだろうよ。当たり前じゃないか、金盗っておいて、いつまでもここにいるわけないだろうが」

「鉄砲《てっぽう》置いてなぁ」

俊子は言った。

「銃を置いてる？」

小出が訊いた。

「うん、そこの屋上の、簀の子の上にまだ落ちてるわ」

「銃を置いてる？」

細野も言った。

「そりゃあ珍しいなぁ、銃を現場に置いていく強盗なんて話、はじめて聞いた」

「はよ入れんと、雨に濡れるなぁ、鉄砲」

俊子は言った。

「おい、そんなことはいい。銃を置いていこうが持っていこうが、現に金がなくなっているんだぞ、ここから！」

係長が言って、懐中電灯で金庫の中を照らして見せた。通し番号が知られているとして、残した八百万円分の札束だけが、そこに残っている。

「そんなん、なんとかしてください、係長の裁量で」

俊子は言った。

「俺の裁量?」

「そうです。金融機関なら、方法はなんぼでもおますやろ。何億いうわけやおまへんし」

「ば、ばか言うな!」

係長は怒った。

「おまえ今、自分が何言うてるか、解ってるのか!?」

「警察に通報したら、今夜帰られしまへんで。徹夜になりまんがな」

俊子は訴えた。

「徹夜になっても、それは行員たるモンの務めだろうが! 仕事せいや、ちゃんと。おまえら給料もろてるのやろ!」

「でも。もううち行かんなりまへん、非常事態で」

「おいこら、行くてどこへ。こっちも非常事態だ、銀行強盗なんだぞ!」

係長は大声を出した。

「でもまだガードマン、知りしまへん、誰も知りしまへん。知っとるの、私らだけですわ。私ら四人さえ黙ってたら、誰も強盗のこと解らしまへん。何もなかったんと一緒や」

「まあぼくら、誰も怪我してないしなぁ」

小出も言いだす。

「ものも、壊されたものない、器物破損なし。発砲はなかったし、行員の傷害もない」

「係長も、銀行に忠誠心なんかないて、さっき言うてはったやおまへんか」

俊子が言った。

「な、なに言うてるのや。そらああいう時は、そう言わなしゃあないやないか!」

「窓もドアも、割られてはいないし。殴られもしなかった」

小出が言う。

「殴られて顔腫《は》らしてたり、歯折られたりしてたら、明日みんなにどうしたんだと訊かれますからねぇ、隠すことはできませんけど、なんもないもんなぁ俺ら、なぁ」

細野が言う。

「ほうや、うちの貞操も無事やったし」

俊子が言った。

「まああんたは大丈夫やろが」

係長は言う。

「それ、どういう意味ですかー？」

「いや、まあ……」

「警察の調書作成、うるさいぞぉ、今夜一日では到底終わらない。一週間以上続くぞ」

小出が言いだす。

「ええ？　本当か？」

細野が訊く。

「ああ、警察によっちゃ、強盗ならな、間違いなくそうなるな。これは金額が大きい、一万二万ならろくに調書も作らないが、これなら図版入りだな、巻き尺持って部屋中測りだすぞ、お巡りさん」

「そっりゃ、またえろうめんどくさいもんやなぁ、それでなくても今、こっちは年末で忙しいのに」

「そして俺ら、みっともなく縛られて、床に転がされてたって街中に知れ渡るぞ」

「飲み屋でやられるな、おいマゾオトコ、あんたちょっと縛ってあげようか、キャハハーだな」

「絶対やられるな。こりゃ飲み屋、もう当分行けないなー」

「尾ひれつくぞー。裸にされて縛られたとかな」

「鞭《むち》でぶたれて泣いて喜んだとか」

「あるある、カンチョーしたげようかとかな、おちょくられるよなー。みな退屈して、底意地悪いからなー」

「いじめ大好きニッポン人、酒のサカナかよ。今夜も午前様になるしなー、警察通報して、さんざん協力して、その上にそれかよ、かなわんなぁ。これは警察の手間、省いてやりたいよなー」

「そうならこれ、プライバシーの保護だろ？　恥ずかしいこと黙ってるのは、市民の正当な権利だよ」

「そうだな、俺らの恥部の保護、生きる権利」

「それそれ。それに俺今、女房心配だし、もうじき生まれそうで」

細野が言う。

「早く帰りたい、家」

「うちもそうや、非常事態」

便乗するように、俊子も言った。

「君の非常事態は何だ！」

住田係長が大声で言った。

「ちょっと婚約者が急いで会《お》うて、緊急に相談したいて」

「婚約者っ!?」

三人の男が、とたんに全員揃って、大声を出した。

「君、婚約者がおったのか!?」

「おります。おったらいけまへんか？」

俊子は言った。

「い、いつからおったのだ！」


係長がパニックを起こして訊く。それで俊子はかちんと来て、ちょっと見栄を張る気になった。

「もう二年も前からだす。もういいかげん結婚しよやて言われ続けて。もうそろそろ向こうの思い、かわしきれまへんわ」

三人の男は絶句してしまって、声が出ない。

「ともかく、せやからもううちいかんと、うちフラれてしまいますぅ、話は明日聞きますわ、ほなこれで」

係長が言う。

「ちょ、ちょっと待て！」

「係長、シマキン・ローンの方、大丈夫でっか？」

俊子がぐさっとひと言言うと、住田係長は言葉に詰まって立ち往生した。住田は街金融に借金がある。彼は大の競馬好きだったからだ。これは小出もどうやらそうらしいと、俊子は聞いている。

その時、廊下に靴音がした。そして、ドアに付いた曇りガラスががちゃがちゃと叩かれた。

「はい」

係長が返事をすると、ドアが開いて、懐中電灯の光が床を照らした。

「関東警備です」

言って、制服の男が姿を見せた。

「停電ですが、問題はありませんか？」

「ああ、ないです、ご苦労さん」

住田係長がとっさに答えた。するとガードマンは、敬礼して廊下に姿を消した。

「これで決まりでんなぁ、係長」

俊子が言った。闇の中、住田係長は無言で立ち尽くした。しばしの時間があり、彼は言う。

「ほんじゃみな、俺の裁量に、したがうと言うんだな!?」

闇の中で、みな次第にうなずきはじめる。

「そうだな？　腹くくれるのか？　あとで変えるなよ」

みな、徐々にうなずきを鮮明にする。住田はその様子を懐中電灯で照らして廻る。

「ほなそういうことで。うちはこれで」

それを見て俊子は言いおき、ガードマンに続いて廊下に出た。係長は立ち尽くしたまま、もう何も言わない。

3

銀行の裏口を出ると、推察した通り霧雨が舞っていた。裏口の時点では、霧といってよいくらいの細かな雨粒だったのだが、折り畳みの傘を出して広げ、明かりの消えているアーケイドの商店街に歩み入って傘を畳み、抜けてまた傘をさしたら、案外本降りになってきた。

ああ、うちら霧雨の出会いやわ、と俊子は一人思い、そのロマンティックな語の響きに密《ひそ》かに満足した。霧雨の夜に男性と知り合うというのは、美しいシチュエーションだ。昔、『夜霧のしのび逢《あ》い』という映画だったか、ヒット曲だったかがあったらしい。母に借りた本で読んだ。

屋根のない歩道は暗かったのだが、かたわらの道を行く自動車のヘッドライトに足もとが照らされる。そしてたまに低く、お腹《なか》に響くような遠雷が聞こえる。しかし、もうずいぶんと遠くなった。落雷の心配はなさそうだ。

いきなり周囲が明るくなった。停電していない地区に入ったのだ。停電はごく狭い一帯らしい。傘をかしげて顔を上げ、早足になってすかいらーくの看板に向かった。着いたので階段を上がり、ガラスドアを押して店内に入ると、いつものように学生や若者で満席だ。それを確かめると、俊子はバッグから淡いブルーが上半分に入っているサングラスを出してかけた。表でかけると、視界が暗くなりすぎるからだ。

それから折り畳み傘の水を切り、畳んで手に持ち、ゆっくり二度三度、深呼吸をした。三十年あまりの人生、思い返せば彼女には、こういうことがけっこうあるのだ。街で出会った男と待ち合わせの約束をして、指定の喫茶店に行く。精一杯のお洒落《しゃれ》をして、足を出し、好きな靴を履いて店内に入る。しかし、約束通りに男が待っていたことは、およそ半数くらいであったろうか、たいていは待ちぼうけだった。だから俊子は、待ちぼうけには免疫がある。

サングラスは、以前に駅前のメガネ屋で、小一時間かけて選び抜いたものだ。丸い、厚い縁のこのサングラスをかけると、心なしか顎がほっそりとして見えるのだった。ただしサングラスは鼻でなく、ほっぺの肉に載ってしまうので、けらけら笑うことは禁物だ。ほっぺの肉が上下すると、サングラスもあわせて上下してしまい、サングラスが頬に載っていることが眼前の者にバレてしまう。

サングラスをかけ、すかいら一くの店内をゆっくりと歩いて、さっきU銀行の屋上で不思議な出会いをした、二十六歳の青年の姿を探して歩いた。銀色のダウンジャケットを着ていた。だからすぐ解る、とそう思って探したのだが、なかなか見つからない。ひと巡りを終える頃、やっぱりいないか、と思いはじめた。またフラれたのだ。考えてみれば、今回が一番望み薄といえそうなケースだった。ビルの屋上でおかしな出会い方をしたが、あれでは出会いとさえ言えないかもしれない。

すかいら一くで自分を待っていてよと何度も念を押したが、待っていてくれる方が不思議とも言えた。名前もまだ聞いていないし、何をしている男なのか、どこに住んでいるのかも知らない。電話番号も聞いていない。ということは、すっぽかされたと言って、こちらが苦情を言いに押しかけることができないのだ。そうなら、すっぽかす方がむしろ自然な判断だろう。自分だってそうするかもしれない。俊子は思う。こちらはあのビルの銀行員なのだ、下手に顔を出せば苦情を言われかねない。泥棒と間違えられるかもしれない。逃げておく方が無難だ。

どうやって閉め切られていた、密室ともいえる三階の屋上——高さから言うとあの部分は二階の屋上という方が正確なのだが——に侵入していたのかも解らない。この点がまったくの謎だったし、まだ当人に質していない。解っていることは彼の年齢と、独身ということだけだ。

だがそれこそが俊子にとっては、他のあらゆる事実を圧倒する重大事なのだったが。それと、顔がよいということだ。それらに較べれば、そのほかのこと、たとえば名前や職業、どうやって屋上に入ったかなど、どうでもよいことだ。名前などは単なる付け足しで、なんだっていいし、あればそれで充分なのだ。泥棒だっていい、以降、もうやめてくれたらそれでいいのだ。

とにかく自分には、誰か男が必要だ。それももう、待てるぎりぎりのところまで来ている。仲間の女どもはみんな片づいてしまい、応接間を飾り立て、互いに呼び合って、自慢話のお茶会戦争を開始している。片づかないで苦しんでいる自分が、当然彼女らの恐ろしい話のサカナになっていることも察している。だからもう時間がないのだ。

しかしやはりあの、銀色ジャケットの男はいなかった。店を間違えたか？　と一応疑ってはみたが、それはあり得ないのだ。この街にすかいらーくといえばここしかない。郊外レストランはもう一軒あるが、場所が離れているし、名前が全然違う。俊子は溜め息をついた。思えば、来ていると期待する方が無理だったのだ。

俊子はがっくりと肩を落とした。ふられることには免疫があると思ったが、そうでもなかった。今回の男が、一番大きな逃がした魚という気がした。一番顔がよかったからだ。その瞬間、肩を叩かれた。俊子は驚いて飛びあがった。続いてすぐ耳もとで、

「遅かったじゃない、店間違えたかと思った」

という声を聞いた。そして、

「こっちだよ」

と言って、彼は先に立って歩きだした。すでに取っている席に案内してくれているのだ。追って歩きだしながら、あんまり嬉しくて、俊子はつい涙ぐんでしまった。待っていてくれたんだ、と思うと、知らず涙が止まらなくなった。急いでハンカチを出し、

サングラスを額に上げて瞼にあてた。

着くと彼は、先に席に腰をおろした。そしてお尻を滑らせながら、テーブルの下に両足を入れている。見おろして立ち尽くしていると、

「どうしたの？　すわってよ」

と言った。それではっとわれに返って、俊子もおずおずと腰をおろした。そしてゆっくりとお尻を滑らせて、シートの奥に移動した。

彼は銀色のダウンジャケットを脱いで、席に置いている。下は、黒いセーターだった。

「ちょうどトイレ行ってたんだよ、ごめん」

彼は言った。そして、俊子の顔を見た。それで俊子は、あわてて視線をそらした。なんとなく、横顔を見せるようにしたのだ。横顔なら、少しはましという自己評価があった。

さっきまで停電の中にいたせいで、店内は煌々《こうこう》を通り越し、ぎらぎらまばゆく感じられた。この明るさはいささか異様に思われて、頭痛を起こしそうなほどの光量だった。何もかもが見えてしまう。自分の不器量も解る、ささやかな神秘性も消し飛ぶ。ああ、もっと暗い店にすればよかったと激しく悔《く》やんだが、もう後のまつりだった。

「ぼくのこと、解んなかったでしょ？　さっき暗い中でちょっと見ただけだから」

彼は言った。しかしその顔が見られない。それで俊子は正面を向き、急いでうつむいた。そのまま深く頭を下げ、そしてこう言った。

「ありがとう、来てもろて」

まったくの本心だった。しかし彼は、

「は？」

と言った。

「なんで？」

「来てくれなあかん理由、なんもないでしょう？　そっちは。それなのに来てもろて、ほんまに嬉しいです、ありがとう」

「君、大阪の人？」

彼は言った。

俊子はその反応に戸惑ったが、頭を上げた。

「はいそうです。なんで解ったん」

そしたら男は笑った。

「そりゃ解りますよ。解らない者はいないと思うけど」

「ああそうですか？　うちはすぐにそう言われますう、あんた大阪出身やろて」

「でも大阪の人の割に謙虚ですね」

「そうですかぁ？　それははじめて言われました。浪速《なにわ》の突っ張り女て、よう言われます。それとかナンバのブタ……、あ、いや」

「ナンバなんですか？」

「生まれは十三《じゅうそう》です。淀川《よどがわ》の産湯《うぶゆ》です。そいでずっと高校まで大阪で、短大が京都で、それがなんか間違《まちご》うて、こうな関東の銀行に就職しましてん。女子高からの腐れ縁の女が二人おりましてなぁ、それに京都もんが一人、名古屋が一人、こんなうるさい女の仲間が周りにぎょうさんおりましてん、ほんま困ってますわ。ま、そんなんどうでもええですな」

「まあ」

と男は言った。そして、

「銀行の人なんですよね」

彼は訊いた。俊子がうなずくと、

「あの、どうしてぼくがあそこにいたのか……」

男が言いはじめたので、俊子はすかさず言った。

「あ、そんなん、気になりまへん！」

「え？」

男は目を丸くする。

「どうでもええことですのや、うちにとっては。そんなん訊く気ぃあらしまへん」

「ほんとに？」

「全然。ほんまです。あんさん、空から来はった」

男はすると沈黙した。

「そうですやろ？」

「君は、ずっとあそこにいたの？　屋上」

彼の方で訊いてきた。

「ずっとやおまへん、ちょっと前からです」

「ちょっと前？　で、見てたの？」

「何を？」

「いや、君、何か見た？」

「なんも」

「え？」

「なんも見てません。ほんまです、見えませんのや、目隠しされてたから」

「そうだ、君、縛られてた。強盗が入ったって……」

「あ、それ、なしにしましてん」

俊子は急いで言った。

「なしに？　した？」

「はい、なしです、強盗なし」

「なしって、そんなこと、できるの？」

「できます、特別のケース」

「でも強盗だよ」

「せやから、ちょっとお願いですけど、あんさんも黙ってて欲しいんですわ、私が縛られてたこと、それと銀行強盗のこと」

するとと男は沈黙する。そして煌々とした明かりの下で、俊子をじっと見つめているようだった。俊子は視線をそらし、ずっと横を向いていた。すでに述べた通り、横顔ならば、そしてサングラス付きなら、少しはましと思うからである。

けれどそうしながらも、あまり自分を見つめないで欲しいと願い続けた。しげしげ見られたら、ぷっくりしすぎているほっぺや、顎の下の脂肪を見られる。またフラれる。本当に、もっと暗い照明の店にすればよかった。つき合いが始まってからならともかく、いきなりこんなに明るい店はまずかった。作戦ミス、これでまたフラれたら、生涯最大の失策だ。もうこれが、神の与えたもうた最後にして最大のチャンスのように思われていたからだ。

俊子はちらと彼の顔を盗み見た。彼の顔だってそうだ。暗い屋上ではあんなに美しく見えた彼の顔も、この煌々たる明かりの下では、心なしか、わずかに間延びして見えた。

　声がかすれているせいかもしれない。声に関する限りは、それほど大好きで大好きで、と言いたい声ではない。でもむろん、ひどい声ではないのだが。それに東京弁だ。これはよいことだ。俊子は、まことに勝手なことに、自分は大阪弁がまるで抜けないくせに、男の場合、大阪弁をしゃべる男はあまり好きではなかった。店で向き合う彼は、さっき屋上で向き合った時のように、ハリウッドスター顔負けのいい男、とまでは感じられなかった。さっき並んだ時に、案外背が高くないと思ったこととも関係がありそうだ。

　そんなことを思ってから、いったい何を考えているんだろう、うちは！　と自分を激しく叱責した。そんなことを言いだせば、自分の方はもっとそうだ。サングラスと横顔でごまかしても、子豚ふうの自分の丸顔は、もう白日のもとに——、というのはちょっと違うが、煌々たる照明光にすっかり晒されている。少々間延びがしても、声がかすれていても、小柄でも、自分などの行き遅れには、彼は到底釣り合わないハンサムであることには間違いがない。

「大丈夫なの？」

　沈黙のあと、彼は言った。

「警察に言わなくて。銀行強盗のこと、ぼくが黙ってるのはむろんいいけど、別に言う人もいないし……」

「お願いします。これ、もしかしてバレたら、えらいことになります。大問題やわ、うちらクビが飛びますぅ」

「ぼくのこと、銀行の人には言った？　屋上に変な男がいたって」

「言うてません」

　俊子はきっぱりと言った。

「ほんとに？　上司とかに、銀行出る時」

「言うてません、ほんまに。厳重秘密や」

「ここで待ち合わせたことも」

「全然言うてません、秘密にしてます」

するとと彼は不思議そうな顔をした。

「どうして？」

「え？」

「どうして秘密にしたの？」

言われて、俊子も首をかしげた。

「君にとっては、秘密にしなくちゃならない理由はないでしょ？」

「せやなあ……」

俊子は腕を組む。

「さあ、そないに言われたら、そらそうやな。どうしてやろ。解りません」

「ぼくら、しばらく抱き合ったりしたから、そのせいとか？」

「ああ！」

それで俊子は合点がいった。芝居でなく、本当に合点したのだ。

「ああそうや、そうかもしれません。なんやこっそり、ボーイフレンド屋上に隠してたような気ぃになってしもてたかしれまへん」

すると彼はうつむいてちょっと笑い、それから黙って考えていた。

「じゃあぼくのことも、銀行の人たちに黙っててくれる？」

「はい。そりゃもう、黙ってますぅ。でも、何を？」

「ぼくのこと。どうやってあの屋上に入ったか、とか」

「ああ」

「あそこ、鍵がかかってたんでしょう？」

「はいそうです。かかってました。だから、どうやって入ったんですか？」

俊子は訊いた。

「だからそれを訊かないでって。できる？」

「はい」

俊子はうなずく。

「できますぅ」

男が手に入るのなら、そのくらいはお安いご用だ。

「そうしてくれたら、ぼくは君の言う通りにするから」

「え？　うちの言う通りにしてくれます？」

俊子は、歓《よろこ》びのあまりいっぱいに身を乗り出した。

「うん、する」

彼は言って、うなずいた。

「何でも？」

「うん、何でも」

「ほんまでっかぁ!?」

俊子は知らず大声を出した。そうなら結婚して、と言いたかったのだが、さすがに会って一時間でそれはまずいだろうと思った。

「うち約束します。するする、ほなしますぅ。でも……」

「でも、何？」

「なんや、悪いことしてはったんでっか？　うちの銀行に悪いこと、警察にも言えんような」

すると彼は一瞬ばつの悪そうな顔をしたが、すぐに顔の前で右手を振り、こう言った。

「ないない、してない。銀行に？　そんなんしてないよ！」

彼も大声になる。

「あの、あんたはん、銀行強盗はんやおまへんよね？」

俊子はおそるおそる訊く。

「違う違う！　銀行強盗なんて、入ってたことも知らなかった。だから、いい？　秘密にして」

「はい、秘密にします。誓いますぅ、生爪剝がされても言いまへん」

すると彼は少し笑った。その時、ウエイトレスが注文を取りにきた。

「何か食べました？」

「まだコーヒーだけ。君が来てからにしようと思って」

「あ、ほなうちもコーヒー」

俊子は言った。

「雨、降ってきたの？」

見ると彼は、背後を見ている。濡れた傘を持って女の子が、通路を歩いてきていた。

「うん、降ってきた」

俊子は言って、畳んでかたわらに置いていた自分の折り畳み傘を、摑んで持ち上げて見せた。

「え、ほんと？」

彼はあわてたように言った。そして、

「傘持ってないな」

と続けて言った。

「大丈夫、私が持ってるから」

俊子は言い、

「それにまだ霧雨みたいなもんやし」

と少し嘘を言った。それから訊く。

「ねぇ、お腹空いてる？」

「うん、割と」

彼は言った。

「ここで食べようかと思っていたんだけど」

「こんなん、あんまりおいしないよ。うちこん？うちが作るから」

「え？ほんと？今から？でもそれは悪いよ」

「悪うない悪うない、うちが作りたいんよ。うち、ちょっと料理自慢なんよ。シチューも、うまいこと作ったのあるし、ワインもあるよ」

「でも、こんな会っていきなりって……」

「あんさん今、うちの言う通りにするて言うたやん」

「ああ、そうだな」

「もうすぐクリスマスやから、そこのライフでちょっと買い物して帰って、合鴨《あいがも》のスモークサラダ作ろかな。それから、牛のもも肉の赤ワイン煮なんかどう？」

「わぁすごい、おいしそうだなぁ。そんなの、食べたことないよ」

彼は言った。

「決まった。ほなら出よう、ここ」

「でもお茶……」

「ほならコーヒーだけ飲んでいこ。な？」

俊子は言う。


ライフで買い物をしている間、カゴは持たせても、俊子は彼に少しもお金を払わせなかった。俊子は、これまでデートの用もなかったからしっかりお金を貯めていたし、彼にあまりお金がなさそうな様子もよく見ていた。今自分にはお金がある、もしも自分と一緒になれば、彼に経済的な負担はかけず、よい生活が送れると感じさせることが、結婚に持ち込むのに得策と計算していたから、気前よくふるまった。給料のよい関東の銀行に就職したことも、これまでコンサートや旅行も我慢して小金を貯めてきたことも、すべてこの日のためと信じた。

食材の詰まったレジ袋を彼に持たせ、相合い傘で帰る道すがら、彼がようやくのように、こんなことを言った。

「君、ぼくの名前訊かないけど、興味ないの？」

「え？　訊いてええのん？」

俊子は言った。

「訊かんといてて、さっき」

「名前くらいはいいよ」

「うち、そういうのいっさい興味ないわ、名前も職業も。どうしてあそこにいたのかも。興味あるのんは今のあなた自身だけや」

「ふうん、君の名前は？」

彼が訊いた。

「私は岩木俊子。U銀行勤務。血液型B、未婚、賞罰なし」

「そいで、大阪十三の生まれだね？」

「せや」

「ぼくの名前は田辺信一郎。未婚、血液型O、そこの、富士不動産に勤めてる」

「ええっ？　この街に勤めてるの？」

「そう」

「田辺信一郎さん？」

「そう。遊び人みたいな名前かな」

「遊び人なん？」

「そんなことないよ」

信一郎は首を横に振った。

「住んでるマンションとかは？」

「解約して、今親の家にいるんだ、居候」

「じゃあ自分の住所なし？」

「そう」

「家賃滞納して、追い出されたん？」

するると信一郎は苦笑した。

「まあ、そんなとこ」

「空から来たんやないんやね」

「まあそれは、半分本当やけど」

「え？」

「いや……、何でもない」

「日本国籍じゃないとか？」

「それはない。純粋日本人。川崎の生まれ、J大落研出身、就活全敗の落ちこぼれ。Y家電クビ。無芸大食、無職トーメイ、特技なし」

「J大、いい大学じゃない、ちゃんと卒業したん？」

「一応。でもかすかす、掛け値なしの劣等生。酒癖、女癖悪し。痴漢映画好き、好色。歌音痴、ギター、ピアノ弾けず。運転免許なし、親友なし、定職なし、みんなの鼻つまみ、ええとこなし」

「本当？　それ」

「冗談。でも、似たようなもんかなー。あんまり、いや全然お勧めじゃないオトコ」

「なんや、あんた自暴自棄になっとんの？」

「ちょっと」

「そら、ええことやわ」

「はあ？」

「うち、女好きの男、好きや」

「はあ」

「賭け事は？」

「え？　それもまあちょっと。麻雀好き、でも下手」

「それで借金あり」

　信一郎は無言になった。これはあるのだなと俊子は直感した。まあ少々の傷モノでなくては、自分のようなところになど、廻ってはこないであろう。

「こんなん、早《は》よ死んだ方がええかも。世の中の役に立ちまへんな、いずれブタ箱」

「田辺さん、誰かに似てるて言われたことない？」

「うん、前は昔のトム・クルーズに似てるて」

「そう、似てるー！」

　俊子は言った。

「やっぱ、言われるんやなー」

「昔のこと。今はもう言われない」

「今も似てはるわ」

「背の低いとこが似てるて。そういうことじゃないかなぁ」

「そんなことないよ、眉毛《まゆげ》、目もと、笑う時の口のかたちなんかなぁ、似てるわ」

「そうかなぁ。まあ以前は、狂《くる》うぞ亭《てい》、富《と》む楽《らく》て、言われてたから」

「何それ」

「落語の時の芸名」

　その夜の食事は好評だった。夜半、結ばれたあとに俊子はベッドで言った。

「うちら、相性ええわ、あんたそう思わへん？」

「うん、O型とB型は相性いいっていうからね」

「あんた、星座は何？」

「獅子《しし》座」

「え？　うちもや！」

「へえ、偶然だなぁ」

「やっぱ、運命的な出会いやわうちら。うち、料理頑張るよ」

「あそう？」

「そうや。だからずっとここにおってね。明日はうち、カシスのムース作るわ、オレンジジジュレ載せ」

「何それ？　すごくおいしそう」

「デザートや。うち、好きなん」

「でもご飯は？」

「鶏もつの白ワイン煮とかどう？　それと、白身魚とクレソンのカルパッチョ」

「へえ、見当もつかんわ。でもおいしそう」

「あんたの舌、飽きさせへんよ」

「へえ、頼むよ」

「まかしといて。うち料理はプロ級やから」

俊子は自慢した。

「これでも主婦向いとんのよ、お笑いだけやないよ」

「ふうん」

と信一郎は言う。

「あんた、うちがおらんと駄目て、すぐ言わせたるで」

「はあ、そうかぁ」

彼は言う。


「ところでこれは何？」

俊子は、彼の裸の胸や肩を指差して言う。

「あーっ、青タンや！」

田辺は驚いて大声を出した。

「こんなんなってたのかぁ、全然知らなかった」

「どーしたん？　こんなにあちこち、何かにぶつかったん？」

「うん、ぶつかった」

「それにしてもこんなにぎょうさんできる？　あちこちに」

「玉突き事故だな」

「玉突き？」

「うん。あちこちにごちんごちんて、パチンコ玉みたいにぶつかった。骨折れなかったのが不思議」

「ほんまにぃ、可哀そ」

「うん、ほんま。それでしまいにはぶっ倒れて人に踏まれた」

「あれま」

「これがほんまの踏んだり蹴ったり滑ったりやな」

言って信一郎は笑い、

「あんたもう大阪弁やな」

と俊子も言って笑った。

馬車道

1

あれは、私のメモによれば、「SIVAD SELIM」の一件があって間もなくの、一九九一年の新年が明けた一月のことであったと思う。まだ御手洗《みたらい》が馬車道にいた頃で、読者の間にはまだたぶん知られていないが、私の記憶の中では怪談めいた奇怪な事件で、規模は及ばなくとも、暗闇坂《くらやみざか》とか、龍臥亭《りゅうがてい》にも劣《おと》らないほどに印象深い事件であった。

御手洗が私と一緒にひとつの部屋にいた頃の記憶は今や徐々に薄らぎ、光景として脳裏に思い起こすことはむずかしくなっているのだが、この事件の始まりの日に関しては、記憶がすこぶるはっきりしている。

新年のおとそとか、おせち料理のヴァリエーションが一段落し、私としてはそろそろ通常の料理レパートリーに戻ろうかと考えていたのだが、その頃の私は電気釜《がま》、つまり自動炊飯器を使ってデザートを作るという画期的で合理的な方法を発見してしまい、各種ケーキ作りに熱中していた。思えば全自動炊飯器ほど、ケーキ作りに向いた機械もない。

手順自体は簡単で、作り方を書くのもたやすい。私が最も気に入っていたのはみかんケーキだが、当時最新の電気釜の中容器の内側にバターを塗り、グラニュー糖をふりかけておく。その上に、薄く輪切りにしたみかんを、十字のかたちに並べて敷く。

それから、電子レンジで軟らかくした無塩バター六十グラムをボウルで練ってのち、三温糖七十グラムを入れ、ヘラですり混ぜる。みかんケーキが好きだと言い、自分でも時には作ってみたいというので、私はこの作業を御手洗に命じてやらせていた。

御手洗は、液体を混ぜるといった手作業はそれなりに得意らしいのだが、こつについてなどの細かな説明は、いつも上の空で全然聞かなかった。彼の明白な欠点は、自分が価値ありと判断した説明以外は、他人が何を言おうと少しも耳に入らないのである。私が口にする話など、どうせ芸能人のゴシップ程度のものと決めてかかり、そのような夾雑物《きょうざつぶつ》に自分の思索を関わらせないことが、脳の力を高度に保つこつと心得ているらしかった。

すり混ぜが終わったら、卵二個と牛乳大さじ一杯を混ぜて溶いたものを、二、三回に分けて混ぜ込む。これにさらにホットケーキ・ミックス百五十グラムを加えて、粉っぽさが消えるまでよくかき混ぜる。

御手洗がこれをいやいややっている間に、私はみかんの皮を剝き、ひと粒ひと粒の袋も剝いて、ちいさなサイコロ状に切る。そして御手洗が混ぜたものにこれをみんな落として、またヘラでよくかき混ぜる。そしてさっきバターとグラニュー糖を内壁に塗っておいた電気釜の中容器に流し込む。

この時、中央部分を少しへこませ気味にしておくのがこつである。こうして電気釜のスウィッチを入れたら、簡単においしいみかんケーキが炊《た》きあがる。出来上がったケーキを、私は一日おいて、熱が冷めたあたりで食べるのが好きなのだが、御手洗は焼きたての熱いうちに食べたがった。

ともかく、あの訪問客があったのは一月の十日前後であったと思うのだが、御手洗がボウルでホットケーキ・ミックスを混ぜている最中に、玄関のチャイムが鳴ったのであった。それでなくても退屈な作業から逃げたがっていた御手洗であるから、ボウルを放り出し、大喜びで玄関に飛んでいった。おかげで作業は大幅に遅れることになった。

やってきた相談者の名前を、私は今もはっきりと憶えている。非常に珍しい名前だったからで、小鳥が遊ぶと書いて「タカナシ」と読む。小鳥遊は、どちらかというと小柄な体つきで、人好きのするような、愛嬌《あいきょう》のある顔立ちをしていた。目が大きく、それがよく動き、ついでに体もよく動いて落ち着きがなく、ソファにかけると珍しそうに顎を上げて、ぐるりぐるりと室内を眺め廻した。そして、

「探偵さんの事務所って、こんなふうなんですね」

と感想を言った。私は時おり衝立ての陰から顔を出し、小鳥遊の様子を見ていた。そして手を洗い、ケーキ材料はラップして、紅茶を淹《い》れる作業に移った。

「よそとは違うと思いますよ」

と御手洗が言うのが聞こえた。

「と言われますと？」

と彼が言うから、御手洗が、

「よそでは事務所でケーキを作ったりはしないでしょうからね」

と言った。小鳥遊は、はあと言っている。

「みかんケーキを作っているんです、炊飯器で。三十分もすれば炊きあがるでしょう。食べますか？」

「いえ、ぼくはあまいものはそれほど……」

彼は辞退している。

「新聞記者でいらっしゃるのですか？」

御手洗が訊き、小鳥遊はちょっと驚いたようだが、顎を引いて襟のバッジを見てからうなずいた。

「港新報《みなとしんぽう》の記者をしています。刑事事件の担当なのですが、ぼくが記者になってはじめてと言ってもいいくらいに、もうとんでもない事件に出遭ったものですから、それで弟が……」

「とんでもない事件ですか？」

御手洗が聞きとがめて言う。

「そういう言葉を割合世間は使いますが、事実言葉通りだったケースはあまり知りません」

「いや、御手洗さん」

言って彼は身を乗り出している。

「これは本当にその言葉通りの事件なんです。それどころか、その言葉でもまだ足りないくらいで

「雑誌社にお勤めなんですか？」

「いや、そうじゃなく……」

「どこです？」

「警察です」

「警察？」

「刑事なんです、弟は。ぼくよりずっと体が大きいものですから、柔道部と相撲《すもう》部で。T見署の刑事課の刑事をしています。しかし、あなたの大ファンなんです。あなた方のご本はすべて読んでいて、勤務中も読んでいるもので、何度かクビになりかかっています。クビになったらミステリーの作家になりたいって言ってます」

「新聞記者でなく？」

「サラリーマンは嫌だって言ってます。勤め人はもうこりごりだと。自由業に憧れてます」

「弟さんが警察官なのに、ぼくの出番があるとは思えませんが」

御手洗は言う。

「……」

小鳥遊は熱心に言う。

「あなたは記者になられて……？」

「五年です」

「ふむ。記事にされたのですか？」

「もちろんしました」

「新聞では見なかったように思いますが」

「ボツになりましたので。デスクが、うちは新聞社だぞと、ホラー小説書きたいのなら雑誌社に行けと」

「なるほど」

御手洗はうなずいている。

「でも死者は続くんです。到底書かずになんていられませんよ。だから載せないなら本当に雑誌社に行こうかと思いました。でもそうしたら、その前に御手洗さんのところに行けと。これはあきらかにあの人向けの事件だからと」

「誰が言ったんです？」

「弟です」

「警察は、自殺だと思っているんです。三人が連続して自殺したと、そう固く信じています。しかしそんなはずはないんです。銀行中で、一番自殺しそうもない三人なんです。そのうちの二人が、自分は絶対に自殺なんてしないからと、はっきり上司に言いおいて屋上に上がっていって、その直後に飛びおりてます」

聞いて、御手洗は黙った。

「だから弟は自殺と思っていませんが、警察は自殺と。だからお手上げらしいです」

「ともかくあなたは、記者になってはじめての不可解事に遭遇されたのですね？」

御手洗は確認する。

「記者になって以来はじめてだし、生まれて以来はじめてだし、わが社にとってもおそらく創業以来はじめての不可解事でしょう。T見署も、間違いなく開設以来の難解事です。あなたにとってもきっとそうなります」

「だといいですな」

御手洗は、冷ややかに言った。

「だからぼくはこの一週間というもの、非常に燃えて取材にあたりました。T見市中を聞き込んで歩いたんです、弟も手伝ってくれました。すると面白いことに御手洗さん」

「はい」

御手洗は返事をしている。

「調べれば調べるほど、その不可解さが増していくんです。事件自体、わけが解らなくなる。いったいどうしてこんなことが起こるのか、まったく不可解です。理由が解らない。T見市の仏具町《ぶつぐちょう》に、二十一世紀も迫っている今、地獄が口を開いたとしか思えません」

「どこですって？」

「え？」

「町の名前です」

「仏具町です」

「そんな町があるのですか？」

「あります。T見市の駅付近です。でも縁起でもない名前ということで、今は富士見町《ふじみちょう》に改名になりましたが。でも富士山は見えません」

「ああそうですか」

「ともかく、あの町全体が狂ってしまったようにしか思えないんです、ぼくには。あんなとんでもなくへんてこな事件に、いったい説明がつけられるものかどうか。説明がつけられる人がもしいたら、ぼくは顔を見たいです。これは是非見てみたいものです。本当にとんでもない事件の連続なんです」

「では紅茶が来ましたら、ぼくと友人にもそのとんでもない事件を、詳しく説明していただけませんか？」

「お安いご用ですとも」

小鳥遊はすると、ソファの背もたれにそり返りながら請け合った。

「あなたがこの、ぼくが生涯で出遭った最大の謎の謎解きをしてくださるのなら、ぼくはもう何でもしますよ。説明くらい百回だってしますよ」

「一回で充分ですよ、要を尽くしたものなら」

御手洗は言い、それを聞きながら私は、紅茶茶碗を盆に載せて、衝立ての陰から出た。

「弟がぼくに保証するんです、あなたならきっとこの謎を解けると。そうですか？」

「まあ、失敗したケースの記憶はなかなかないですね」

「失礼ですが、ぼくにはそうは思えない。いや、あなたの能力を疑っているんじゃありませんよ。この世界で生きる生身の人間には無理に思えるんです」

「その前に、実際にそれほどの謎であって欲しいものです」

御手洗は遮《さえぎ》って言った。

「その点は請け合いますとも。とてつもなく巨大な謎です。人智を超えたミステリーなんです。ホラー映画も尻に帆かけて逃げ出しますよ。これに較べたら、エジプトのピラミッドも、ネス湖の恐竜も、三渓園《さんけいえん》の池のアヒルくらいに可愛いものです」

熱弁を振るう小鳥遊の前に、私は紅茶茶碗を置いた。そして御手洗の横にゆっくりとすわった。

「はからずもこの仕事に携わるようになって、巨大な謎だ、人智を超えたミステリーだといった言葉を、ぼくは何十回も聞きました」

御手洗は言う。

「ほう、それで？　あ、ごちそうさまです、石岡《いしおか》さん」

と言って、彼は私に向かって会釈をした。

「たいていの場合、謎などどこにもありませんでした。すべて、理屈で説明がつく類いの散文的なできごとです」

「じゃあ今回のがはじめてだ！」

彼は大声を出した。

「今回のものこそは正真正銘ですよ御手洗さん。あなたの生涯を通して、記憶に遺る唯一のものになるかもしれません。こうして話していても、ぼくはついつい興奮してしまう。あれは絶対に説明なんてできませんよ、賭けてもいい、あなたもお手上げになります。断言しますよ。あれこそは真のミステリーです。常識で説明がつくような事柄じゃない」

小鳥遊は力んだ。

「そのソファで、そのようにおっしゃった方はあなたがはじめてじゃない。紅茶も来ました、さあ始めてください」

御手洗は言った。それで私も固唾《かたず》を呑み、耳に神経を集中した。

「T見駅近くにU銀行があります。ここの行員が三人、屋上から不可解な飛びおり自殺をしたんです」

新聞記者は話し始めた。

「男が二人、女が一人です。三人とも自殺をするような理由は全然ない。それどころか、女性は田辺信一郎というイケメン男性との結婚式を翌月に控えていて、幸福の絶頂にあったそうです。毎日浮かれていて、周囲にさかんに自慢していたそうで、自殺した日も、屋上に行けと命じられた時に、自分は絶対に自殺しませんからねと、直属の上司にそうはっきり宣言してから、上がっていったそうです。そしてその直後に飛びおりた」

「その言葉通りなら、誰かに突き落とされたのでしょう」

御手洗が言った。

「ほらそうなるでしょう？　ぼくもそう思いました。でも目撃者がいるんです。彼女は一人で飛びおりたと、それを見たと。周囲には誰もいず、紐で引かれるなどのトリックは絶対になかったと」

「目撃者は一人ですか？」

「一応そうです」

「ではその目撃者を疑わなくてはなりませんね」

「警察がやりました。ぼくもやりました。会いましたから。しかし彼に動機の類いは何もないし、次の自殺者が出たおりには、彼にはちゃんとアリバイがあるんです。それに、はっきりではないけれど、隣のビルから見ていた者もいるんです。遠いのでぼんやりだったそうですが、やっぱり彼女は一人で飛びおりたと証言しています」

「ふむ」

御手洗はうなずく。

「そして続いて別の男性行員が飛びおりるんですが、彼にも自殺の理由なんてなかったし、その次の三番目の男性も、二人が落ちた原因を調べると言って屋上に上がったが、自分は悩みなんてない、健康だし、生活もうまく行っている、絶対に自殺なんてしないから安心して欲しいと上司に言いおいて屋上に上がって、その直後に飛びおりたんです」

「三人とも一人で？」

「そうです」

「同じ上司に断っているように聞こえますが？」

「同じ上司です。住田という係長です。三人とも彼の部下なんです」

「屋上に上がれと命じたのは彼ですか?」

「いや違います。彼のさらに上の、富田という課長です」

「何故屋上に?」

「それこそが問題なんです。屋上に、去年亡くなった女優の、大室礼子が所有していた植木が大量にあるんです。鉢に植わっているんですが、これに怨みがこもっているってみんな言うんです。ご承知の通り彼女は往年の大女優ですが、晩年は悲惨で、食べるものにも困るようになっていて、その上に整形手術が失敗して、悲嘆のうちに自殺するんですが、首を吊った松の木の根もとにあった植木鉢群らしいんです」

「それが何故銀行の屋上に?」

「はい。大室礼子は借金を遺して死にましたが、U銀行が彼女の邸宅を処分して借金を清算した際に、ある地方の映画博物館の館長が、植木鉢を引き取ると言ってきたので、しばらく銀行が預かって屋上に置いていたんです。ところがその博物館の館長が急死してしまって、植木の行き場所がなくなっていたんです。その植木に水をやってくれと課長に命じられて屋上に上がって、それで飛びおりてるんです」

「三人とも?」

「いや、二人だけです。もう一人はもう水はやり終わった屋上に、調査に上がって飛びおりたんです」

「うん? ということは、無事に水をやり終えた人もいるのですね?」

「その通りです。和田という女性の事務員は、植木に水をやって、無事に一階におりてきています。そのあとで調査に上がった細野という行員が飛びおりているんです。彼も、絶対に自殺なんかしないと上司に宣言して、住田という係長が必死で留めたにもかかわらず、振り切って上がって飛びおりています」

「必死で留められたのを、振り切って上がっていって飛びおりた……?」

私が言った。

「しかも絶対に自殺はしないと自分で言っていて？」

「はいそうなんですよ。不思議でしょう？」

記者は私に言う。

「その和田という人と、細野という人に、何か違いはありませんか？」

御手洗が訊いた。

「何もありません。年齢的にも同世代で」

「それはないでしょう」

御手洗は即座に言う。

「生きている人と死んだ人がいるのなら、そこには必ず何らかの差異があるはずです。それを発見するのがいい。死んだ三人のリストはありますか？」

「ここに書いています。岩木俊子、小出順一、細野敦《あつし》の三人。上司は住田です、住田喜朗《よしろう》」

小鳥遊は、取材用らしい手帳を内ポケットから抜き出して読む。

「その三人ともが、住田係長の部下ですか？」

「そうです」

「和田さんは違うのですか？」

「違います」

「つまり、住田係長の部下だけが死んでいるのですね？」

「そういうことです」

「しかし住田係長は健在と」

「そうです」

「確かに不思議な一件ですね」

御手洗は言う。

「そうでしょう？　しかし不思議はそれだけでは終わらないんです」

小鳥遊は言って、また身を乗り出す。

2

「U銀行からそう離れていない繁華街に、満腹亭《まんぷくてい》というラーメン屋があるんですよ」

小鳥遊《たかなし》は、手帳を繰りながら言う。

「満腹になるくらいに量が多いんですね？」

御手洗は問う。

「最初はそうだったらしいんですが、最近は量が減って、けっこう不評になってます。さらにこの頃は、親爺が俺流ラーメンというのを始めて、塩バターで餅とキムチが入ってるんですが、これが見事にはずれて、店は閑古鳥です」

「ふうん」

「お好みでたくあんも入れると。ぼくも食べましたが、確かに今いちで、でも親爺の、今西康隆《いまにしやすたか》っていうんですが、これがえらい頑固者で、自信を持っていて、客からいくら意見言われてもね、批判が出ても、どこ吹く風で、全然流儀を変えないんです」

「ああ、解るな。そういう人いますね」

私は深くうなずきながら言った。

「あ、いますか？」

「唯我独尊、我田引水、馬耳東風、ゴーイングマイウェイ」

「そう、それなんです。まあ『俺流』と、しっかり銘打っているくらいですからね、しようがない」

小鳥遊は言う。

「ビートルズが大好きでねぇ、店内でがんがんビートルズ、エンドレスで流してるんです」

「ああいるなぁ！」

私は言った。

「ますます解るなぁ、ビートルズ。人の迷惑顧みず、そういうの、いるよなぁ」

「一日中そういう音の中で俺流ラーメン作ってる。ビートルズに飽きたら、今度はハワイアンです」

「ハワイアン!?」

私は意表を衝かれてほとんど叫んだ。

「そう、ともかくめちゃくちゃなんです、音楽のセンス。一月の今もハワイアンですよ。で、店にはギターとウクレレが置いてあってね、親爺は常にアロハシャツです。青い空にヤシの木が描いてある、とびきりイカれたアロハシャツ着てる」

「寒くないんですかね」

「まあ店内はねぇ、火使うから。寒くなったら重ね着ですよ」

「アロハシャツを?」

「そうです」

事件記者はうなずく。

「どこで手に入れてきたのか、ヤシの木描いた長袖シャツも持っているんです」

「めずらしいな」

「そうです、ぼくははじめて見た」

「夏だけハワイアンにすればいいのに」

「そう。でもそういうTPO、全然心得ないイカレポンチなんです。そりゃ真夏ならね、ハワイアンに海水パンツでラーメン作ってもいいけどね、水着の娘でも横に置いとけば、行列のできるラーメン屋だよ」

「餅キムチでもね」

「そう餅キムチでも。しかしまあ男しか行かないだろうけど。でも普通、ラーメン屋なら演歌でしょう」

「『津軽海峡冬景色』とかね」

私が言った。

「そう。あれいいね!」

「美空《みそら》ひばりとか……」

「いいなぁ、ひばりは天才! 川の流れのようにぃ〜、とか」

「ラーメンには合いますよね」

「ともかくま、ハワイアンが好きなのは勝手なんですが、ラーメン屋でそれはないと思うんですよぼくは。ハワイアンが好きなら、ロコモコ食わせるハワイ料理の店とかね、ビートルズ好きならね、ローストビーフとフィッシュアンドチップスの店とかね、そういうのやったらいいいんだ！」

事件記者は力説する。

「そうだなぁ。どうしてラーメン屋なんだろう。よっぽど好きなのかな」

私は言った。

「まあ北海道の出身だとは言ってました。でも札幌じゃないんです」

「どこです？」

「北見《きたみ》です。北見の小学校に行ったって、そう言ってました」

「ラーメンの話はもういいです」

御手洗が横合いから言った。

「馬耳東風の話も解った。それでその親爺がどうしたんです」

「ああそうでした」

小鳥遊はうなずく、そしてこう言った。

「ロールス・ロイス買ったんですよ」

「なに!?」

私はまた叫んだ。

「ロールス・ロイスですか？」

「そうなんですよ、それも一番高いやつ、ロールス・ロイス・ファントム、最新型って言ったかな」

「へぇ、儲かっていたんですかね」

「全然。閑古鳥ですから。それにね、親爺酒飲みですから、毎晩飲んでて、金貯まってるはずないです。店だって、採算カツカツのはずです」

「車好きということかな」

「トヨタも日産も区別つかないって言ってますね、客連中は」

「それでロールス・ロイス！　世界で一番高い車買いたかったってことかな？」

「しかし程度ってもんがありますよ、車一台で、あのラーメン屋が買えちゃいますよ。ま、欲しいかどうかは別だけど、あんな餅ラーメン」

「ふうん」

「まあ、運転はけっこう好きだったみたいだけど。軽四持ってたからね、仕入れ用。もう売っちゃったらしいけど」

「軽四からロールス・ロイスに乗り換え？　じゃ、ロールス・ロイスでラーメンの材料買い出し？」

「そう。それに風呂屋も。親爺、風呂なしらしいから、今のアパート」

「ロールス・ロイスで風呂屋……」

「それに酒飲みなのにロールス・ロイスってのも引っかかりませんか」

「ああ、そうですね」

私はうなずいた。確かに酒好きのカーマニアというのは聞かない。

「ただね、ビートルズって、あの、なんだっけ……、りんごだかミカンだかってのがいたでしょ？メンバーに」

「ああ、リンゴ・スター」

「そうそれ。それに、レモンとかって……」

「ああジョン・レノン」

「それだ。そのレモンが、ロールス・ロイス乗ってたでしょう？　その真似したって、親爺は言ってるらしい」

「あなたは音楽、あまり好きじゃないんですね」

「自慢じゃないですが、港新報一の音痴ですから」

「いくらビートルズ好きでも、そう簡単に真似できないですよね、ロールス・ロイスは。買えないもの、よっぽど金ないと。よっぽど貯金あまってないとね、借金したのかなぁ」

「借金してないんですよ、ぼくは調べました。誰にも、どこにも借りた形跡ない」

記者は言った。

「そもそも真似ってのはね、ジョン・レノンの眼鏡真似するとか、同じギター買ってくるとかね、せいぜいそのレベルでしょう、普通。もう家もあって、金がよっぽどあまっていて、使い道なくて悩んでるとか、そういうんじゃないと車は……」

「でもね、親爺のビートルズ好きは本物らしくてね、全曲歌えるって言ってました。昔バンドやってたからって」

「だったら楽器買うでしょう、金あまってるのなら。ギターのアンプにドラム、ついでに靴にズボンに、それから小さいスタジオとかね、ロールス・ロイスって発想にはならないと思うな、音楽好きなら」

「車も俺流ってことなんだろう」

御手洗が言った。

「ああそうか」

私は言った。

「まあそれなら筋が通るかな」

「そうなのかもしれませんけど、俺流がすぎて、店はもう傾いてて、経営破綻《はたん》寸前なんですよ。それでロールス買うかなぁ、そんな金あれば店建て直すでしょう。まあそれにしても、よくそんな金があったなって。いったいどこに隠してたのか」

小鳥遊は言う。

「めちゃくちゃな男だな」

「酒が好きなのですね？　彼は」

御手洗が確認した。

「はい、これは本当に好きらしくて。ほとんど毎晩飲み歩いてるらしいです。行きつけの店があって」

「それをやめりゃいいのに」

私が言った。

「どこです？　行きつけというのは」

「歩いて十分くらいのカモノハシって店です。いつもそこに行ってるらしい。でもね、いい女がいるとかってんじゃないんですよ、当人けっこう女好きらしいけど、そこにはおばさんがいるだけ」

「ロールス・ロイス買うくらいなら、その店買った方がいいよね」

私が言った。

「いやそれでね、不思議なのは、もう一人ロールス・ロイス買ったのがいるってんですよ、町内に。といってもちょっと距離はあるんですけどね、ラーメン屋から」

　記者は言った。

「もう一人？」

「そうなんですよ。おんなじ町内に、二人も出るかなあって」

「その人の職種はなんです？」

　御手洗が訊く。

「仏具屋」

「仏具屋!?」

　私はまたしても大声になった。

「仏具屋がロールス・ロイス？」

「この店主には、ぼくはまだ会ってないんですけどね、逃げ廻って、会ってくれないの。楢崎《ならさき》ってんですけどね、この楢崎も軽四持ってたんだけど売っちゃって、二人とも月極《つきぎめ》の駐車場に入れてるらしい、ロールス・ロイス。仏具屋脇の狭い駐車場には入らないんですよ、ロールス・ロイスでかいから」

「自分ちの駐車場に入らないサイズの車を買ったんですか？」

　御手洗が真面目な顔で訊いた。

「そうなんです。正気の沙汰じゃないでしょう」

「頭おかしいんじゃないかなぁ」

「奥さんが黙っていないでしょう」

　御手洗が訊く。

「ですからもう離婚寸前と……」

「俺流の方はどうです？」

「こりゃあもう別れてます、ロールス・ロイス買った時点で」

　それで私が言った。

「でしょうね、ぼくも嫌だな、そんなのと一緒に暮らすの、その手の勝手人間。仏具屋さんもビートルズが好きとか？」

「全然。音楽、絵画、なんにも関係ない人らしいです。ぼくとおんなじ無趣味です、車の趣味もなし」

「儲かっていたんですか？　仏具屋」

「いいえ。そもそもそんなに売れるものじゃないでしょう、仏壇って」

「まあひい爺ちゃんが買ってたってもので充分でしょうね、あれば」

「仏壇って、一家にひとつあればいいですからねぇ。古くなったから買い替えるってものでもないし、マンション暮らしの若い人は買わないしね」

「仏具屋とラーメン屋とは、親しいのですか？」

御手洗が訊く。

「これは全然。交流ってものはないと思います。家も離れています。趣味も生き方も対照的。ラーメン屋はおしゃべりで破天荒だけど、仏具屋は無口で堅実です。ずっと真面目ひと筋」

「真面目ひと筋が、家の駐車場からはみ出るロールス・ロイス？」

私が言った。

「真面目ってのは人が言ってるだけです。ぼくまだ会ってませんから」

「ラーメン屋と仏具屋の共通項は何です？」

御手洗が訊く。

「ぼくは、なんにもないと思いますが。商いで扱ってるものもラーメンと仏壇で全然違うし、おしゃべりと無口、破天荒と真面目」

「酒はどうです？」

「ま、そうですね、ラーメン屋は大酒飲み、仏具屋はたしなむ程度という違いはありますが」

「仏具屋も下戸ではないのですね？」

「そりゃ違いますね」

「でもそれなら、酒場で会ってもあんまり打ち解けそうじゃないですね、その二人」

私が言った。

「必ずなんらかの共通項があるはずです」

御手洗は、われわれの会話にはかまわず言う。

「ま、強いて言えば、二人とも車の趣味がないことくらい」

記者は言った。

「それは共通項とは言えない」

「でもそれでロールス？」

「でもそれ、車を知らないってことの裏返しでもありませんか？　だってロールス・ロイスとベンツはおばさんだって知ってます。知らないから、デラックス車となるとそうなるんじゃないですかね。車知ってたらアストンマーチンとかロータスとか、もっと渋いところに目が行きそうです」

「仏具屋も最新型のファントムですか？」

御手洗が訊いた。

「はい。そうみたいです」

「彼にデラックスな車に乗る必要性が生じたんですか？」

「まったくないです。毎日仏壇売ってるだけですから」

「カモノハシに飲みにいきますか？」

「まあ行ってたと言ってもいいんじゃないですかね。通ってたってほどじゃないけど、来たことはあるって話です。カモノハシ、突き出しはうまいって評判だし。おばさんがくだけた人だから」

「くだけた人って？」

私が訊いた。

「あのー、ほら、よくいるでしょう」

記者はへらへら笑って言いはじめる。

「シモネタ得意のおばさん。全然美人じゃないし、小太り二段腹、お相撲さんなんだけど、よく見ると可愛い顔しててさ、通い詰めると、ちょっとなんか、間違いがあっちゃうみたいな人」

「ああ……、いますね」

私が言った。

「でしょう？　そういうおばさん」

「それでラーメン屋は通っていたんだ」

「まあそういう噂《うわさ》もありますってこと、仏具屋も、来たことはあると」

「そのおばさんがそう言ってるんですか？」

「はいそうです。むっつりなんとかかと、あからさま口説き型の違いはあるけども、って、そういうあれね」

記者はさすがに聞き込みのプロで、細かいところまでよく聞き出していた。ただこれは、事件記者の領域とは若干違うような気もした。

「共通項は女ですか、カモノハシの」

私は言った。

「そうなるかなぁ、強いて言うと。それでね、まだあるんですよ、町内のおかしなこと」

小鳥遊は言って、しきりに手帳のページを繰る。

「ずいぶんよく調べましたね」

私は感心して言った。

「ええ、だってこの一週間、ぼくこれしかしてないですから」

記者は言う。

「それにしても、よく町内の噂の類い、そんなに摑めますね」

「ええ、ま、それはね、こつがあるんです。ぼくは向いてるらしくてね、こういうの」

「そうみたいですね」

私はうなずいた。私にもそれが解ったからだ。この軽い雰囲気の男になら、つい何でもしゃべりそうな気がした。

「それこそカモノハシとかね、百福とかね、これもT見の大衆飲み屋なんですが、そういうところで聞き込むと、店の女の子とか、案外よく聞いているものなんですよ、客同士の会話。取材源秘匿をしっかりと言ってあげたら、みんなよくしゃべりますよ、安心して。彼ら、営業中はたいていヒマですからね、ほかにすることないです。

それで、戸越通りそばにT見広告企画っていう、まあ広告屋、広告代行業があるんですが、ここの課長がね、最近バイト料の前貸し踏み倒されて、その上サンタクロースの衣装、持ち逃げされたって事件があったそうです」

「サンタクロースの衣装を持ち逃げ？」

御手洗が言った。

「そうです。商店街で、プラカード持って立ったり、チラシとかティッシュ配る仕事を時々やってた男が、これは菩提《ぼだい》裕太郎って名前らしいんですが、この男にサンタクロースの衣装を一式託していたんです。それ、こいつが持ち逃げしたらしい。つまり、赤いサンタクロースの服着て、通行人にティッシュ配るはずだったんですが。この衣装は特注で、けっこういいものだったらしくてね、課長はあの野郎って言って、かなり怒ってました」

「サンタクロースの衣装なんか持ち逃げしても、使い道はないでしょう」

御手洗は言った。

「はい。課長もそう言ってました。でもこの菩提って男はもと柔道家で、以前から素行が悪くて、大酒飲みで自堕落だっていうんで、T見広告企画も警戒していたらしいんです。それでティッシュ配りの開始時刻に、指定の場所にチェックに行ってみたら案の定来てない。こりゃもうクビだと思っていたら、二度と会社にも現れない。それでT見市の菩提の自宅アパートに行ってみたら、もぬけのカラになっていたっていうんですよ」

「家財道具一式を持って逃げた？」

「いや、電気ゴタツもタンスも、ステレオもテレビも、本棚も布団もあったんだそうです。でも本人の姿が消えていて、大家も引っ越すとも何とも聞いてはいないと」

「彼には以前から窃盗癖が？」

「いや、それはないらしいんですが」

「それではおかしい。道でポケット・ティッシュを配るバイトをしているような男が、ステレオやテレビを置いて逃げるなんてね」

「はい。でも、二束三文ですよ、そんな電化製品。本も大半が漫画雑誌。本棚だって、電気ゴタツだって、団地のゴミ捨て場に行けば落ちているようなもので」

「でも質屋に持っていけば、一日二日の酒代にはなります。金があまっているわけでもない男が、それらを置いて夜逃げするには、それなりの理由が必要です」

「あるんでしょうかね、そんな理由」

「調べる価値はあるということです」

そして御手洗は、ぴしゃりと手を打った。

「確かに面白い事件です。謎があるかどうかはさておき、ピース群は第一級のものです」

「待ってください御手洗さん」

事件記者は手を挙げて言った。

「なんです？」

御手洗は言う。

「終わりではないんです。まだあるんですよ」

小鳥遊は言った。

「まだありますか」

御手洗は、見ようによってはうんざりしたふうの顔をした。

「はいあります」

「では脱線は抜きで、要点だけを話してください」

「はいはい、なにしろ仏具町に突如開いた異次元への暗がりなんですからね、不思議はいっぱいで……」

「そんなタイトルで記事を書いたのですか？」

御手洗は訊く。

「はいまあ……」

新聞では、それはボツにもなるだろうと私も思った。

「これはまあ、小さなできごとかもしれないんですがね、実際に幽霊見た人間はいないんで。でもやっぱりミステリーで。自殺者が続くU銀行の隣に、あさひ屋っていうデパートがあるんです。ここの四階の女子トイレに、時々幽霊が出るっていうんですよ」

「あ、そうですか」

聞いて、私は身を乗り出した。そういう怪談は、私の好みの範疇《はんちゅう》だったからだ。

「以前にここで、デパートの女子店員が、首吊って自殺したことがあったそうで、それでですね、ここは利用しないって女子店員も多いんです。そうしたらね、すいてるのをいいことにして、最近痴漢が出るっていうんですよ」

「ほう、痴漢」

痴漢と幽霊の組み合わせというのは、あまり聞かない。

「内視鏡っていうんですかね、胃とか、腸の内部見るための管ですね、医者の使う。それがすうっと隣の個室との壁の下から出てきて、覗かれたって女の子がいるんです」

「へえ」

「それで、痴漢事件とは違うんですが、U銀行での不可解な飛びおり自殺が始まるちょっと前頃なんですが、このトイレで不思議なことがあったそうなんです。個室がひとつ塞がっていて、使用中の赤の表示が出ていたんですが、ずいぶん長いんで、女の子たちが騒ぎはじめて、でも戸を叩いても返事がないんです。それでガードマン呼んできて、一緒にドア叩いたらしいんです。でも反応なしで、仕方ないということで、ドアを壊したらしいんです」

「はあ。そして痴漢を捕まえたんですか?」

私が訊いた。

「いやそれがですね、開けた瞬間にぱっと、一帯が停電になったって言うんです」

小鳥遊は、目をまん丸くして言う。

「へえ」

「デパート、フロア全体が停電になったもんだから、そりゃ大騒ぎになったって言います。店員たち全員が、蠟燭《ろうそく》や懐中電灯手に持って、四階のお客さんたちを下まで誘導して」

「はあ」

「それで女の子たちが怯えちゃって、ちょっとした噂になってましたね」

「怯えたというのは、ドア開けた瞬間に……」

「そう。どうして開いた瞬間に停電になるのかと」

「ふうん。個室の中に配電盤なんてないですよね」

「ありません」

小鳥遊は断言する。

「個室内にも、トイレ内にもありません、配電盤なんて」

「しかしそりゃあ大変ですね、エスカレーターも止まりましたね」

「いや、何故なのか一階、二階は大丈夫だったらしいんです、停電にはならなかった。三階以上が停電ですね、だから一階から二階へのエスカレーターは動いていたらしいです」

「それにしても大変だ、真っ暗ならパニックですね」

「その通りです」

「痴漢はどうなったんですか」

御手洗が訊いた。

「ああそうだ、痴漢、いなかったらしいんですよ」

「いなかった？」

御手洗と私が、声を揃えて言った。


「はい。いや、煙のごとく消滅したらしいんです。消えちゃった」

「消えたんですか？」

「はい。というのはね、最初は確かに中に人の気配がしていたっていうんです。その場にいた女の子の話が聞けましたんで。あきらかに何か、ごそごそする音がしていたっていうんです。ところがドアを壊して開けたら、中には誰もいなかった」

「ほう、怪談ですね」

私が言った。

「と同時に、ぱっと真っ暗になっちゃった。四階は、フロアすべてがです。それできゃーとみんな、パニックになって悲鳴あげたらしい」

「闇にまぎれて逃げたってことは？」

御手洗が訊く。

「それがないんです。ガードマンは個室の中に入りましたし、懐中電灯であちこち、上から下まで、天井から床まで照らしたようですから。中はもぬけのカラです。じゃあどうしてロックされたんだろうと……」

「ふうん、ミステリーだなぁ」

私が言った、その時だった。どこかで電子音が聞こえた。

「あ、すいません!」

と小鳥遊が大声を出したから、私はぎくりとした。

「緊急です。すぐ電話しなくちゃいけません、編集部に。ちょっとすいません、お電話貸していただけませんか?」

「ああ、はい、あそこです」

私は電話が載っているデスクを指差した。電子音は、彼のポケットベルのようだった。彼は電話に飛んでいき、編集部にかけていた。なにやら熱心にしばらく話していたが、やがてこちらを向き、茫然とした表情になって受話器を戻し、こんなことを言う。

「U銀行、四人目の犠牲者ですよ。住田係長が飛びおりたようです。また自殺者です」

弾かれたように御手洗が立ちあがった。そして言う。

「行きましょう、U銀行に!」

そして上着を取りに、せかせかと自室に入っていった。


ここまで書き進んできて思うことがある。

今、この段落の末尾に書くつもりになっているある文言を頭上に掲げる計画は、実は今回なかったということである。しかし口数の多い小鳥遊の影響もあって、私は今やある種戯《たわむ》れに似た気分に陥っている。

当初から書くつもりでいたなら、もっと狡猾《こうかつ》に、進行情報の一部は語らずにおいて、真相の隠蔽《いんぺい》を意図したであろう。そのようにしても、この種のゲームの性質上、誠実の範疇をはずれない。

ことがここにいたるまでの進行の描写は、隠蔽すべき筋までがご丁寧に語られ、必要を超えてあからさまである。挑戦文が頭に浮かんでしまった今振返って眺めれば、それらは失策とも断ずべきお節介《せっかい》で、親切を逸脱しかねず、当雑文をありふれた練習問題にしてしまったかもしれない。われわれが関わった過去の諸事件の報告文を、これまで数多く読まれたヴェテランの読者諸兄姉は、ゆえにもうすでに気づかれているものと私は想像している。

にもかかわらず、あえてこの無謀な定型文をここに記すのは、最近拙文を読まれるようになった方々も少なからずおられると思うからであり、古式ゆかしい探偵物語には、こうした滅ぶべきでない遊びのかたちもあるのだということを、ジャンルの未来のために、伝えておきたいと思うからである。

事件の真相を推理する材料は、すでに充分以上であり、それを遥かに通り越してあからさまである。ゆえにこのような文言は、むしろ失礼にあたらないかと恐れている。

ともあれ、この奇妙なミステリーの真相構造を、この段階で見抜かれんことをここにお願いするとしよう。

3

私と御手洗、そして新聞記者の小鳥遊《たかなし》が京急線に乗り継いでT見駅におり立ち、U銀行の現場に向かって急いでいくと、銀行の周囲にできている黒山の人だかりが見えてきた。近づきながら小鳥遊記者は言う。

「ちょっと待ってください御手洗さん、弟を探しますから。弟のやつ、きっと来ているはずです」

そして人垣の後ろに立つと、これに沿って巡りながら、人々の頭越しに弟の姿を目で探している。私は人々の頭の間から、人垣が見ているものを見た。

歩道の敷石の上に、青いヴィニールのシートがあり、その下から黒ずんだ血液が見えて、敷石の上に広がっている。白墨の白い線も見える。ヴィニールのシートは膨らんでいるが、その下に死者はいないようであった。もう運び去られている。

「弟のやつ、きっと大喜びしますよ、御手洗さんに会えるんだから」

小鳥遊は言った。

「兄のぼくがしっかり監視していてやらないと、刑事の仕事を放り出しかねませんよ。あ、いた!」

言いおいて人垣を分け入り、血の跡も生々しい歩道の上の、粘った血と白墨の線を避けながら歩いて、制服警官と話しているひときわ大柄な男の背中に向かっていった。そしていきなりその肩を叩く。すると大男は、飛び上がるような仕草をしてからこちら側を向き、小柄な兄について、いそいそとやってきた。

人垣をかき分けてその大柄な青年が姿を現した時、私は一見して好感を抱いた。満面に刑事らしからぬ柔和な笑みがあって、私の持つ刑事のイメージを壊してくれたからだ。その恰幅《かっぷく》のよさから、たとえて言えば、人柄のよい引っ越し業者とか、そういうふうな印象だった。

われわれ四人は、人垣から少し離れた位置で向かい合い、互いに何度かお辞儀をした。彼はわれわれの前に来ると、兄が紹介する言葉を聞きながら、私たち二人の顔をちらちらと交互に見て、ぺこんぺこんと何度もお辞儀をした。そして恐縮するように、自分の両手のひらをしきりにズボンでこすってから、

「あ、御手洗さん、すいません、ぼくと握手してやってください」

と上気した顔で言った。そして御手洗が握手をすると、続いて私の方にも向き、

「石岡さんも、すいません」

と言って、私の右手を、両手で包むようなやり方で握った。そしてもう一度深々と頭を下げて、

「ありがとうございます、いらしていただいて。大変光栄です、こっちの弟の、小鳥遊純《じゅん》です」

と言った。そのはずんだ声はういういしくて、少年のようだった。

「ぼくはもうあなた方の大ファンで、ご本はすべて読ませていただいています」

と小鳥遊純が言うので、

「現職の刑事の方にそんなふうに言っていただけるとは光栄です」

と御手洗は応じた。

「いやあ」

すると大男はのけぞり、頭に手を載せながら言う。

「刑事と言っていいのかどうか……。まだやっと巡査長になったばっかで、そしたら刑事課にいた警察学校の先輩が、おまえちょっと刑事課に来いと。ぼくが柔道と相撲やってたものですから、もしも捕り物になった時に重宝だからと。でもそんな場面はまだ一度も経験してないです」

「御手洗さん、忙しいからさ、早いとこ、状況説明してくれよ」

兄の記者が言った。

「あ、そうでした。だいたいのとこは、兄からお聞きでしょうか」

「言った言った、説明した」

兄が横で、急いで言った。

「じゃあだいたいお解りでしょうけど。えらいおかしな事件で、先輩連中みんな手上げてます。わけが解らないとみんな言ってまして……」

それで私はうなずく。彼は銀行の建物の屋上を指差した。

「あそこから、どんどん人が飛びおりるんです。それも、まったく変なんです、死にそうもない人間ばっかりがです。俺は絶対死なないと、一階で上司にはっきり断って、そして上がっていって、飛びおりるんです。こんな事件はじめてで、もうほとんど怪談ですよ。今回のこれで四人目です」

そう言って、彼は人垣の中心を指差した。

「住田係長だよな」

兄の記者が問う。

「うん。今までで特に死にそうにない人だな」

「前に二人が、自分は絶対に死にませんて断って上がってったっていう、その断った上司だよな」

「そう、そうだよ」

「それが、またなんで上がったんだよ。俺が聞き込んだ時は、係長は屋上に寄りつかなかったって、銀行のみんな、そう言っていたが」

「だから、部下の霊が呼んだんだろうって、みんなそう言ってるけど」

若い刑事は言った。

「おいオカルトかよ。そういうこと、警察官が言っていいのか？」

「新聞記者の前では言っちゃいけないよな。でもデカ部屋の先輩たちもみんな言ってるもの。いや、だけど、そういうのの前に、係長はちょっともう、おかしくなってたらしいんだ」

そして小鳥遊刑事は、御手洗に向き直って言う。

「ノイローゼ状態で、仕事もできない感じになってたらしいんです。ここ数日、毎日蒼《あお》い顔して出行してきて、夢遊病者みたいにふらふらしていて」

「ほんとか」

「ああ、会話もおぼつかない状態だったらしい。何言っても聞こえなくて。夜が眠れてないらしくてさ、周囲も上司もみんな心配していたそうです。こりゃ危ないということで、みんなで注意していたんですが、そういうみんなの目盗んで、ふらふらっと屋上に上がったらしいんですよ、一人で。それで飛びおりたと」

聞いて兄が、溜め息をついて言った。

「こりゃもうおかしいよな」

「何が」

弟が言う。

「銀行だ、この銀行、祟られてるぞ」

「うん。ここから移転するかって話も出てるらしいよ」

弟が言った。

「ああ、もうそうした方がいいと思うな、俺。ここ、土地がよくないいんじゃないか」

「何か因縁ある土地なの？」

「いや、それは知らないけどさ。それともあの植木鉢だよ、屋上の、大室礼子の」

「落ち方もおかしいんですよ」

弟の小鳥遊刑事が、私たちの方を向いて言う。

「おかしいって？　何が」

兄がまた訊いた。それで彼は、兄に向かって言う。

「だってあそこの屋上、二階だろ？　この銀行の建物自体は三階建てなんだけど、屋上部分は二階。だからあそこは二階の屋根だよ」

「そうだよな」

兄が同意する。

「二階なら、助かるケースもあり得るよ。それほど高くないから、骨折くらいでさ。だけどみんな即死だ。それは、四人とも頭から落ちてるからなんだ、真《ま》っ逆《さか》さまに」

「ああ、そうだな」

兄はうなずく。

「どうして四人ともが、頭から落ちるんだろうな、一人くらいは足から飛びおりて、助かっていてもいいだろう？」

「だよなぁ」

また兄は言って、深くうなずいた。

「どうしてみんな頭からになるんだ？」

弟は腕を組み、言う。

「やっぱ、あの世から引いてるんだよ、死んだ部下たちが。あんたも死んでこっち来いって言ってさ」

「何か新しい情報はありませんか。そちらの捜査で出てきた」

御手洗が会話を遮って言った。

「それがあるんですよ」

小鳥遊刑事は言う。

「何だ、新情報って」

兄が真剣な声になる。自分が調べ漏らした事柄があるっていうのかと言いたげだった。

「家族がみんな言いたがらなかったから、これまで解らなかったんだけどね」

「うん」

「というより、隠していたんだな」

「何を」

「死んだ係長の調査で解ったんだ。彼はシマキン・ローンていう街金に借金があったんだ。家族にも隠していたらしくて、妻も知らなかったんだけど、これが利子で、おおよそ二百万程度に膨らんでいたんだよ」

弟の刑事が言った。

「本当か、ふうん……」

兄は意外そうに言った。

「サラリーマンでそれはきついな。二百万となると、なかなか作れんだろう」

「それがきれいになっているんだよ。シマキン・ローン」

「ほう」

兄はまた意外そうな顔をした。

「どっかで金作ってきたってわけか、誰かに金借りて」

「銀行には貸した者はいなかった。ほかの街金で借りた形跡もない」

「しかしよく解ったな、そんな個人的な借財」

「住田係長の競馬好きは有名だったらしい、銀行内で」

「ああそうか、そういう借財か。しかし、俺には言わなかったな、銀行の連中」

「警察には言うんだよ」

弟が言い、

「だな」

と兄はあきらめたように言った。

「さっき奥さん来てたから。通報で飛んできてて。今病院に一緒に行ってるけどな、でも係長が死んでるのはあきらかだった」

「だろうな、この血の量じゃ。これまでのケースとおんなじだな」

「だからさっそく奥さんに訊いたら、自分は全然知らなかったって、借金のこと」

「ふうん、そうか」

「じゃあいったいどこで金作ってきたのかって話だよね」

弟の刑事は言う。

「だな、サラリーマンだから……」

兄はうなずきながら言う。

「サラリーマンて、入ってくる金、引かれる金、金額から何から、だいたい決まってるものな、隠しようがない」

「うん。だいたいのとこが決まっている。入ってくる場所が決まってる、額もおおよそ決まってるし、臨時収入って言ったって、収入源だってだいたい見当がつく」

「で、今回のはつかないのか？」

兄が問い、弟は首を横に振る。

「つかない」

「じゃあそれ、俺も調べてみる」

「それだけじゃないんだ。死んだほかの三人も、みんな臨時収入があったみたいなんだ」

「え？　そうなのか？」

兄が目を丸くして言う。

「今回、あらためて調べて解ったんだ。小出や細野の女房たちも、しぶしぶ認めた。銀行に金が入っていて、いったい何の金だろうって思っていたと」

「いくら」

「みんな同額なんだ、二百万。死んだ四人が、みんな二百万円ずつの臨時収入があったんだよ」

「死んだ四人は、すべて同じ課の上司と部下ですね？」

御手洗が訊いた。

「そうです」

弟の小鳥遊刑事が言う。

「いわば住田組だ。そしてこの住田グループだけが全員、均等に二百万円ずつの臨時収入があった、そういうことですね？」

御手洗は確認する。

「そうです」

小鳥遊刑事はうなずく。

「住田組周辺の同僚たちにも、臨時収入はないですか？」

「ありませんね」

「調べたのか？」

「裏取りはまだだけど、警察に嘘つくとは思えない。調べればすぐに解ることだ」

そして小鳥遊刑事は言う。

「そうならこれは、殺人の可能性も出てきました」

「殺人？」

兄が問う。

「うん。この二百万円は、八百万円の山分けかもしれない。するとこの金は、非合法のものなのかもしれないだろ？」

そして弟は、私たちの方を向く。

「少なからぬ額ですから、犯罪に類する行為があって、その結果得た金であって、その行為中に、誰か外部の人間の怨みを買っているかもしれない」

「第三者ならぬ、第五者だな」

兄が言い、刑事の弟はうなずく。

「うん。その第五者が、四人をすべて、連続して殺害して、怨みを晴らしたのかもしれない」

「ああ、あり得るな」

事件記者の兄は言い、深くうなずいた。しかし弟は、そこで顔を曇らせる。

「しかしどうやったのか。到底方法なんてありそうではない。みんな一人で落ちているんです、真っ逆さまに。それを目撃した人だっています。これはいったいどうなっているのかって、そういうことだよな」

最後は兄に向かって刑事が言った時、少し離れた位置から御手洗の声がした。

「この歩道からは、キャラメルの大看板が見えますね」

彼は看板を見上げていた。

「ああ、プルコキャラメル」

兄弟二人が声を揃えるようにして応じた。

「あの看板は超有名なんですよ。かつてはここらへん中の子供が見にきたんです。かくいうぼくらも見にきた口で」

弟の刑事が言った。

「うんそう。電車に乗ってやってきたんです。こいつ連れてよくこの歩道に来て、ネオンに灯が入るのを待ったもんです。でもぼくらは最後発の組で、もっと歳が上の人たちの子供時代ですね、その頃は看板が一大ブームで、まだ陽が高い頃からこの歩道にいっぱい子供が群れて、看板に灯が入るのを待っていたって言います」

兄が引き取って言った。

「ぼくらの子供時分にはもうこのキャラメル、なかったもんな。食べた記憶ない」

弟が言う。

「おまえないだろ？　でも俺はあるぞ、かろうじて」

兄が言った。

「ある？　へえ、そうか。一歳しか違わないのに？」

「その一歳が大きいんだろうな」

「看板のランナーの顔の位置に、四角い穴が開いてますね」

御手洗が大声で言う。彼は外国にいた期間が長く、この看板のブームについて知らないのだ。私も地方で育ったし、横浜圏内に越してきたのは最近なので、この看板の知識はない。

「あの穴のところにランナーの顔が覗いていたんです。その顔は三種類あって、普通の顔、走っている苦しい顔、そしてゴールした嬉しい顔です。それが順繰りに現れるんです」

兄が説明する。

「ガラスのドラムにその三種類の顔が描かれてあって。中に光源があって、だから顔がよく見えたんです、遠くからでも。それがぱたんぱたんて回転して……」

「そのからくりが、ぼくら子供に受けたんです」

弟も言う。

「しかし、四角い窓のところには何もないですね、ただ穴が開いているだけだ」

御手洗は言う。

「え？　ないですか？」

兄が意外そうに言った。

「回転のメカが壊れたから、もう回らなくて、それで……」

「いや、ガラスのドラムもない。ただ穴がぽっかり開いているだけですよ」

御手洗は、横の兄弟に視線をおろしながら言う。

「そうか、じゃあ落ちたのかな」

兄が言った。

「いや、苦しい顔で止まってたろ？」

刑事の弟が言う。しかし兄は言った。

「いや、ないな、確かにない。いつからだ？　へぇ、気づかなかったな。おまえ、気づいてた？」

「いや」

言って、弟も首を横に振る。兄は続けた。

「もうすっかり錆びてるだろうからなぁ、モーター も朽ちて、ガラスのドラムごと、メカ全部が下に落っこちたんだろうな」

弟も見上げて納得している。

「確かになくなってるなぁ顔。全然気づかなかったなぁ。いつの間に落ちたんだ？　俺ら、もうこの看板の顔、見飽きてるものな、子供の頃からずうっと見てきていて、だからいちいち確かめなかったな」

「不可解な飛びおり自殺が始まってから、ずっと看板はこの状態ですか？」

御手洗が訊いた。

「この状態って言われますと……」

小鳥遊刑事は不審そうに問い返す。

「最初の自殺者は、岩木俊子さんでしたね？」

御手洗が確認した。

「そうです」

小鳥遊兄弟が声を揃え、うなずく。

「岩木さんが自殺した日も、すでに看板のあの顔の部分は、今と同様ただ穴が開いてるという状態でしたか？」

御手洗は丁寧な問い方に変えた。

「さ、それはどうだったかなぁ……」

小鳥遊刑事は宙を見て、頭髪の短い頭をかいた。

「それは気づかなかったですね、すいません」

彼は頭を下げる。

「おい、不注意だろ？　刑事としちゃよ」

事件記者の兄がなじった。

「でもそれ、重要かなぁ」

「そんなの、解らんだろうが」

兄は言う。

「あなたでもいいですよ、お兄さん」

御手洗は質問の矛先《ほこさき》を変える。

「三人の飛びおりが続いている間、看板の顔のところは、あのように四角い穴が開いたままでしたか?」

御手洗が訊き、すると兄の記者は首をひねった。

「さ、どうだったかなぁ、ちょっと、ぼくは見なかったなぁ、刑事じゃないし……」

と言い、

「必要だと思わなかったですから。それ、重要ですかねぇ」

と言った。

御手洗は少し位置を移動しながら、次にこんなことを言う。

「あの看板、少し傾いていませんか?」

「はあ?」

兄弟は言う。

「傾いてます?」

「こっちに来てください」

言って手招きし、御手洗は二人を看板の真下に呼んだ。

「ほら、看板の、こっちのデパートの壁に留まっている、二ヵ所のジョイント部分を見てください。上の方、壁との間にわずかな隙間がありますよ」

「ああ、そうですかね……」

兄弟は、並んで看板を見上げながら言った。

「下の連結部分はそうでもないが、上はやや隙間があります」

「ああ本当だ」

弟が言った。

「え、ということはつまり……」

兄が問う。

「はずれかかっているんです」

御手洗は言った。

「えーっ、あっぶないなぁ」

兄が言う。

「落下しますかねぇ」

弟は言う。

「いずれね」

御手洗は言う。

「早くはずすなりした方がいいですね。はずれても、この付き方なら直接歩道には落ちないでしょう、銀行の屋上に落ちるとは思うんですが、ワンバウンドして、この歩道に落ちてくるかもしれませんね」

「大変だ、早くはずすように言わないと」

小鳥遊の兄が言った。

「もう一人二人死人が増える前に、早く手を打った方がいいですね」

御手洗は言う。

「業者に連絡だな。ここらだと、どこになるかな」

弟が言う。

「そんなのすぐ調べられるだろう」

「工事費用はどうなるかな」

「そんなの、プルコに言やいいよ」

「立て替えて、あとで請求だな」

「そうそう、それでいい。安全第一だ」

兄弟はせわしなく話し合っている。

「この看板の前面は、あの屋上からは見えませんね」

御手洗が問い、小鳥遊刑事は、とたんに福音を聞いた顔になった。

「ああそうなんです。そうか、それで見なかったんだ俺」

彼は言う。

「屋上の現場からは、看板の背中しか見えないんです。黒くって、でっかい背中です」

「背中には、何も描かれてはいませんか?」

御手洗が訊く。

「背中にはなんにもないです。字も絵も、描かれてはいません」

弟の刑事は言う。

「では次は屋上です。屋上を見たいですね」

御手洗が言い、

「いいですよ、ご案内します」

弟の刑事は気軽に言った。

「おい、上司とかに、断らなくてもいいのか?」

「ちょうどさっき本署に戻ったんだ、みんな。だから今、刑事はぼく一人なんだ、行きましょう」

小鳥遊刑事は、私と御手洗に向かって言う。

4

「ほう、なんと特徴のある屋上だ！」

屋上へ出るドアのところに立つと、御手洗は開口一番に言った。

「足もとは簀の子か」

そしてゆっくりと簀の子の上に、一歩を踏み出した。するとかたんと、わずかな足音がした。しかしそれは御手洗の靴ではなく、簀の子が鳴っているのだ。

小鳥遊《たかなし》の兄が続き、その後ろに私が、さらに後ろに小鳥遊の弟の刑事が続いた。

「足もとには植木鉢の森か。左右のビル壁には窓はほとんどなし。正面には道路を隔てたビルの窓がたくさんある。目撃者の窓だ」

言いながら御手洗は立ち停まり、くるりと振り返って小鳥遊兄弟に向かってこう訊いた。

「みなさんは、ここには何度も来ているのですか？」

二人はうなずき、

「はい」

と声を揃えた。弟の方が言う。

「しかしわれわれ凡人には、残念ながら何も見えません。何の変哲もない屋上に見えます」

「そうですか？」

御手洗は意外そうに言った。

「ほかの屋上には決してなく、この屋上にしかない事物が山のようにあります」

すると兄弟はいっとき沈黙した。それから弟が言う。

「ああそうですか。何でしょう、それは」

「今回の事件は、この屋上が創り出した怪談だ、そうですね？」

「はいそうです」

弟の刑事が言った。

「それも飛びきりのやつで、ぼくらはその謎を解きたいんです、是非とも。ですので、こうして御手洗さんもお呼びした」

「解けますかね、御手洗さん」

兄が問う。すると御手洗は、即座にこんなことを言った。

「面白いナゾナゾです。ぼくはまだ答えは持っていませんが、解ける予感はしています」

そしてまた屋上に向き直った。正面を向き、視界に屋上の光景のすべてを入れているようだった。

「謎のように見えているこの連続した怪談、もしも謎という言葉を使いたくないなら、これは数式だ。ここにあるさまざまに特徴的な事物こそは、その数字や記号のひとつひとつです。すべてが有機的に結合して、数式に似た集合体になっている。複数の関係者の、事件にいたる人生もまた小さな数式だ。それらが連鎖して、この完結した大きな数式を支えているのです」

御手洗は簀の子の上に立ち尽くし、ゆっくりとこちらを振り向き、右手の人差し指を一本立てながら解説する。

「連鎖して完結した数式……、ですか？」

小鳥遊の兄が問う。

「そうです。だって不可解な現象が起きている。それはこの数式がきちんと稼働し終わったことを意味するんです」

「特徴的な事物というのは、どれでしょうか」

小鳥遊刑事が言った。

「さあ、挙げてみてください」

御手洗は、右手をずいと後方に廻して示しながら問いかける。

「だが、ここにすこぶる大切なことがある。膨大なこのピース群には、不必要なゴミも混じっているということです。素知らぬ顔で紛《まぎ》れ込《こ》んで、推理思索の邪魔をする。そいつを見つけ出し、排除することこそが必要な前提です」

意味が解らず、われわれは無言だった。

「正しくピースを選び、適切に組み合わせるなら、このナゾナゾは必ず解けるはずです」

御手洗は言い切る。

「本当ですか？」

弟が言った。

「解けるって？　この呪いとしか思えない超常現象が、解ける、つまり説明がつくのですか？」

兄が問う。

「超常現象ではない、呪いでもない、これはただの数式です。簡潔に段取りを示した式だ。その通り、説明がつきます」

御手洗は言ってまたくるりと半回転し、われわれに背中を見せる。

「間違いない。この無数の興味深いエレメントの群れが、しきりにぼくに訴えかけている。これは数式の進行だと。これらピース群の本質を見抜けば、この現象には必ず説明がつくはずです。さあ小鳥遊さん、挙げてみてください」

「ちょっと待ってくれますか御手洗さん」

兄の事件記者が手を上げて言いだす。

「よけいなことかもしれませんが、その数式によって、俺流ラーメンのイカレポンチ親爺のロールス・ロイスの謎も解けるのですか？」

「最も重要なキーです」

「はあ？」

事件記者は、ドングリまなこをいっぱいに開いた。

「あんな、その……、くだらないことが？」

「非常に大事です。四人の不可解な自殺と、少なくとも同レヴェルの重大な現象です。間違いなく、この特徴的な屋上のエレメント群が創りだした式の解です」

「あの、すいません」

弟の刑事も言いだす。

「住田係長のシマキン・ローンの清算も？」

「シマキン・ローンの清算も、他の三人の臨時収入も、仏具屋のロールス・ロイスも、サンタクロースの赤い服の盗難も、すべて連動します」

「この屋上と……？」

記者と刑事の兄弟は、揃ってぽかんとした。

「そうです。それらすべてが式の一部なのです」

「冗談言ってらっしゃるんでしょう……」

弟の刑事が小声でつぶやいた。

「冗談ではありません小鳥遊さん。すべて連動していますとも。いずれしっかりと証明してあげられるはずです、だが今じゃない。さあ、思索への協力をお願いしますよ。挙げてみてください」

「おびただしい植木鉢です」

小鳥遊の弟が言った。

「そう、それがひとつです」

御手洗は目をつむり、人差し指をぴんと立てて深くうなずく。

「間違いない。屋上の床を埋めている無数の植木鉢、疑いもなくひとつの重大なピースだ」

言いながら御手洗は、簀の子の上をじりじりと前進する。

「コンクリートの人工物の上に作られた小さな森とも言うべき自然。きわめて重大な暗示と言うべきです」

「それから、その植木鉢にかかっている大女優の呪い……」

兄が言い、御手洗はさっと右手を上げた。

「それがバグだ、ゴミです。不必要。女性の呪いも超常現象も、念力も宇宙人も、きっぱり願い下げだ！考慮の要などない。さっさと頭から追い出してください。ほかはどうです？　何があります？」

「簀の子ですか？」

「それだ！」

御手洗はほとんど叫び、目を開いた。

「それこそが、最重要の記号です。簀の子だ！」

御手洗は簀の子をかちゃかちゃ鳴らして、ほんの数秒タップを踏んだ。

「簀の子が？」

刑事はまた意外そうな声を出した。

「しかし、簀の子はわれわれがしっかり調べましたよ、裏面までを。原という行員に言われたもので、何か仕掛けがあるんじゃないかと。でも何の仕掛けもありませんでした。すべて、ただの板です」

小鳥遊刑事が言う。しかし御手洗は、その説明を無視するようにして言う。

「ここには植木鉢が多すぎる。丁寧に、鉢のひとつひとつに水はやれない。だから森に雨を降らすように、ホースでぱーっと一挙に撒水《さんすい》するんです。加減を間違えたら床が水浸しになり、大きな水溜まりができてしまう。それで簀の子を敷きつめるという発想になったんです。そうしないと、靴が濡れるからです」

「靴が濡れるの?」

ちょっとピンと来ず、私が言った。

「うん、ここは水はけが悪そうだから」

御手洗はうなずいて言う。

「ビルが古いからね、床が均等に平らでない。そして排水孔や溝に向けた合理的な傾きを持っていない。ほら、排水孔も開いてないのに、このあたりは全体的に、なんとなく窪《くぼ》んでいる。雨が降れば広い水溜まりになりそうだね。水がここに溜まれば、きっとなかなか引かないだろうな。植木鉢への馴れない撒水も同様だ。つい撒きすぎれば、ここは薄い池になり、だから簀の子だよ。さあほかに?」

御手洗は、学生を前にした教師のように問いかける。しかし、私を含めてみな黙り込んだ。

「解りません」

小鳥遊の弟がぽつりと言った。それで私が言った。

「君がさっきから乱暴に歩くので、簀の子がかたかた鳴るよね」

「それだ石岡君、その通りだ!」

すると御手洗は、即座に反応した。

「この簀の子は、安定していないんだ。何故だろう。建物が古い上に技術がいくぶんか未熟で、コンクリートの床が平らでないからだ。だから簀の子もこのようにかたかた鳴る。だが何より注目すべきはこの長々と続く突起だ。高さ二十センチ弱の低い出っ張りが、屋上の真ん中をまっすぐに走っているよ。中央よりやや左、つまりあさひ屋寄りかな。直線状に存在する。これは何です？」

御手洗が訊くと、小鳥遊弟の刑事が答える。

「それは土台らしいですね、建物の」

「建物？」

私が訊いた。

「はい。ここにプレハブの建物があったんです、屋上の、こっち側ですね」

彼は手で示した。

「行員用の卓球場だったらしい。しかし老朽化したので、今はもう取り壊されていて、こんなふうに土台だけが残っているんです。だからこの土台はずっと、ぐるりにあります。あっちの手すりの手前も巡ってて、ところどころ欠けた長方形をしています」

「ふうん」

御手洗はこの土台に沿って歩いていき、次第に屋上の中央に出ていく。そして歩き続けながら言う。

「水はけが悪いのは、建物が載っていたせいもあるのかな。簀の子はこの土台は避けて敷かれている。土台をはさむようにして、その左右に、縦方向に置かれているんだ。だけどこの部分は、これはどうしたんだい？　この簀の子は、土台の上に載っているよ」

御手洗は、簀の子の道の上を突き当たりまで進み、手すり手前のその一枚の上に上がった。一方に寄ると、がたんと音がして、片方の端がコンクリートの床を打った。

「ほら、シーソーみたいになっている。ここだけ、簀の子が横向きにしか敷けなくなっちゃったんだね、簀の子一枚分のスペースが、横向きにあまっちゃったんだ」

遠ざかったために大声で言って、彼はこちら側を向いた。

「簀の子の道は、全体で十字路のかたちをしているね、中央部分から左右にも延びているんだ。そして……」

御手洗は振り返って上方を見る。

「銀行の三階部分の上には看板が載っているね」

それで私たちも中央寄りにもう少し進み、背後を振り返った。

「U銀行と書かれている。この看板のために、三階の上部には屋上は存在していない。看板を固定したアングルが載っている」

「こっちの壁に梯子が埋まっています。上がれば、四角く囲った看板の中に立つことはできますが」

弟の刑事が言う。

「その必要はないでしょう。ドアの左側には、エアコンの室外機が三基」

「三階の上の看板は、重要なピースじゃないのかい？」

私が訊いた。

「重要じゃない」

御手洗は断定した。

「無視していい」

やや大声で言ってから、御手洗はこちらに向かって数歩戻ってきた。

「もっと遥かに重大な要素があります。最大級に重要なピースだ。とてつもなく重要だ。さて、それは何です？　小鳥遊刑事」

御手洗は訊いた。

「何だろう……」

彼はつぶやいた。そして考え込む。兄が、横合いから助け舟を出した。

「左右の壁ですか？　そしてこれらふたつの壁に、窓がほとんど存在していないという事実」

御手洗は首を横に振った。

「まったく無関係ではないが、さして重要ではありません」

「じゃあ、あのホースですか？　ホースと蛇口だ。

植木鉢の群れに水をやるための……」

刑事は言う。御手洗は、気がなさそうにうなずいた。

「そうです、そいつは必要なパーツだ。この連続怪事件を支えている大事なパーツです。ホースと水がなければ、四人が死ぬことはなかった」

御手洗は両手を広げながら言う。

「しかし、最大級に重要ではない。この怪事件のメインのタネは、そんなものではないのです」

御手洗の思わせぶりな口調に堪えかねて、私はこう訊いた。

「御手洗、君はもう謎を解いたのか？」

すると彼は首を横に振る。そして恐ろしいほどに真剣な表情で言う。

「まだだ。しかし、解けかかっている。今追い込んでいるんだ、もう少しだよ、きっともう少しだ。こいつは面白いクイズだよ。実に面白く、とんでもない刺激に充ち充ちている。推理が、勝手に、予想外の方向に走っていくんだ。君たちは違うのかな。本当なのか？　いったい本当なのかと、今ぼくは問いかけているのさ」

御手洗は両手のひらを合わせ、それで額の中央をごちんごちんと打ち、続いてそれを頭上で打ち振った。簀の子の上でのその様子は、舞台への細い花道の上で、そう言ってはなんだが、うつけ者の演技を続ける歌舞伎《かぶき》役者のようだった。

「おお！」

と彼はついに言い、簀の子の上で立ち尽くした。ついに解が訪れたのだと、私には解った。

「なんてこったい！」

彼は叫んだ。そして茫然とした表情で、ゆっくりと体を半回転させた。そしてたっぷり一分間背中を見せ続けていたが、またゆっくりとこっちに向き直ると、口を開いて唖然の表情をしていた。

「こいつは今までで最大級に変わっているぜ、石岡君」

御手洗はまず私に話しかけた。

「とてつもないからくりだ。なんて珍妙なんだい！　もしも事実この通りなら、これは今まで生きてきて感謝だ。こんな奇妙奇天烈《きてれつ》、奇怪千万な現象に出会えたんだからね。ああ、感謝だ！」

御手洗はまた両手のひらを合わせ、うっとりと両目を閉じて、シェイカーを振るようにそれを打ち振った。

「信じられないぜ、到底この世の出来ごととは思えないよ。ミステリーの歴史が始まって百数十年、まず、こんな事件が起こったことはないだろうね、少なくともぼくは知らない。ああ、すごいぜ！」

そして御手洗は、何故か身を折るのだった。しばらくそのままの姿勢でいたが、次第にくすくすと笑う声が聞こえはじめた。そして上体をあげた時、彼は顔を紅潮させ、歯を見せて大笑いしていた。

「はっはっはぁ、神のいたずらだぜ石岡君。いったいどうしてこんなことが起こったんだろう。いったい誰の意志だ？　これは、本当のことなのか？　事実この世の出来ごとかい？　この世界には、こんな奇妙奇天烈なことが本当に起こるんだぜ。退屈を呪っていたら罰が当たるな！　こりゃあもう、笑わずにはいられない。ああ駄目だ、ぼくはもうとても、笑わずにはいられないよ！」

そして彼は腹を抱え、宣言通り、心おきなく笑うのであった。そしてまた、タップを踏んで踊りだした。

しかし見ているわれわれは、にこりともできない。皆目わけが解らないからだ。御手洗を笑わせている理由というものに、見当さえつけることができないのだ。

「たぶんこいつは偶然だぜ石岡君、偶然の吹き集め。奇跡のような偶然の方程式だ。ここのこれは、あれだな、焚《た》くほどは、風がもてくる落葉かなだ。焚き火をしようと思ったら、その材料を風が完璧に運んできたんだ。なんてまあ、とんでもない焚き火であったことか！　君たち、何を真面目な顔で突っ立っているんだい？」

　そして彼はまたぷうっと噴き出し、笑いはじめて、私たちはというとだんまりの行で、無能な案山子《かかし》のように立ち続けた。そんなおかしな時間が、それからたっぷり一分間は続いた。

「御手洗」

　私が言いかけると、小鳥遊刑事も、沈黙に堪えかねてこう言った。

「御手洗さん、教えていただけませんか。われわれにはさっぱり解らないんです。最大級に重要なピースというのは何なんですか？」

　しかし御手洗は、笑いすぎてしゃべれないのだった。

「おい御手洗、いい加減にしろよ」

　私は少し強い声を出した。

「何だよ、最大級に重要なピースというのは。答えろよ！」

　すると彼は笑いながら言う。

「おい石岡君、見えないのか？　こんなに馬鹿でかいもの、君らの鼻先にあって、めいっぱい視界をふさいでいるってのに」

　そして私たちの側からは左の上方を、ゆるゆると指差した。

「決まってるじゃないか。これ以外に何がある!?」

　彼が指差すものを目で追っていくと、それは看板だった。正確には、その黒々とした背中だった。

「プルコの看板……？」

　刑事がつぶやくように言った。

「看板？　看板なのか？　おい御手洗、看板か？」

　私が、刑事の代弁をするつもりで大声を出した。

　すると御手洗は、笑いながら何度かうなずいている。

「看板なんだね？」

　私は確認した。御手洗はまたうなずく。

「プルコの看板、それが……」

兄の事件記者がつぶやく。

「しかしですね」

刑事は大声を出す。

「ここからは、看板ったって何も見えない、背中だけです。背中しか見えませんよ」

私と小鳥遊の兄は、それを聞いて大きくうなずく。

「真っ黒い背中だけ、ペンキが剝げかかった」

兄は言った。

「そうだよ、看板の背中だけだ、こんなもの見えたってしようがないよな。ただでっかくて四角いだけだ。四角いだけで、何にも描いてない。ただ黒いだけ」

私も言った。すると御手洗は笑いやみ、看板の方を向いて立った。そして凍りついたように、しばらく動かなくなった。いったいどうなってしまったんだと思い、私はしばらくそれを見ていた。

「そうだな」

御手洗はようやく声を出した。

「確かに何も見えない、こりゃ背中だ」

「おい」

と私は言った。御手洗が、また何か悪ふざけをたくらんでいるのかと思ったのだ。

「今気がついたのか？　ぼくらには、さっきから背中しか見えていない」

すると御手洗はつと歩きだし、左方向に急ぎ足になっている。何だ？　何を始めた？　と思っていると、さっとしゃがみ、ホースを取りあげたのであった。そしてそのままホースを引きずり、すたすたと、今度は右方向に歩いていく。歩きながら御手洗は言う。

「死んだ彼らは、こうして水を撒いたんだ、植木の上に」

簀の子の上で御手洗は立ち停まり、眼下のぐるりの植木に水を撒く仕草をした。私たちは、反応できずにそれを見ていた。

「だがこれじゃ駄目だ。だって、屋上の端に並んだ植木には水がやれない。届かない。だから彼らは端に行く。でも、こんなふうに水をかけてはいけないんだ、何故だい？　石岡君」

御手洗は、手すりに向かって立ち、ホースの水を前方に撒く姿勢を取っている。

「え？　何故いけないんだ？　それじゃ」

解らず、私は言った。

「ああ、下の道に水が落ちるからですね？」

刑事が言った。

「ご名答。屋上に向かう行員たちは、下の道に水を落とすなと、上司からうるさく言われていた。何故なら、下の通行人にかかるからだ。銀行がそんなことをしたら大問題だ」

「あ、そうか」

私は言い、私の左右の兄弟も、深くうなずいている。

「ではどうするか、こうするんだ」

御手洗は言い、すたすたと手すりのそばまで行ってこちらを向き、手すりに尻を載せた。そしてホースの先はこちらに向け、前方足もとの植木に水をかける仕草をする。そして言う。

「この手すり低いぜ、一メートルない。建築基準法違反だ」

「そうなんです、みんな問題だって言ってます。法的には、一・一メートルないといけないんです」

小鳥遊刑事が言い、御手洗はうなずいて言う。

「これも重大なピースだ。するとここからなら……」

御手洗は顔を横向け、われわれからは左手になる看板の方を見る。

「看板の表が見えるのさ。手すりそばのここからしか、看板の表側は見えないんだ」

大声で御手洗がこちらに説明し、

「ふうん」

と言い、われわれは揃ってうなずいたのだが、しかしそれだけでは、まだ何のことか解らなかった。

5

一階におりてくると、衝立ての手前に男が立っていて、ポットから急須にお湯を入れようとしていた。顔見知りであったらしく、小鳥遊《たかなし》刑事が気軽な口調で声をかけた。

「富田さん」

するると男はすぐにこちらを向き、

「ああ、これは刑事さん。ご苦労様でございます」

と丁重に言い、頭を下げた。

「こちらは御手洗さんです。一緒に事件を調べてもらってます。御手洗さん、こちら、富田課長です。住田係長の上司にあたります」

小鳥遊刑事が言った。

「というと、検事さんか何かで？」

富田は訊いてきた。常識人らしい質問だった。

「ちょっと違いますが、まあ似たようなものです」

御手洗が適当なことを言った。

「ちょっと今、お話よろしいでしょうか？　立ち話でなんですが……」

小鳥遊刑事が訊く。

「ここで質問しますか？」

御手洗がとがめるように言った。

「はい。いけませんか？」

刑事は言い、御手洗はしぶしぶのようにうなずいてから言う。

「ま、よろしいでしょう」

「今回死亡された住田係長に関して……」

小鳥遊刑事がそこまで言うと、富田はたちまち饒舌に語りだした。

「住田君は、非常に仕事熱心で、それは優秀な人材でございました。ですので、私どものこうむった損失は、それは計り知れないものがございます。このフロアの者全員が今、深い悲しみに沈んでおるような状況でございまして、偲《しの》ぶ会をいつやろうかと、さっきも話し合っておりました」

「最近、住田さんはノイローゼのような状態でいらしたとか」

これは小鳥遊の兄の記者が訊いた。

「それはまあ彼、責任感が強く、誰よりも部下思いの男でございましたので、自分の部下が、立て続けに三人も亡くなるというような悲劇でございましたからね、到底まともな神経ではいられなかったものと、こちらも重々察しておりました」

「四人もの方が、続けて自殺される理由については……」

刑事が訊く。これは御手洗に聞かせてやろうと考えたものだろう。当然これまでに質問しているはずだ。

「銀行内に、何か特別な事情のようなものはおありでしたか？」

すると富田課長は、驚いたように言う。

「とんでもない、いっさいございません！」

小鳥遊刑事は言葉は発さず、ただうなずいている。

「たとえば銀行内の空気のようなもの……、ですが」

小鳥遊の兄が問う。

「銀行内にはもう何も、いっさいございません、空気も何もですね、異常の類いは」

課長は、語気強く否定した。

「警察の方にも何度かご説明申しあげましたが、皆目見当がつかないというのが正直なところでございまして。現在われわれ行員一同、途方に暮れているというのが正直なところでございます。なにしろこのフロア、全員気心の知れた、親しい仲間でございました。われわれほんとに、和気あいあいとして、もうずうっとやってきておりまして、苦しい時も励《はげ》まし合って、苦労をともにしてまいりました関係で。トラブルなども、もちろんありません」

「今回の係長の、転落死の前後の状況については……」

「これももうお話ししましたが、そのあたり、記憶する者がおりません、はい。係長の挙動、私もたまたま彼から目を離しておりました時で。というのは、三階に行く階段までの廊下の途中に、トイレがあります。あの通りで」

課長は、そばのトイレを手で示した。

「トイレに行くところまでは、誰もいちいち注意を払いませんから。トイレ出て、こっちに戻らないで、一人でふらふら屋上に上がっていったのではと、私どもは考えております」

「係長が何故上がったのかについては」

刑事は問う。

「係長は、屋上には寄りつかれなかったというお話でした」

「そうです」

「それがどうしてその時だけ……」

すると課長は首を左右に振る。

「解りません。たぶん、部下のみんなのあとを追ったのかと」

「あとを追った？　すると課長は、係長に関しては、自殺ということで納得されるのでしょうか？」

聞きとがめて、兄の記者が尋ねる。

「はい」

すると課長はしっかりとうなずく。

「ほんとに、責任感の強い男でしたので。それに精神的に相当まいっておりまして、誰の目にもそれがはっきりと解りました。私ども、彼を自宅に帰そうかと迷っておったくらいで。今になってみれば、そうしておけばよかったなぁと、一人悔やんでおるような次第で……」

「しかし前の三人に関しては、これは自殺とは思われないと、こういうことでよろしゅうございますか？」

記者が訊き、すると課長は天井を仰ぎ見た。しばらくそのままの姿勢でいて、それから視線を下げて言う。

「いやもう、皆目解らないんでございます、私どもには。こうなってしまいますと、やはりあれらも自殺だったのかなぁと、そういう考えも浮かんでまいります」

「私は絶対に自殺はしないと、そう言って上がっていったとも、こちらは聞いておりますが」

記者は問う。

「住田君はそう申しておりました、岩木君、細野君、この二人はそうはっきり自分に言ったと。しかし私自身が聞いたわけではございませんので、なんとも……」

「住田係長は、そうは言わなかったのですね？」

「そうは、と申されますと？」

「ですから、自分は自殺しないというふうには」

「住田君自身がですか？　言っておりませんでした」

課長は首を振って断言した。

「住田係長とその部下三人、住田グループだけが全員亡くなったわけですね？　ほかに犠牲者はありませんですね？」

これは弟の刑事が訊く。

「ございません」

課長はきっぱりと言った。

「この理由につきましては、何かお心当たりは……、つまり住田グループだけが死んだという点については……」

「ございません、まったく何も。これはほんとに、見当さえつきません」

課長は言う。

「なんの心当たりもないと……」

「まったくございません」

「最初の岩木俊子さんは、結婚間近のハンサムな婚約者がいらしたということでしたね？」

これは御手洗が訊いた。

「ああ、はい。トム・クルーズ似と、私どもうかがっております。いったいどこで知り合ったものだろうと、みな噂しておりました。幸せの絶頂にあった者が、あのような不幸なことになりまして、ほんとに、何と申してよいやら。私ども、親御さんと一致協力して年末に葬式をすませたりいたしまして」

「最近は、そのトム・クルーズ似の人とは？」

「葬式ではお会いしましたが、以降はもう、私どもは連絡、取っておりません」

「これはですね、連絡先は解ります。実家にいるようですんで」

小鳥遊刑事が横から言った。

「われわれが押さえております」

うなずいて、御手洗は別の質問をする。

「知り合った場所は解りましたか？」

御手洗が訊く。

「これは解りません、謎です」

刑事は答える。

「知り合った時期も不明なんですよ」

記者が言う。

「時期が？」

「いや昔からのつき合いのように岩木さんは言っていたが、そんなはずはないとみな……」

「以前からつき合っていた形跡がないと？」

「はい、まあ……」

「つまりごく最近知り合った可能性が疑えると？」

「はい、まあ……」

「それはきわめて重大な情報だ」

御手洗が言った。

「一連の自殺事件の以前に、何か変わったことはありませんでしたか？　この銀行内でです」

「変わったこと、とおっしゃいますと？」

「些細なことでもけっこうです。収支計算が合わないとか、支出不明金があるとか、どこかの部署で諍《いさか》いがあったとか」

「いっさいございません」

富田課長は断言した。

「銀行強盗があったとか」

御手洗がいきなり言う。

「滅相《めっそう》もございません！」

課長は仰天した声を出した。

「ありませんか？」

「とんでもない！　まったくございません」

「解りました。住田さんの転落の様子を見ていた人は？」

「ございません」

「最初の犠牲者の岩木さんと、三番目の細野さんは、転落時の目撃者がいるようですね」

「ああはい、おります」

「誰でしたっけ」

「原と、塚田でしたね。原はあそこにおります。あの、ちょっと額の広い男です」

富田課長は指差して言う。

「解りました、ではこれで。あとは彼にちょっと、話を聞きますので」

御手洗が言い、

「はい、お世話になりました」

小鳥遊刑事が言った。

「お役に立ちましたか？」

課長を背にして歩きながら、刑事は御手洗に訊く。

「全然」

御手洗は言った。

「公的なステートメントです。銀行員に、刑事と一緒に話を訊いたところで何も言いはしませんよ。ま、原さんを教えてくれたのが収穫です」

「はあ」

「原さん」

そばに寄って言って、御手洗が声をかけた。

「はい」

原は言って、書面から顔を上げた。

「岩木さんが落ちるところをご覧になったのでしたね」

「ああ……、はい」

言って原は、ちょっとうんざりしたような顔をした。

「でも遠くからですよ、屋上に出るドアのところからです」

「けっこうです。こんな様子ではありませんでしたか？」

御手洗はそばのパイプチェアを引き寄せて腰をおろし、背もたれに寄りかかるようにして、仰向けに腹を天井に突き上げて見せた。

すると原はうなずいた。

「ああ、はい、ま、そんな感じです。体はもっと横向きだったかと思いますが……」

「横向き、こんなふうに？」

御手洗は今度は脇腹で背もたれにもたれかかるようにしながら、背もたれの向こう側に、体を落とすようにして見せた。

「そうです。そんなふうに、お尻のところを支点にして、くるんと回ってしまうような、そんな落ち方ですね」

「解りました。けっこうです。四人の転落死が始まる前頃に、何か変わったことはありませんでしたか？この銀行内で」

すると原は、言葉に詰まるようなふうを見せたが、すぐにこう言った。

「ありません」

「四人の転落死の理由にお心当たりは」

「ございません」

「解りました」

御手洗は言った。

「では次に塚田さんにお会いしたいのです。細野さんの転落を目撃なさったのは、塚田さんでしたね？」

「そうです」

「今どちらでしょう」

「三階じゃないかな。呼びましょうか？」

「お願いします」

それで原は、目の前にある電話機から受話器を取りあげ、上部に並んだボタンのひとつを押した。内線通話への切り替えスウィッチらしい。そしてたちまち出たらしい先方に、警察の人が会いたがっているから、すぐに一階におりてきてくれと言った。

そして受話器を戻し、衝立ての方向を指差して言う。それはついさっき、われわれがおりてきた階段の方角だった。

「塚田、あそこにおりてきますんで」

「解りました。お世話さまです」

御手洗は立ち上がる。そして衝立ての方に向かいながら、われわれに小声でこう言った。

「黒目が右上を見たな」

私は驚いて御手洗を見た。

「それが？」

「銀行に来て、はじめて見られた現象だ。階段のところで話そう」

ところが階段の下まで行くと、塚田らしい男があたふたとおりてくるところに出会った。

「塚田さん？」

御手洗がやや大声で問いかける。

「はい、そうですが」

おりながら、彼も大声で応えた。

「細野さんが転落なさるところをご覧になった？」

「ああ、はい、まあ、見ました」

言いながら、小鳥遊刑事の方をちらと見た。刑事にはもう話したのであろう。

「こんな様子ではありませんでしたか？」

塚田が一階のフロアにおり切ると、御手洗は廊下に置かれていたパイプチェアを目指して歩いていき、さっとすわってから、さっき原に見せたのと同じ動作をして見せた。

「ああ、はいそう、そんな感じ」

塚田も同じように言って、うなずいた。

「腰を支点にして、くるりと回るような？」

小鳥遊刑事が問う。すると塚田は首をかしげた。

「腰のところ……、いや、腰ではなかったかな……」

「背中からどっと、仰向けにのけぞるような感じでは？」

御手洗が問う。

「ああ、はい、そんな感じです」

塚田は言った。

「それから起きあがろうともがいているような、両手をあたふたさせて、そんな感じかなぁ」

「つまりそれは、手すりの上に腰かけていて、そのまま後ろ向きに倒れたのではないですか？」

御手洗は訊く。

「ああ」

すると彼は放心するような表情をして、しばらく宙を見つめた。それから言う。

「確かにそんな感じですね。そうか、そういうことか。今気づきましたが、そうかもしれない。あれは、腰かけていたのかもしれない。私はもう落ちかかってから、ドアのところに通りかかったもので……」

「けっこうです」

御手洗は言う。得心がいったという表情だった。

「住田係長の転落は、これはご覧になってはいないですね」

さらに訊いた。

「ああ、それは見てないです」

彼は首を左右に振って言う。そして悲しげに、こんなふうに言い添えた。

「一人見ればたくさんですよ、人が死ぬところなんて」

「四人連続した自殺に関しての、お心当たりなどは……」

小鳥遊の兄が訊いた。

「動機とか、原因ですね」

「いやぁ、ないです」

即座に言い、私は答える彼の目を、じっと見つめていた。彼の黒目はまっすぐにこちらを向いていて、動かなかった。

「四人の転落死が始まる前頃に、この銀行で何か変わった出来ごとはありませんでしたか？」

御手洗が訊いた。

「いやぁ、特にないですねぇ」

「銀行強盗があったなんてことはないですか？」

「銀行強盗ですか⁉」

彼は頓狂な大声を出した。

「ないですよ、そんな大ごと」

そう述べる彼の瞳《ひとみ》は、私が観察する限りやはり動かない。

「ただぼく、係長の死の直前に、ここで係長とすれ違ったんです」

彼は予想外のことを言いだした。

「えっ⁉　すれ違った⁉」

驚いて刑事が訊く。これは彼も初耳だったようだ。

「はい。すいません、さっきは黙っていたんですが、やっぱり今みたいにぼくが三階からおりてきて、彼はここから階段を上がって行ったんです」

「それで何か言いませんでしたか？」

刑事が訊く。

「係長が？」

「いやあなたが」

「いや、そりゃもちろん。心配でしたから。『係長』って、大声でぼくが呼んで、留めようとしたんです。もしかして屋上だったら大変だと思って」

「うん、そしたら？」

「屋上じゃない、屋上じゃない、心配するなって」

「そう言ったんですか？　係長」

刑事が訊く。

「はい」

「じゃあ最初は、屋上に行くつもりじゃなかったのかな」

記者の兄が、つぶやくように言った。

「途中で気が変わったのかもしれない」

「はい、それでぼくは見送っちゃったんですが、あれは痛恨のミスでした」

「うーん」

刑事は唸った。

「でも心配で、ずっと下から見ていたんです。そしたら、そういうぼくに向かって係長は、大丈夫だ、俺は死なないよって」

「ええっ⁉」

小鳥遊兄弟が揃って声をあげた。

「そう言って、とんとんって上がっていきました」

「どうしてもっと早くに言ってくれなかったんですか」

小鳥遊刑事が咎《とが》めるように言った。

「すいません」

言って、塚田は頭を下げた。

「言えなかったんですよ、責任感じてしまって。ぼくがあの時、強く留めればよかったんですから。ずっと黙っていようかって思ってたんですが、やっぱり、今言ってしまいました。でも、これですっきりしました。すいません！」

彼は言って、もう一度頭を下げた。

死なないと宣言し、その直後に飛びおりた人間が、これで三人になった。

6

われわれはそれから往来に出た。住田係長の遺体があった場所に行くと、もう野次馬の姿はなく、青いヴィニールのシートも、血の跡も拭き取られて、何ごともなかったかのように通行人が往《ゆ》き来していた。それは私の目には、このあたりの住人が事件馴れしてしまったせいのように見えた。

御手洗は銀行の建物に沿い、プルコキャラメルの大看板に視線を定め、見上げながら歩いていた。私もそれにならって看板を見つめながら歩いていたのだが、看板の下に向かうにつれ、青年走者の顔のところに開いている四角い暗がりも近づいてきて、四人が不審死を遂げたあの屋上のことを思えば、それは異次元か、黄泉《よみ》の国にでも通じている、不気味な洞穴《ほらあな》のように思えてくるのだった。

視線をおろすと、あさひ屋デパートも左側に近づいてきている。U銀行とあさひ屋デパートとの接点に来ると、御手洗は足を停めた。時代物のふたつのビルの間には、幅一メートルほどの、ごく狭い隙間があった。江戸時代ならこれくらいの隙間も路地として使用したと聞くが、ここは通り抜けの機能は持っていない。その証拠に瓦礫《がれき》とか、鉄パイプ材などが無数に落ちており、奥には壁が見えていて暗く、袋小路になっているふうだ。抜けた先の明かりは望めない。

立ち停まって看板を見上げ続けていた御手洗は、何を思ったのか、やおら体を横にして、その隙間に入っていく。瓦礫や鉄パイプで足もとが悪いので、彼が歩を進めるにつれてがちゃがちゃと音がする。

接し合ったふたつのビルの壁は極限まで汚れているだろうし、蜘蛛の巣だって張っているに違いない。私は入るのを遠慮した。あとで服の汚れを払うのに苦労しそうだからだ。そこで隙間からはむしろ遠ざかり、御手洗が出てくるのを待つことにした。すると、こういう時に限ってそうなるのだが、奥から御手洗の声がかかった。

「石岡君、遠慮しないで入ってきたまえ」

冗談ではないと思い、私は聞こえないふりをした。しかしどうしたことか御手洗は執拗《しつよう》で、もう一度私の名を呼ぶ。

「石岡君、重大なものがあるんだ。汚れは気にしないで入ってきてくれよ。非常に重要なものだ、君に見せたい」

「いやだよ」

と私は言った。

「気にするよ。そんな狭い隙間に、重要なものが落ちてるはずないだろ。嘘つくなよ」

私は御手洗の足もとを見ながら言った。

「嘘じゃない」

御手洗は言った。

「このミステリーのすべてのタネが、この隙間にあるんだ」

「ぼくは見てるんだぞ、君の足もと。何にもないじゃないか」

私は言った。

「誰が落ちてると言った。下じゃない」

それで御手洗はあきらめ、刑事を呼ぶことにしたらしい。

「小鳥遊さん、ぼくの友人は駄目だ。彼は神経症でね、バイ菌恐怖症なんです。あなたがちょっとこっちに入ってきてください」

言われて彼は、果敢にも小太りの体を真横にし、横歩きになりながら隙間に入っていった。私は内心、猛烈な違和感を感じていた。私のはバイ菌恐怖症ではない、実際にハウスダストのアレジーがあるのだ。

「ほらあそこです」

御手洗の声が聞こえた。君も入れといわれることを警戒して、私はU銀行の壁の角に身を隠し、御手洗の声だけを聞くことにした。小鳥遊の兄は堂々と路地に向かって立ち、二人の様子を見ている。

「看板がもう朽ちて、底に穴が開いている」

「ああ、本当だ」

と応じる刑事の声もする。

「そうなるとこれはもう、取り払うべきですなぁ、この看板。危険だわな」

小鳥遊の兄も言っている。

「大小とりどりの穴がある。実に危険な穴だな。この先に電話ボックスが見える。あそこから、すぐに業者に電話した方がよいですよ。そしてこれからすぐにクレーン車を持ってきて、あの看板を点検するんです」

「そして明日にでも撤去ですかね」

「結果次第ではね。が、今日中に、せめて応急手当てだけでもした方がいいな、でないと今夜にもあれは落下しますよ」

「ええっ⁉　本当ですか？」

刑事は驚いている。

「本当ですとも」

御手洗が平然と言っている。

「でも応急手当てって言っても、何をすれば……」

兄が問う。

「重いものだけでも抜き出しておろして、軽くするんです」

「重い危険な部品ですか？　モーターとかトランスとか」

刑事が訊いている。

「もっと重いものがあります……」

「バイ菌降らしてる危険な穴だけでもふさいだらどうだ」

私が大声で言ってやった。

「応急手当てだったら、それだけでもやったら」

すると御手洗は手を打って賛同する。

「そいつはいい考えだな。早くふさがないと、またロールス・ロイスが降ってくるぜ」

と言った。

「なに⁉」

私は言った。

「どういう意味だ⁉」

私は言ったが、首をかしげているのは、歩道に出てきた刑事と新聞記者の兄弟も同じだった。

「とにかくこの看板は、強度的に限界にきています」

御手洗も、もぞもぞと隙間から出てきながら言う。どうして専門家でもないのにそれが解るのだと私は思った。

「デパート側の壁も負けずに老朽化している。まだくっついてるのが不思議なくらいだ」

「ではともかく、知っている建設業者に相談してみましょう」

小鳥遊刑事は言う。

「それがいい。そしてここに、急いでクレーン車を持ってきてもらうんです」

「クレーン車ですか？　今？」

刑事は驚いて言う。

「そうです。とにかく実物を見てもらうんです、あそこまで上がって身近に。そうすれば事態の深刻さが解ってもらえます」

「はぁ、じゃあ電話してきます」

刑事は言った。

「新年だし、きっと渋るでしょう。しかし看板が落ちそうで、非常事態だと言うんです。大勢の通行人が怪我したり、死人も出かねない。だから今日中になんとかしたいのだと言って、急がせてください」

「しかしあわててやってきて、嘘だと解ると……」

「嘘ではありません。クレーンのゴンドラに入ってあそこまで上がれば、深刻さが理解できます。できればこの歩道、通行止めにしたいくらいです」

「本当ですか？」

「保証します。警察官も四、五人呼んでください、クレーン車が来る時刻に合わせて。それからヴァン型車と、防水布が必要です」

「看板用ですか？　それは業者が持っていると思いますが」

聞いて御手洗はうなずく。

「まあ、それでもいいでしょう。とにかく今日中に頼むと、強気で交渉してください」

「解りました」

御手洗に言われ、それで刑事は彼方の電話ボックスに向かって歩きだした。

「ああ、石岡君」

彼は私を見つけて言った。

「まだいたね、帰ったかと思ったよ」

「そうしたかったよ、こんな不潔な路地に入れと強制されるくらいなら」

「ここは公共的な場所になっていた」

「公共的な？」

私は言った。

「なんのことだ？」

「ユーリン・パッセイジだ」

「はぁ？　なんだそれ」

「日本語では何と言うのかな。ま、君のために訳さないでおこう、卒倒させたくないから。入らないのは正解だった。さて小鳥遊さん、カモノハシと俺流ラーメン、どっちが近いですか？　ここからなら」

「俺流ラーメンです」

事件記者は即答した。

「行くんですか？」

「小鳥遊刑事の結果次第です。五分後にクレーン車が来るなら動けないが、何時間かあとになるなら、餅キムチ入りラーメンにしましょう」

「あれか……」

すると事件記者は何故か苦い顔になり、つぶやいている。

「ぼくはあれはちょっと……」

「嫌ですか？　晩飯にはちょっと早いが、ラーメンでも食べましょう。いいだろう？　石岡君」

私はしばらく躊躇した。餅もキムチも嫌いではないのだが、ラーメンに入れられておいしいと思えるかどうかは自信がなかった。

「まあ、いいよ」

と私はしぶしぶ言った。嫌だと言ったら、先に帰されるかもと恐れたのだ。

三人で電話ボックスまで歩いていくと、ドアが開いて、刑事が出てくるところに行き合った。

「どうです？」

御手洗が問いかけると、刑事はうなずいた。

「来ると言ってます」

「よかった」

御手洗は言った。

「でも今、箱根の方に行ってるらしいんです、クレーン車が」

「箱根へ？」

「はい、箱根です。仕事終わり次第、箱根から直接こっちに向かわせるけれど、どうしても三時間、四時間はかかるだろうって言っています、どんなに急いでも。いいですかね」

「三、四時間……、では七時にもなってしまうということか」

「まあ遅くなるならですね。もっと早くなるかもしれません」

「それまで看板がもってくれればいいが」

「え？　そんなに危ないですかね」

「どうかな……、しかし楽観はできません。では仕方ない、俺流ラーメンを食べにいきましょう」

「え」

と言って、小鳥遊刑事は顔を曇らせた。

「どうしました？」

「いや、ぼくはあのラーメンは……」

弟の刑事も言った。

「嫌なら餃子《ギョーザ》でも食べたらどうです？」

「餃子ないんですよ、あそこ。餃子はラーメンに載ってるんです、ふたつばかり。餃子はそれだけのために作ってるんです」

「え、餃子も載ってるんですか？　餅、キムチにたくあんだけじゃなく……」

私は言った。

「まあ俺流ですから」

いったいどんなラーメンなのかと思う。なんでもかんでも入れているのか。まるでちゃんこ鍋《なべ》ではないか。

「嫌なら来るなってんでしょう、あの親爺の流儀としては」

兄の記者が言った。

「ほかのラーメンは……」

私は訊いてみた。

「ないですね、ラーメンは俺流ひとつだけ」

「まあ、ぼくはチャーハンでも食べますよ」

刑事は言う。

「ぼくもそうしようかなぁ」

私も言った。

ラーメン満腹亭は、そこから歩いて五分程度の距離であった。店頭の看板に満腹亭の文字は見えるが、その倍くらいの大きさで、「俺流ラーメン」と書いた、墨痕淋漓《ぼっこんりんり》ふうの筆文字があった。

入っていくと、

「へい、らっしゃい！」

の大声がわれわれを迎えた。青いアロハシャツを着て、鬢《びん》に白いものが混じりはじめた男が、底の丸いフライパンを操り、米を放り上げながらチャーハンを作っていた。店内はそれほど狭くはなかったが、客はカウンター席に、熟年の男が一人だけだった。

「俺流ラーメンふたつと、チャーハンふたつね」

カウンターのスツールにすわりながら、小鳥遊刑事が親爺に言った。するとすかさず兄の方が、

「いや、チャーハン三つ」

と訂正した。ラーメンに挑戦するのは御手洗だけになった。なんだかみんなチャーハンを注文している。

「了解！」

と親爺はまた大声になった。

「お、ギブソンＪ‐160Ｅですね」

と御手洗が、奥に立てかけられているアコースティックのギターを見つけて言った。

「お、解る？　あんた」

聞いて親爺が反応した。

「もちろんですよ、往年のジョン・レノンの愛用モデルですね」

そしてスツールを立ち、すたすたとギターの方に寄って、スツールの靴載せに片足を載せ、ギターを腿に置いてジャンとかき鳴らした。

「ヘイお待ち」

親爺はチャーハンを先客の鼻先に出した。

「『If I Fell』を知っていますか？」

御手洗はいきなり訊いた。

「知ってるかってね、あんた、私はプロだったんだよ」

親爺は言う。

「じゃあ普通に上をやってください。ぼくは下を」

言うが早いか御手洗は、いきなりコードをかき鳴らしてバースを歌い出した。主旋律に入ると、親爺は高音の大声で加わる。

なかなかきれいなハーモニーになった。親爺は英語の発音はそれほどではないし、ごまかしふうの発声も感じられたが、音程はしっかりしていた。さすがにもとプロと自慢するだけのことはあった。

最後まで歌うと、互いにおうと言って、拍手をしていた。客も手を叩いた。御手洗はもと通りにギターを置きながら、

「まだなかなかいい音をしていますね」

と言った。

「まだ俺、弾《ひ》いてるもん毎日。あ、そうか、チャーハンとラーメンね、作らなくっちゃな！」

親爺は思い出して言った。

「ビートルズはすべて歌えますか？」

御手洗が訊いた。

「ま、歌えるね、そりゃ、『You Know My Name』

とかね、そういうのは別として」

「ぼくはあれも歌える」

御手洗が言った。

「でも歌詞はもう頭から抜けちゃったけど。昔はね、左利きのやつ入れてさ、ヘフナー持たせてさ、コピーバンドやったんだよ、ビートルズの。俺ジョン。赤坂《あかさか》とか、六本木《ろっぽんぎ》で演奏してさ、あの頃は稼いだもんだよねぇ、あちこちの店、かけもちで走り廻ってさ。今よか全然儲かったよ」

親爺はフライパンにゴマ油を引きながら言う。

「でも金じゃねぇんだよな、女。女にもてたい一心。俺が何かちゃんとした行動起こした時の動機って、全部それ。俺の人生シンプル、シンプル・イズ・ベスト」

横を向くと、小鳥遊兄弟が揃って、しっかりとうなずくのが見える。

「でもあんた、けっこううまいねー。俺、はっきり言って、自分よりうまいのはいないって思ってっからさ、今でも。滅多《めった》に人、ほめないんだけど、あんたはうまいよ。音楽どこで？」

「ぼくはアメリカで、ちょっとジャズをね」

御手洗は言った。

「ああジャズを。へぇ、そいつはすごいや。俺は六本木でね、音楽やりながらラーメン屋で働いて、プロのトップ目指したんだけどさ、結局挫折《ざせつ》。ラーメン屋の方で有名になっちゃってさ」

見ると兄弟が顔を見合わせている。ここのラーメン有名か？　と目で尋ね合っているのだ。

「それと女で失敗したの。六本木っていい女いるじゃない？　わんさと。それでちょっとブタ箱なんて入ってみちゃってさ。それと、オリジナル曲作れなかったから」

「ブタ箱!?　いったい何をしたんです？」

兄が訊く。確かにブタ箱など、ためしにちょっと入ってみるようなところではない。

「たいしたことないない、ちょっと悪いのに引っかかっちゃってさ、若気のいたり」

「喧嘩したとか……」

「まあそんなようなこと。やらせてくれるって言われるとさ、俺だいたい失敗しちゃうの、鼻血ブーで。結局んとこ、別れた女房もそのパターンだったかなってさ、捨てられてみて今思うの」

小鳥遊兄弟は、しみじみしてしまったらしくて無言だった。

「六本木、怖いとこだよぉ、みんなも気ぃつけた方がいいよ」

親爺は言った。

「それ、怖いのは六本木じゃないんじゃあ……」

小鳥遊の兄がつぶやくように言った。

「最新型のファントム、買ったそうですね」

話題を変えるように御手洗が訊いた。

「ああそう。買った買った。あんたよく知ってんね」

「けっこう噂になってますから、このへんの」

新聞記者が言う。


「そんなのが噂になんの?」

「ジョンみたいに、サイケカラーに塗ったんじゃないでしょうね」

御手洗が訊いた。

「いやぁ、塗りたかったねー」

親爺はライスを炒《いた》めながら、大声で言う。

「でもやってくれるとこ、ないからさぁ。それにサイケはもう流行遅れ」

「乗ってますか? ロールス・ロイス」

「このところは全然。毎日駐車場行ってさ、イス置 いて眺めてるだけ。俺酒飲みだから、飲酒運転になっちゃうよ。ロールス目立つからさぁ、すぐ停められちゃう、ポリに」

「それなら買わなくても、ショールームに行けばいいじゃないですか」

御手洗が言う。

「だってこのへんないもの。世《せ》田谷《たがや》かさ、六本木行かないと、ディーラーなんてないんだよ」

「そこ行って買ってきたんですか？」

「いや、たまたまセールスマンと会えてさ。買わないかって誘われて、お安くしときますって。大根じゃないってんだよな。天下のロールスだぜ」

「セールスマンがこの店に？」

「来ないよ、ロールスのセールスマン、こんなラーメン屋なんかに」

親爺は言う。

「それで買ったんですか？」

「いやだってさぁ、欲しいじゃない！　学生の頃からの夢だったもの。ジョンが乗ってる英国製高級車ってさぁ、いやぁ乗りてぇなーってさぁ」

見ると御手洗は、驚いたことにしっかりとうなずいている。

「しかしよく金がありましたね」

記者が問う。

「儲かってるんですね、ここ」

「いや、左前」

親爺は即座に言う。

「えーっ、それで……」

「まあいいじゃない、そのへんはさ。おかげで女房には愛想《あいそう》尽かされるしさ、バッテリーはアガるし、子供にも『じゃあねパパ』って言われるしさ」

「出ていったんですか？」

記者が遠慮なく訊く。

「そ」

「じゃあお一人なんですか？　今」

「そ。２ＬＤＫのマンション出て、木造モルタルのアパート暮らし。誰かいい女いない？　ロールスじゃやさ、案外女、乗ってくんないんだよ。ナンパに使えないの、ヤーさんだって思うのかなぁ」

「知らないんじゃないかな、女の子たち、ロールスは。だからありがたみが解んないの」

記者が言う。

「仲間内で自慢にならない」

御手洗が解説する。

「ベンツにしときゃよかったね」

弟の刑事が言った。

「あそうかぁ、いやぁ、しがないねぇそりゃ。安いステレオで、しょんぼりビートルズのＬＰ聴いてた学生時代に逆戻り。酒飲まないいじゃあいられねぇやな！」

「カモノハシで？」

御手洗が訊いた。

「そ。今の俺の人生、こことカモノハシとの往復、それだけ。あっさりしてんねー。ラーメン屋ってけっこう忙しいしさぁ、よそ開拓する時間ないの。それにあそこ、安くしてくれっから」

「ロールス・ロイス売ったらどうです」

弟の刑事が提案した。

「いや、そりゃあまあ考えてっけどさ。でも、すぐ半値以下になるっていうじゃない。もったいないからさぁ」

「ああそうか……」

「臨時収入があったとか？」

兄が訊く。

「そ、それ。臨時収入！」

「マスター、株やってるとか？　それで急に値上がりした」

「株やってない」

「宝くじ当たったとか」

「ま、そんなとこ。いいじゃないそういうの。浮き沈みは世の習い、いろんなことあるんだよ」

親爺は大声で言う。

「この町で、もう一人ロールス・ロイス買った人がいましたね、仏具店経営の」

御手洗が問うと、親爺は即座に言った。

「ああ仏具屋、あいつは馬鹿。ほんっとの馬鹿」

「なんでです？」

記者が訊く。

「仏具屋なんてちんたらやっててさぁ、全然儲かってもないのにさ、自分ちの駐車場にも入らないファントム買うかよっての。頭おかしいとしか言いようがないじゃない」

「いや、でも、あの……、あなただって……」

記者がおそるおそる異議をとなえる。すると親爺は、即座にこう言った。

「だって俺はもともと駐車場なんて持ってないもん」

それでわれわれは絶句した。なんだか、理屈になっていないように感じたからだ。

「それに俺はさ、ビートルズってポリシーあるじゃん。もう一生、ビートルズとともに生きてくからさ」

「ほう！」

御手洗が、本気で感動したような声を出している。

「だからロールス・ロイス。筋通ってんでしょ？あのギブソンといいさ、ビートルズこそわが人生。でも仏具屋なんてさ、ビートルズって言っても、それ何って言うよ。そんでもって一から教えたらさぁ、懇切丁寧に。ほしたらグループサウンズかって言いやがんの！　俺もうあったまきたよ！」

俺流の親爺は、表情に怒りをあらわにした。

「今時グループサウンズなんて言うかよ、死語だよもう！　そうでしょ？　ニッポンのヘンなクソガキと一緒にすんなっての、天下のビートルズをよ！そんな頭でロールス・ロイス買うなってんだ！ね？　そうでしょ？　俺の言うこと間違ってる？」

「全然間違ってないですよ、フッーです」

御手洗がしゃあしゃあと言い、私はきわめて違和感を持った。

「はい間違ってません」

仕方なく記者も同調する。

「俺の言うこと、筋通ってんでしょ？　仏具屋はこういう理屈が解らないんだ。だから馬鹿。頭カラッポ」

「でもカモノハシで、一緒に飲んだことあるんでしょう？　その仏具屋さんと」

御手洗が問うた。

「ああ、まそりゃ、一回くらいはあるかなぁ。でもあいつはさ、仏具屋、合ってるよ。もうね、天職」

「なんで？」

刑事が訊く。

「陰気なの。ほんっと、年中葬式やってるみたいな男。飲んでも全然陽気になんないの、だあんまり、ずうっと。そして時々ぼそぼそっと女房の愚痴言うの。あんたいったいなんで飲みにきてんの？　ってね、俺言っちゃったことあるもの」

「でも一緒に帰ったんでしょう？」

「一緒に？　そりゃまあ一回くらいはあるかなぁ、帰り道の方角一緒だからさ。だけど忘れたよ、そんなこと。へいお待ち、チャーハンできたよ。俺流はちょっと待ってね。今すごいの作っからさぁ。ああいうの、東京中にうちしかないよ、驚いちゃあいけねぇよ」

「あの、マスター」

ずっと黙ってマスターの言うことを聞いていた私が言った。

「はいよ」

「星座何ですか？」

「星座？」

「ひょっとして、射手座《いて》なんてこと、ないでしょうね」

「うん射手座。なんで解った？」

「ああやっぱり」

私は言った。こういう性格は、やっぱり星座が導くものなのかと、私はひそかに納得したのであった。マスターは、知性や教養の点では御手洗に劣るが、女性方向を除けば生活原理は共通している。二人はあきらかに同類と言うべきであった。

7

満腹亭を出てくると、御手洗は言った。

「クレーン車が来るまでにはまだ時間がありますね」

「ありますねぇ」

小鳥遊刑事が腕時計を見て言った。もう陽が落ちかかっている。

「さっきピンク電話でかけてたろ？　何時になった？」

兄が訊く。

「六時半って言っていたな、業者。だからあと二時間弱」

小鳥遊刑事はさっき、満腹亭内に置かれたピンク電話で問い合わせていた。

「おまえ、ずっと署に帰らなくていいの？」

兄の記者が弟にさらに訊く。

「うん、さっき署にも電話入れといたからさ。先輩たちも六時半に来るから、それまでは捜査を続けていいんだ。さて、どこ行きますかね、御手洗さん」

「仏具屋行きましょうか？　ぼくまだ会えてないし」

記者の兄が提案した。

「仏具屋は優先順位が下がります」

御手洗がにべもなく言った。

「え？　どうしてです？」

記者は不満そうに訊く。

「だって一年中葬式やってるような男なんでしょう？　そんな男から聞き出せるような情報はたかが知れてます」

「そりゃまあ、今の馬鹿親爺みたいにゃいきませんね」

「ありゃあ考える前にしゃべっちゃうような男だから」

刑事が言った。

「しゃべってから考えてるよな、いつも」

兄が言う。

「だけど、じゃ今のおっさんからは君、充分な情報聞き出せたのか？」

　私が訊いた。

「ああ、もちろんいろんな事実を確認できた。隠すべき事柄以外はすべて、彼は正直に話してくれていた」

「隠すべき事柄以外？」

　私が言った。小鳥遊兄弟も、疑問は同様のようで、顔を上げて御手洗を見ている。

「そうだよ。しかしその秘密は、ぼくにはもうすっかり解っているから訊く必要はない」

「何だい、その隠すべき事柄って」

「すぐに解る、カモノハシに行けばね。さあ小鳥遊さん、案内してください」

「カモノハシですか？　行くんですか？　はあ、ではこっちです」

　兄の記者が言い、先頭に立って、そろそろ暗くなりかけたT見の商店街に向かって歩みだす。そして、

「しっかしあの親爺のくるくるぱーぶりは、相変わらずだったなぁ」

　と感慨深げに言った。

「仏具屋がほんとの馬鹿って、よく言うぜ、自分のこと棚に上げてよ」

「女房子供に出ていかれてまでロールス・ロイス買うかよっての。そうだろ？　兄貴」

　刑事は言う。

「そうだよ。ほんとの馬鹿はてめぇだっての。ロールス買って、雨ざらしの駐車場に入れてさ、バッテリー上げてりゃ世話ないよ。毎日イスにすわって眺めにいくだけなんてな、ちょっとやそっとの馬鹿じゃできないよ」

「ウルトラ馬鹿だ、筋金入り」

「そんならプラモデルでも買えよっての。それかドンガラだけで充分だ、乗って走る必要ないだろ。仏具屋はそれでも一応運転してるって聞くしさ、仏壇にゃロールス・ロイスはけっこう似合ってる」

「少なくともラーメンよりはな」

「ロールス・ロイスなんてさ、考えようによっちゃ、仏壇が走っているような車なんだからさ」

兄は言う。

「ま、それを言うなら、パルテノン神殿が走っているって言うべきだろうけどさ」

弟が言う。

「似たようなもんだろ。ともかく自分はラーメン屋なんだからな、忘れちゃいけねぇよ。ロールスなら、白いクロスのかかったテーブルに、肉のパイとかフルコースだよ、よく考えろっつーの」

「餅の入ったラーメンでもないよなぁ」

「違う。葬式とロールスなら、それなりに馴染んでるんだ」

「仏具屋が年中葬式なら、あのおっさんは一年中ビーチパーティやってるような男だよな」

「そうだよ、脳が陽に焼けてんだよ。それで御手洗さん、あの馬鹿親爺から、何か解ることでもあったんですか？」

「いや別に」

水を向けられて御手洗は言い、兄弟は不審そうな顔をした。

「調べることなんて何もないんです、だってもうすっかり解っていますから。ただ確認に行っただけ」

「確認って何を？」

「さまざまなことをね。まず彼のビートルズ狂いは本物です。詞やアレンジを、かつてはきちんと理解しようとした人間のものです。嘘を言ってるんじゃない」

「ああ、確かに。それはそうだなぁ、あんだけ歌えるんだものな、英語の歌を。だってあのおっさんが英語の歌、歌うか？　日本語だってやっとなのによ、どう見ても演歌だろう」

記者が言う。

「おっさん馬鹿だけど、嘘つきじゃない」

「嘘つくには頭、いるからな」

刑事は言う。

「しかし御手洗さん、なんでカモノハシに？　仏具屋よりカモノハシですか？」

「間違いを起こすっていうおばさんを見学にね」

御手洗は言う。

「でもまだ開いてないかもしれないな」

刑事の弟が、腕時計を見ながら言う。

「いや、もう準備中だろう、話は聞けるよ」

兄が言う。

「ところで御手洗」

話が一段落したので、私が訊きたかったことを訊いた。

「俺流ラーメンは、おいしかったのか？」

すると御手洗はきょとんとした。

「ラーメン？」

「おい、食べたろ？　さっき」

すると御手洗はむずかしい顔をする。

「そうだったかな」

「え、味だよ、味」

「憶えてないな……」

歩きながら腕を組む。

「ちゃんと食べてたじゃないか」

「そうだったかな。考えごとしていたから、味は全然解らなかった。特に変わってはいなかった、別に期待もしなかったしなぁ」

と御手洗は言った。

カモノハシは、小鳥遊記者が予想した通り、仕込みの最中だった。

「おばちゃん、T見署です、また来たよ」

ガラス戸をがらりと開け、刑事はずかずかと入っていって、奥に向かって黒い手帳を掲げた。すると、おばちゃんが奥から手を拭きながら小走りで出てきた。

「はいはい、いらっしゃいませ」

「こちらはね、捜査に協力してもらっている御手洗さん。こっちは石岡さん。こっちのおじさんは、知ってるよね」

「はい。新聞記者さん、港新報、取ってるわよ」

と言った。

おばさんは五十代なのであろうが、肌の色つやがよく、目の下や顎の下に脂肪の膨らみはあるもののしわはなく、笑顔や、よく動く仕草のせいで若々しかった。もともと顔立ちのよい人らしくて、時おり覗かせる好奇心の表情は、可愛かった。

「毎度ありがとうございます」

と記者の兄は頭を下げた。

「面白いわよ、連載小説が。私ああいう、ちょっと官能っぽい恋愛が好きなのよ。愛読してる」

「あ、さようで。記事の方は」

「あんまり、読んでないかなー。何？　今日は」

「今日はまたちょっと訊きたいことがあって来たの」

「いつもそうじゃない。何？　でも私、しゃべれないこともあるわよ、解っていただきたいんだけど、こういうお店やってると」

「守秘義務？　お医者さんとおんなじ」

「英国自動車の女性セールスマンの名前を知りたいんです」

御手洗がいきなり言ったので、私たちは仰天した。

「女性セールスマン？　英国自動車の？」

記者が横で言った。

「つまりロールス・ロイス？」

「おい、なんでここなんだよ」

私が言った。

「御手洗さん、そりゃちょっと筋が……」

刑事も言いだす。

「浅田奈美子《あさだなみこ》さん」

おばさんが言ったので、われわれはもう一度仰天した。

「浅田奈美子っていうの？　セールスウーマンなの？　ロールス・ロイス扱ってるの？」

「うんそうよ、六本木英国自動車って言うの、英国車全般」

「六本木英国自動車ですね」

言って御手洗はうなずく。おばさんは言う。

「そこまで調べがついてるのなら、もう私言っちゃうけど。でもね、それ以上は私、ちょっと言えないのよ。向こうも企業秘密があるでしょうしねぇ、夫の遠い血縁なのよ。だからもうこれ以上に言えないの、解って。女同士だしね、いろいろあるのよ。私も解ることとあってさ、まあかばいたいのよね」

「鴨志田《かもしだ》さん、それは大丈夫です」

御手洗が言った。

「これは秘匿《ひとく》捜査です。まだ事件にはなっていません。ですので、浅田さんが容疑者になることもありません。彼女の名前は世間には出しません。ここでお話だけ聞かせてもらえたら、彼女の方には行きません。不明点が残れば、彼女の店に行くことになります」

「ああ、まあ、それならねぇ……」


彼女は言った。

「これは脇を固めているだけです。浅田さんは本筋ではありません。記者の彼の方にも取材源の秘匿という原則があります。話していただいても、あなたの名前が表に出ることはありません」

「本当ですか？」

「ええ、もちろんですよ」

刑事が言った。

「カモノハシの誰それに聞きました、なんて絶対に言いません」

「私もね、誓いますよ。誰にも言うことはないし、記事にすることもありません。おばちゃんには、お客さんの手前もあるでしょうしね、信用問題ですよね。こっちも重々承知しています。誓いますよ、神さんに」

記者の兄も言う。

「だから安心して、何でも話してください。われわれの欲しい情報が入れば、もうここには来ませんから」

弟の刑事も言う。

「それにこれは確認です。私の方の調査で、もうほとんど解っているんです。これは単なる裏取りなんですよ」

御手洗が言った。

「まあ、刑事さんがそこまでおっしゃるのならねぇ、私が何でもべらべらしゃべっちゃう女だってなったら、お客さんとの信頼関係くずれちゃうからね」

「そうでしょうとも。解ります」

御手洗は言う。

「お客さんの秘密、私けっこう知っちゃうこと多いから。こういう仕事してると」

「でしょうね。浅田さんはここに何度も？」

「まあ、お客さん連れたり、お得意さんよね、それとか上司の人とか。ふらっと夫の顔見にきてくれたり。田園調布《でんえんちょうふ》に住んでるからね、車だったら割り方近いらしいのよ」

「車で動いている方なんですね？」

「ジャガーよ、すごい格好いいの。ファッションもいつも決まってるし」

「美人さん……？」

記者が訊く。

「それはまあ好きずきだろうけど、スタイルはいいわよ、足なんかすらぁっと。もとモデルさんだもの」

「もとモデル……」

「俺流ラーメンの人とは、もう何度もここで飲んでいましたか？」

御手洗が訊く。

「そうね、四、五回も一緒になってたかな、あっちのカウンターで。ラーメン屋さんの方は毎日来てるものね」

彼女は背後のカウンター席を手で示した。

「ひいきにしてもらってんだねぇ」

「ええそう」

「そして枕《まくら》営業の話になっていた……」

すると彼女の表情から愛想笑いが消えた。

「え、それ……、私は言えないんですよ、刑事さん、解ってください」

彼女は御手洗に言った。

「女性のそういうこと、違法ですよね？」

彼女は哀願するような目つきになって尋ねる。すると御手洗は、首を大きく左右に振って言う。

「われわれは風紀担当ではありません。そんな瑣末《さまつ》な事案に、今回のわれわれが手を出すことはありません。薬でも介在していれば別ですが」

「ああ、それはありません」

彼女は断言する。

「では大丈夫です。証言者も、取材源も、厳重に秘匿されます。信じていただいてけっこうです」

「私が言ったって絶対に言わないでくださいね」

「爪をはがされても言いませんよ」

「だってぇ、ねぇ、誰の目にもあきらかなんですもの。ここで何回かお酒飲んで、そしたら何日かあとに、ロールス・ロイス乗ってるんですよ、あんな目立つ、おっきい車。すぐ解ることじゃない」

「仏具屋さんもね」

「そうみたいよねー、私驚いちゃった、よくお金があるなって思って」

われわれもうなずく。

「あの人が、そういうことをする人だってのは、私は夫の方の筋から聞いたことがあります。でもものすごく高い車ですし、あの人もきっとセールス上のノルマとか、いろいろと苦しいことあるんだろうなって私、思うからねぇ。それに正規のディーラーさんじゃないっていうしね、私なんかは同情してますよ。私の仕事なんかは気楽なものだから」

「ラーメン屋さんと仏具屋さんも、何度か一緒に飲んでいましたか？」

「まあ、二、三回かしらねぇ……」

思案しながら彼女は言う。

「一緒に帰っていきましたか？」

「そういうこともあったわねぇ。私は見た記憶ある」

「仏具屋と浅田さんとは？」

「飲んでたこと？　あったわねぇ、何回か。私はね、私の店でそんな商売みたいな真似、して欲しくなかったんだけど、それも言えないしねぇ。あの人は誰彼となく勧めるのよ、高級車。夫にも言ってたみたいよね。でも私らはカローラのヴァンで充分よね。外車なんて身分不相応。維持費もかかるしね」

「はい、ではこれでけっこうです。ご協力ありがとうございました」

御手洗はあっさり言い、彼女は、

「くれぐれもお願いしますよ。私が言ったって言われると、この店畳まなくちゃならなくなりますから」

「解っていますよ、安心してください」

口々に言って、われわれは女性に頭を下げて店の外に出た。

「どうして女性セールスマンだって、それもこの店だって解った」

私は訊いた。

「だって俺流のおじさんが言ってたじゃないか。満腹亭とカモノハシを往復しているだけの毎日だって。そしてロールス・ロイスのセールスマンは、ラーメン屋になんて来ないって。それならこの店しかないだろう」

「どうして女性と？　それも枕営業と……」

「自分が何か行動を起こすときは常に女性だって、自分でそう言ってたじゃないか、正直者のおっさんが。ついでにそれでいつも失敗すると」

「ああ……」

私は言って、納得した。

「今度のも失敗ってことですか？」

刑事の弟が訊く。

「あなた方、さっきさんざん言ってたじゃないですか。仏壇ならロールス・ロイスは馴染むが、餅入りラーメンは駄目だと。雨ざらしの駐車場に入れて、バッテリーを上げて、イス出して毎日眺めてるだけで、女房子供に逃げられてくるくるぱーだと。これを失敗と言わずして何です？」

「あそうか。つまりまた、やらせてやると言われて……」

兄の記者が言う。

「またこのパターンか」

「ただし、最高車種のファントムじゃないと駄目だと？」

弟が問う。

「ジャガーでもMGでも駄目と」

御手洗はうなずく。

「そして親爺、後先考えず、最高車種買っちゃったと、女に釣られて、やりたい一心で。それで妻子は愛想尽かして出ていったと」

御手洗は深くうなずき、言う。

「そうです。そして彼はマンションを出て、木造モルタルの安アパートに入った」

聞いて、兄弟は深くうなずき合った。

「そういうことかぁ、なるほどなぁ、やっと解った。やっぱり馬鹿だな、あいつ。なんちゅう馬鹿だ、それで転落開始だよ。なにが俺流だよ、ヘソが茶沸かすぜ」

「しかし、じゃ金はどうしたんです？　ファントムの新車なら、二、三千万はしますよ。もっとか？　その金、どこにあったんです？」

「でも高い女だよなぁ、その浅田って女。二、三千万円もするの？」

「もとモデルだからなぁ、そのくらいすんじゃないの？　それに車付いてんだからさ。体だけの値段じゃないよ」

「お得だってか？　ちょっと、顔拝ませてもらいたいよなぁ」

「でも顔は好きずきだって、おばさん」

兄弟は言い合っている。

「あのおばさんが鴨志田って苗字だと、どうして解ったんだ？」

私が訊いた。

「そんなのは、あの店の柱にちっちゃい名刺が貼ってあった。鴨志田だから店名もカモノハシなんだろう?」

「なんでそんな、おばさんの苗字まで……」

「もう調べ、すっかりついてるんだなと思わせるためさ。そうしたらみんなよくしゃべる。そろそろ六時半が近づいている。さあみなさん、あさひ屋デパートに向かおうじゃないですか。ミステリーの解答ショーが、いよいよ開幕になる」

御手洗は言って、暗くなった街に歩きだす。

8

あさひ屋デパートの前に来ると、T見署の刑事たちらしい、やや人相の険しい男たちの集団が四人、歩道に固まって立っているのが見えた。そしてそばには、彼らが乗ってきたらしい黒塗りのヴァンがあった。

寄っていきながら、御手洗はプルコの看板を見上げて、

「よかった、まだ付いている」

とつぶやいた。

先輩たちのそばに行き、ちょっと会釈してから、小鳥遊刑事は私たちを紹介した。刑事たちはわずかに顎を動かしただけで、こういう時に常に見せるように、威厳《いげん》ある不機嫌な表情を示した。彼らは、素人探偵という存在を絶対に認めようとはしないのだ。

「われわれが出張ってくるほどのことなんだろうなぁ小鳥遊」

一人が聞こえよがしの大声で、嫌みを言った。

「われわれ、それほどヒマじゃねぇんだよなぁ」

別の一人が言った。

「しっかし、看板はずすはずさないでいちいちデカ呼ぶかねぇ」

「おい、四人も来るこたなかったな」

そしてひときわ人相の悪い男が、小鳥遊の弟の方を向いてこう説教する。

「おまえな小鳥遊、遊び友達の人選考えろよ。おまえも今や、痩せても枯れても本物の刑事さまなんだからな、しっかりしろ。忘れたか？　ど素人のタンテイままごとにまでつき合っちゃいられねぇんだよ。おまえもいい加減学べよ、いい歳こいて。いつまでも学生じゃねぇんだから。これで今回何でもなかったらよ、おまえ一生ヒラのまんま。覚悟いいか？」

それで小鳥遊の弟は、不安そうに御手洗の顔を見た。

御手洗は平気の平左でへらへら笑いながら、

「ということは、これが大事件だったらあなたは警部だな」

と言った。

「御手洗さん、人ごとだと思って」

兄が心配して嘆く。

「ぼくもクビになりかかってるんですよ、新聞社。兄弟揃ってクビですよ。ブンヤとデカなんて、全然つぶしきかないです。こりゃ、いよいよコンビニかなぁ」

小鳥遊の兄は、そう言ってうなだれた。

「兄貴、二人でコンビニやろうか」

弟は言う。

腕時計を見ると、もう六時半を廻った。クレーン車はどうやら遅れている。刑事たちの集団の横で、とりたてて会話もないまま、いくぶんか気詰まりな時間をすごしていると、やがて彼方《かなた》の信号機付きの交差点を曲がって、クレーン車がしずしずと姿を現した。

「あ、来た来た！」

小鳥遊の兄弟が声を揃えて歓声を上げ、兄などは思わず右手を挙げて振っていた。しかしここは、そんな必要のない数少ない現場だった。かつては全国的に有名だった、プルコキャラメルの大看板の下なのだ。かなりの遠方からでも、看板は見えている。

「看板の、壁とのジョイント部の確認ですね？　すぐにでもはずれそうかどうかの点検……」

小鳥遊刑事が御手洗に向かって問う。

「そうです。そして重い危険物を今おろすんです」

刑事はうなずく。

タクシーたちに追い抜かれながら、大型のクレーン車がわれわれの立つ歩道の横にやってきて、ゆっくりと停まった。刑事たちのヴァンの後方だった。小鳥遊刑事が運転席の窓に駈け寄っていって事情を説明し、やって欲しいことを伝えている。

クレーンの載ったトラックの両サイドから、安定のためのアームが地面に向かって延ばされ、クレーン車は安定した。それから作業服の若い男が助手席から出てきて、クレーンのロックがはずされ、トラッシュ・ボックスのように見えるゴンドラを先端にさげたアームが、油圧のうねりとともに、少し持ち上がった。続いて年配の男が運転席からおりてくる。

　私と御手洗は歩道に並んで立ち、その様子を眺めていた。通行人たちは興味なさそうにすたすた歩きすぎていく。この様子なら人だかりができることはなさそうだ。

　作業服の若い男の方がトラックを離れ、こちらに歩み寄ってきて、刑事集団に問う。

「クレーンがあの看板まで延びたら、通行人にアームの下をくぐってもらうことになります。万一のことがあるといけませんから、トラックのところの歩道は通行止めにして、歩行者は車道に出して、トラックの横を迂回してもらうようにした方がいいと思うんです」

「ああそれがいいな、そうしろ」

　刑事の一人が同意した。

「じゃ今、パイロンと通行止めのガード出しますから、すいませんがちょっと手伝ってもらえますか？」

「おい、俺らに手伝えってかよ」

　先輩刑事たちは不平を言ったが、しぶしぶしたがった。

　それでわれわれも手を貸し、トラックからパイロンや通行止めのサインを出し、歩道に立てて通せんぼをしたり、通行人をトラックの横に流すように、車道上に点々とパイロンを並べたりする作業を手伝った。自動車の交通量がそれほどでなかったのは幸いだった。片側車線をまるまるふさぐことになったが、これなら渋滞も起きそうではない。

　終わると、年配の男の方が荷台に上がり、アームの先のゴンドラの中から、コントローラーらしいケーブルの付いた小箱を持ちあげ、点検している。助手らしい若い男が横に立ってそれを見ている。やがて年配の男はゴンドラに入り、コントローラーを操作して、自分の入ったゴンドラをさらに一メートルばかり持ち上げた。

「二人とも入って上がった方がいいな」

見ている御手洗が言った。

「それから防水布も持っていった方がいい」

それで小鳥遊刑事は、そういう指示を、若い方の業者に伝えにいった。彼はうなずき、ブルーの防水布を持って、彼もゴンドラに乗った。しかし年配の方がすぐにはアームを上げず、まだ何ごとか調整をしている。

「お、中丸《なかまる》シェフだ」

そばで小鳥遊刑事が声を出した。彼の視線の方向をたどると、道路の反対側の歩道に熟年の男が立ち、ぽつねんとこちらを見ていた。

「彼がどうかしましたか?」

御手洗が聞きとがめて訊いた。

「いやあの彼、このあさひ屋デパートの五階に入っているレストランのシェフなんですが」

刑事は指差しながら、ぼそぼそと説明を始めた。

「この近くの、ヒビキってバーを聞き込んだ時に話聞いたんです。いつもホワイトの水割りしか飲まなかった男がね、急にドンペリばんばん抜いて飲みだしたっていうもんで。水割りも山崎になって、どうかするとルイ十三世まで飲みだしたって。それで何回か通って彼つかまえて、さんざん問いただしても無言だもんですからね。酔うまでカウンターで粘って、それから話聞いたんです。そしたらね、もう、とんでもなく変な話するんですよ」

「どんな?」

すると小鳥遊刑事は苦笑して言う。

「サンタクロースがあさひ屋の屋上からおりてきて、自分に百万円くれたんだって」

「ほう」

御手洗は言った。

「ところがあさひ屋、屋上に出られないんです。ぼく、行って調べてみましたがね、厳重にふさいであるんです、屋上への入り口。ドアは鍵かかってるし、手前に厚い合板で壁作ってる。だから誰も、絶対に屋上には上がれないんです」

「すぐ捕まえてください、話を聞きたい！」

ひと言言って、御手洗は車道に飛び出した。駈けだして、男を目指して車道を横切っていく。びっくりして、私も続いた。

小鳥遊刑事も続きながら、先輩たちに大声をかけた。

「元木さん、甲本《こうもと》さん、平山《ひらやま》さん、小野《おの》さん、あいつだ、捕まえてください！」

歩道にぽつねんと一人立っていた男が、びっくりして左手方向に走りだした。反対側の歩道から、人相の悪い大男たちがいっせいに車道に飛び出し、自分に向かって走ってきたからだ。左右から来る車たちが、驚いてみな急停車している。

御手洗が、真っ先に反対側の歩道に飛び乗った。しかしシェフは、もうかなり先を逃走している。その後方の歩道に、刑事たちが次々に飛び上がる。しかし誰も捕まえることができない。私も刑事たちの後方を追って走り、私の後ろに小鳥遊の兄も続いていた。

男たちを大勢後方にしたがえ、シェフは全力で逃げていく。しかし、何故なのか急に、彼は速度を落として歩きだした。彼の前方の歩道に、若い刑事が一人飛び乗ったからだ。彼がシェフに近づいていって腕をとらえ、刑事たちも御手洗も、それに追いついて取り囲んだ。

「いったい何ですかいきなり、こんな大勢で追いかけてきて」

シェフは憤然と言った。

「君が逃げるからだよ」

追いついて御手洗が言った。

「ただ話を聞きたいだけなんだ。さあ、あさひ屋の前まで戻りましょう」

みなでシェフを囲むようにして、ぞろぞろとクレーン車のところまで歩いていった。看板が見えるあたりまで来ると、シェフの腕をとらえていた小鳥遊刑事が言った。

「この前、バー・ヒビキであんたが話してくれたこと、もう一度頼みますよ、こちらの方に。捜査に必要なんだ。ご協力お願いしますよ」

「え？　バー・ヒビキで、俺なんか話した？　あんたに」

「話したでしょう？」

「憶えてない。どんなこと？」

彼は言った。

「サンタクロースに百万円もらったって話さ」

「サンタクロース？　百万円？」

中丸というシェフは、目を丸くした。

「いったい何のこと？　俺知らないよ」

「ドンペリばんばん飲んだことは憶えているだろう？」

刑事は問う。

「ドンペリ？　何それ」

「おい、とぼけるなよ、シャンパンだよ、最高級の」

「俺、酒のことはよく知らないもん。何か言ったとしたら、そりゃ酔っていたんでしょ」

「黒目が右上だな」

御手洗が言った。

「あさひ屋のレストランのシェフが、酒を知らないって？」

「本当だよ、俺知らないもん、酒は。料理は知ってるけど。何か言ったのなら、そりゃ酔ってたからだよ」

「酔っていても、ドンペリとかレミーマルタンだとかって頼んでたのはあんたの口だぞ」

「憶えてないよ。なんだよ、それが犯罪かよ」

「名前は知らなくても、それが高いことは知ってたろう？　その酒の金が払えるって意識はあったんだ。つまり金を持っていたんだ、そうだろう？」

「そりゃ、金持ってないとバーなんて行けないよ」

「大金を持ってたんだろうって言ってんだよこっちは。それをサンタクロースにもらったんだってな」

「え？　俺、サンタクロースに金もらったの？」

「ああ、もういいですよ」

御手洗が手を上げ、割って入った。

「ごまかしモードに入っている。彼が言ったことを、あなたが話してくれませんか」

「はあ……」

小鳥遊刑事は言った。

私たちは、もうトラックのすぐそばまで戻ってきていた。トラックの横を抜けて、プルコの大看板が見える側に出た。

見上げると、大の男が二人入ったクレーンのゴンドラは、もう頭上高く、看板の横に届いている。そして顔を近づけ、あさひ屋の石の壁に取り付いているジョイント部分を点検している。

その様子を見ながら、小鳥遊刑事は説明を始める。

「あの五階のレストランの厨房《ちゅうぼう》にいたって言うんですよ、この親方は。窓のそばで調理していたらね、屋上からサンタクロースがおりてきてね、作業をしている窓べりにね、百万円の札束、ぽんと置いてくれたんだって、そう言ったんですよ」

「はあ？」

「おいおい」

といった声が刑事たちの中から聞こえ、失笑が漏れた。

「それで窓開けてこのお金ありがたくもらってね、サンタさんにお礼を言って、そいで今、このドンペリ飲んでいるんだって、あんたそう言ったんだよ、このぼくに。憶えてるだろう？」

小鳥遊刑事が問いかけ、中丸シェフはぽかんとした顔をした。

「おい、忘れたの？」

刑事は訊く。すると彼はぶるぶるとかぶりを振って、

「知らねぇ」

と言った。

「俺、そんなこと言った？　知らねぇ、憶えてない」

「おい、いい加減にしてくれよ、忘れたのか？　酔ってたって言いたいのか？」

「酔ってたんじゃねぇの、俺知らねぇもん。全然知らねぇよ」

「じゃあ百万円は、君がこっそり貯めたヘソクリかな」

御手洗が訊く。

「ああ、ありゃあタンスの底にね、毎月少しずつ……」

「右目が上に行く。作り話だね」

御手洗は言う。

「おい小鳥遊、へべれけだったのか？　そのおっさん」

刑事の一人が訊いた。

「はあ、まあ酔ってはいましたけどね、一応ちゃんと会話ができてましたからねぇ。べろんべろんだったわけじゃない」

「サンタクロースが俺たちにまで百万円くれたら苦労はしねぇやな」

中丸が言い、刑事たちは笑った。

「そりゃそうだな」

一人が言った。

「サンタさんは、子供に贈り物くれんだろう？　俺らみたいなトオの立った親爺にまで贈り物はくれねぇや。チョコやキャラメルなんて、こっちも欲しかぁねぇしな」

「だからゲンナマくれたんだろ？」

刑事の一人が笑って訊いた。

「知らねぇやそんな話」

中丸は言う。

「じゃあそれでもいい」

小鳥遊刑事は言う。

「安いウィスキーしか飲んでなかったあんたが、どうして急にドンペリなんかがぶがぶ飲むようになったんだ？　めちゃめちゃ高い酒だぞ」

「たまにゃあそのくらいの酒も飲みたいやな、俺だって」

「たまじゃない、一週間も続けているってマスターは言ってたぞ」

「あんのやろう……」

するると中丸は陰《いん》にこもって言った。

「あのマスター、お客さまのプライバシーをよ、べらべらと。職業倫理に欠けるやつだ。もう飲みにいってやらねぇぞ」

と、とんちんかんな怒りの暴走を始めた。

「刑事のぼくが無理に聞いたんだ、仕方ないだろ？　とにかくその金はどうしたんだって訊いているんだよ、こっちは」

すると中丸は黙り込む。

「臨時収入でもないと、とっても飲めない酒だろう？」

シェフはだんまりを続ける。

「臨時収入あったのか？」

中丸は言葉を発しない。

「それでぼくはあさひ屋に行って、屋上見ようとした。ところが上がれない。重役に訊いてみたら、屋上遊園地はもう設備老朽化で閉鎖したと言っていた。客も従業員も上がれないようにしたと。階段はむろんふさいであるし、エレヴェーターも屋上には行かない。建物の外に付いた非常階段も、五階から上は鉄条網のバリケードでふさいであるんだって言ってた。電気工事の用があるとかって時じゃないと、絶対に開けないんだと」

しかし中丸は沈黙の行を続ける。

「だからサンタクロースだろうと誰だろうと、あさひ屋の屋上には上がれないんだよ」

小鳥遊刑事は言い、それでもシェフは黙っていたが、ややあって、わめくようにこう言った。

「知らねぇよ！　とにかく俺ぁ、非合法なことはしてねぇや。罪は犯してねぇよ」

小鳥遊刑事はお手上げになったという感じで、ちょっと沈黙が生じた。

私はそれで、ゴンドラに入って作業をしている男たち二人をなんとなく見上げた。彼らは大看板と、あさひ屋デパートとのジョイント部分は調べ終わり、クレーンをさらに少し上昇させ、看板の天井部分を調べはじめていた。

「それでそのサンタクロースは、そのあとどうしたんだ？」

と訊く、元木という刑事の声が聞こえた。

「どうしたんだ？　中丸さん、答えて」

小鳥遊刑事もシェフに訊いた。

「それからどこに行ったんだ？　サンタさんは。また屋上に戻っていったのか？　それともお空高くに飛んでいったか？」

元木刑事が訊く。

「どうなんだよ」

小鳥遊刑事が中丸に訊く。しかし彼は黙っている。これはらちがあかないと見た御手洗が、小鳥遊刑事に言った。

「あなたが聞いたことを教えてください。酔っていた彼は、その時あなたにどんな話をしました？」

すると小鳥遊刑事はしぶしぶのように言う。

「あの大看板の中に、すうっと入っていったと……」

聞いて、刑事たちがどっと沸いた。

「看板の中に入ったぁ？」

別の刑事が大声で言った。

「サンタさんが看板の中に入ったって？　するってえと、あそこがサンタさんのお家《うち》か」

笑いながら問う。

「言うに事欠いて、看板の中かよ」

刑事たちは言い合い、笑い合っていた。

「おっさん、あんたに百万円くれてから、サンタさんは看板の中に帰っていったの？　看板の中のお家に」

　訊いてから、別の刑事も笑った。

「サンタクロースはすうっと、あの看板の中に入ったのかい？」

　御手洗も訊く。

「ああそうだ。すうっと入っていったよ」

　シェフが応じ、

「黒目が左上へ、真実を話している」

　と御手洗が言った。するとシェフはいきなり大声になった。

「とにかくあの晩は大変だったんだ、店が！　いきなりばっと大停電になって、五階のレストランも真っ暗になって、料理はできない、客は騒ぎだすしで、店の者みんなで、てんでにロウソクや懐中電灯出して持って、フロアに出て、とにかくお客さんを誘導して、帰ってもらったんだ、みんなで手分けしてな。そんな大変な晩だったんだからな、もう憶えちゃいねぇや！」

「なんだい、そう言ってる割には、案外よく憶えてるじゃないか」

　甲本が言った、その時だった。上空からこんな大声が降ってきた。

「おーい、大変だぁ！」

　それでみないっせいに上空を見上げた。

　ゴンドラに入った年配の方の男が、下を向いて叫んでいる。

「何だ⁉」

　刑事の一人がそう叫び返した。

「サンタクロースがいる！」

　クレーンの男は血相変えて怒鳴った。

「なにっ⁉」

「どういう意味だ⁉」

　刑事たちは口々にわめき声をたてた。

「中にサンタがいるんですよ、看板の中に！」

「中？　看板の中か？」

「そうですよ」

「どうしてそんなところに人が？　生きてるのか？」

元木が訊いた。

「まさか！　死んでます。でも死体、サンタクロースの服着てんですよ！」

彼は叫び、

「なにぃ!?」

刑事たちは口々に叫び返している。

「どういうことだそりゃ、これはいったいどういう……」

私は瞬間的に御手洗の顔を見た。みながパニックに陥る中、彼は一人だけ平然として唇に笑みまで浮かべ、深くうなずいている。そうして言った。

「やっぱりね」

「どうしますか!?」

業者は下に向かって大声で訊いてくる。刑事たちは唖然としてしまって、とっさには何も言えずにいる。

「もちろんおろすんです、防水布にくるんで！」

そう怒鳴ったのは、隣の御手洗だった。

「二人いれば大丈夫でしょう？　それが重かったんですよ」

「サンタが？」

元木が言う。そしてこう怒鳴る。

「おい、じゃ看板の天井、どうなってんだよ!?」

「落ちてます、下に。だから大きな穴があいてる！」

業者も叫び返す。

「シェフのおっさんの言う通りってことか？」

刑事の誰かが言った。

そして別の者が中丸に詰め寄る。

「おいおまえ、なんで知ってた!?　今さら隠すんじゃねぇぞ！」

例によって、警察官らしいことを言いだした。

それで甲本が、御手洗に向けてこう訊いた。

「おいあんた、これは何を意味しているんだ？　もしも知っているんだったら教えてくれないか！」

御手洗は驚いた顔になって彼の方を向く。

「そんなことが訊きたいのですか？」

そして笑いながらこう続ける。

「小鳥遊刑事の警部昇進が近づいたってことですよ」

苦い顔になって、甲本は黙った。

「死体がおりてきたら、みなでヴァンに積んでください。同時に、通行人に死体を見せないよう、交通整理を頼みますよ。この少人数では大変だと思うが」

「頑張りますよ」

小鳥遊刑事が言う。

「ホトケの名前は菩提裕太郎。T見広告企画のバイトです。手帳に書かなくて大丈夫ですか？　書くことが一番の学びになりますよ」

御手洗は、思いつく限りの嫌みを言った。

屋上の呪い

11

「係長、係長！」

　と呼ぶ声が階下からしていた。

　ふらふらと階段を上がっていく途中だった。住田係長が足を停めて下を見ると、塚田が階段の上がり口に立って、じっとこっちを見上げている。うっとうしいと感じた。

　塚田が考えていることが、よく解ったからだ。自分が屋上に行くのではないかと彼は案じている。屋上には行くなと言いたいのだ。そんなこと、言われるまでもなかった。

　自分の部下が、もう三人も飛びおりて死んでいる。上司の自分も飛びおりるのではないかと彼はおそれている。塚田の顔を見ると、予想通りだ。心配顔を通り越し、顔に恐怖が浮いている。

「係長、どこへ？」

　彼は真剣な顔で訊く。

「屋上じゃない、屋上じゃない、心配するな」

　住田は面倒くさそうに言った。

　すると塚田は何も言わない。反応せず、黙っている。止めるべきか否か、彼は迷っているのだ。

「大丈夫だ、俺は死なないよ」

　住田は言い、それで彼は放置を決めた。それならよいと思ったか、ゆっくりと回れ右をして、一階のフロアに向かっていく。壁に姿が隠れた。

　住田はそれで、壁に左手をあてでするするとこすりながら、ゆっくりと階段を上っていった。体がだるく、手で周囲のどこかに触れていなくては、階段を上がることもできないのだ。体の軸が左右に揺れがちで、安定しない。

　上り続けたら、たちまち足が重くなり、続いて腿の筋肉が痛くなり、足が上がらなくなった。二階への階段、中途の踊り場に立ち停まるほかはなく、しばらく休んだ。

　呼吸が荒くなっているのが解って、身を折ってあえいだ。まだ十数段上がったばかりで、二階にも着いていないというのに、これほど体が苦しいのはいったいどうしたわけだと思う。精神的なものに相違ない。今の自分は相当まいっている、自分でそう解るのだが、ではどうすればよいかとなると、皆目為《な》すすべを思いつけない。

　また歩きだす。踊り場を進み、また階段に足を載せる。たったそれだけの動作が信じがたいほどきつい。けれど、上がらずにはいられない。何故そうかといえば、一階の自席に着いているのがもっと辛いからだ。目眩がし、頭痛がして、体がふらふらと勝手に揺れる。嫌なことばかりが思い出されるから、思索ができない。じっと椅子にすわり続けていることも不快だ。天井を見上げれば、わずかに付いている染みとか、模様に気分が悪くなり、すぐに見ていられなくなる。蛍光灯の機械的な形状が辛くなり、それを目に入れないようにうろうろと視線をさまよわせる。

　気分転換など思いもよらない。音楽を聴くと、うっと吐き気に似た気分に襲われる。人に話しかけられるのが辛い。自分が話しかけるなど、思いもよらない。会話中の、相手の発声する単語が聞こえない。これに返す言葉を頭の中で考えられない。ひたすら放っておいて欲しいと願うが、そうされれば楽になるかというと、そんなこともない。

　立ち上がり、お茶でも淹れるかと歩きだせば、ごくごくわずかにしても、楽になる心地がする。しかし頭が重く、顔が上がらない。ひたすら足もとの床ばかりを見て歩く。そして同僚の話し声が耳に届けば、それがまた強い不快感を呼び起こす。

トイレに行き、用を足し、ふと気づけば階段を上りはじめていた。この階段は、もう上らないつもりでいた。三階の屋上に強い恐怖感が湧いたからだ。しかし何故なのか今は、この肉体的にしんどい作業が、わずかばかりの救いのようにも思えるのだった。一階にはとてもいられないと思うからだ。

踊り場までだと思い、着けばこの上の階までだと順次目標を上げていき、自分を励まし、誘導して、住田は階段を上った。ほかにすべきことを思いつけない。銀行の業務など、もとより頭にない。だから無心の境地だった。頭の中に何もない、その状態が楽なのだ。肉体を酷使し、自分でその状態を作りだしていると自分で解る。そうして気づけば、とうとう三階に着いていた。遥かな上空に思えていた三階だが、どうやら上ってきた。

短い床をふらふらとすぎ、屋上への戸口に立った。夢うつつでドアを開き、突き放して全開にする。ドアの表面に左手を触れながら屋上に向き合えば、見知らぬ異境がそこにある。足もとを背の低い木々が埋めて広がり、さながらそれは、小人の国の森だ。

ぼうと定まらない頭に、いきなり安住淳太郎という名前が飛来したので驚く。はてそれは誰だったか、と立ち尽くしたまましばらく考え、この盆栽群の作者の名前と思い出した。床を埋めるこの盆栽の群れはすべて、安住淳太郎という一人の盆栽作家の作品なのだ。忘れていた。今思いだした。わけありの盆栽作家だった。

安住はいわゆる異端の盆栽作家で、中国で幼少期をすごしたせいで、盆栽に対して独自の考え方を持っていた。彼は盆栽を「盆景」と呼び、岩に見える石を松の足もとに置き、小川を作り、そのほとりに人形を置いた。さらには木こりを配し、切り倒した松の木を横たえる型破りの盆景まで作った。

これが物議をかもした。安住の銀座の発表会に来ていた盆栽組合連合会専務理事の彦田が、

「誰だ、これを造ったのは！　盆栽が泣いておる！」

と叫び、隅の椅子にかけていた安住の頭に拳骨を見舞ったので、乱闘になって警官が呼ばれる事態になった。安住はその老人を蹴ってしまい、老人は骨折して入院した。老人がこの世界に多大な影響力を持つ重鎮だったため、安住は盆栽界から追放された。

安住の主張にも一理はあった。盆栽はもともと中国の盆景と呼ばれる遊びをルーツにしていて、盆景においては、安住の作のように人形を置いた自然景観の模倣が本来的だった。しかし独自の発展を遂げた日本の盆栽界においては、安住の創作は異端を通り越し、許すべからざる不道徳となって、状況破壊をもくろむ狂気と看做《みな》されることになった。どの世界にも、政治は存在する。

追放された安住は、反発して不道徳な創作態度をよりあらわにした。踊るピエロの人形を多用してサーカスの光景を作り、無気味な異世界を作り、首吊り用のロープを松に下げるような創作まで始めて、ついに実際に首を吊って死んでしまった。盆栽が買われなくなり、講演会もなくなって、独身者であった彼は、生活に窮したのだ。

彼は女優の大室礼子の崇拝者で、初期には大室に似せた人形を配した愛らしい盆景もしきりに制作していた。そんな縁で、彼の遺作となった盆景は、すべて大室が買い取って自宅の庭に並べた。

ところがその直後から大室もまた生活に窮するようになり、ついにこの盆栽を足もとにして、彼女もまた庭の松の木に首を吊って果てた。そしてどういう因果《いんが》なのか、そういういわくつきの盆栽が、大挙してこの屋上に引っ越してきたのだった。そうしたら安住、大室に続いて、住田の部下たちの命を、次々に奪いはじめた。因縁の盆栽といわれるゆえんである。

「老眼ちゃいまっか？」

と問いかける岩木俊子の高い声が、いきなり耳もとによみがえった。

岩木はいい女ではさらさらなかったし、仕事も全然できはしなかったが、関西の出身で、ともかく面白い女だった。彼女の影響で、住田のグループはみんな関西弁になってしまった。仕事の力はぱっとしないが、そういう影響力は抜群の女で、銀行員とは、進む道を間違えたとみんなが言っていた。

小出の顔も浮かぶ。最初あいつは馬について、自分に熱心に訊いてきたのだった。学生時代から麻雀狂で、賭け事が好きだった。そして簡単に競馬にはまり、借金を作り、自分の仲間になった。

細野の顔も浮かぶ。彼は仕事はできる方で、熱心にやってくれ、残業も嫌がらず、信念も持久力も持っていたが、真面目なんだか不真面目なんだか、よく解らない男だった。

あの連中が、今みんなここに、この屋上にいると住田は感じた。そして自分を呼んでいる。危険だという意識はきちんとあった。彼ら三人が、雁首《がんくび》揃えて自分を呼んでいる、三人だけでは寂しいので、黄泉の国の世界に、上司の自分も呼び入れようと画策している――。

しかし彼らには悪いが、自分はまだ死ぬ気はない。この意識がある限り、大丈夫だと思う。一階の席にいると辛い。死んでしまった方が楽になるのでは、と思う時もないではない。けれど屋上にやってくると暖かげな陽が射し、かえって死ぬ気がなくなった。定年まで間がある今、自分が死んで妻子を路頭に迷わせたくない。

それでも戸口で留まるべきだと思う。何が起こるか解らない。絶対に死にませんとしっかり言いおいて、みんな死んでいった。そんな危険な屋上に出るべきではない。しかし住田は抵抗感なくすいと簀の子に足を踏みだし、足もとの盆栽群を見つめながら進んだ。この盆景の上に、縮小した彼らが立っているような幻視が訪れたからだ。

この盆景には作者安住の、偏狭な先達たちへの怨みが染み込んでいる。そうささやき合った仲介者たちにより、木々の下の小さな人形たちはすべて取り去られ、捨てられた。だから鉢は今、外観上はみんなごく普通の盆栽だ。だがもともとこれらは、安住という異端の作家によって表現された異世界なのだ。それともその入り口だ。だからあっちの世界に行った三人は、今この小さな異世界に存在している、住田は次第にそう確信する。

姿勢を低くし、鉢におさまった木々の下の土や苔《こけ》を見つめながら歩いていったら、だんだんに腰が痛くなってきて、住田は簀の子の上にゆるゆると四つん這いになった。そしてそのままの姿勢で、のろのろと四つ足で進んだ。そうしたらホースが鼻先に現れ、これに沿って目を横に這わせたら、ホースが挿し込まれた蛇口が見えた。

よろよろと立ち上がり、眼下のホースを両手で摑みあげた。中途だったから、するすると両手でたぐりながら、住田は蛇口とは反対側の端まで歩いていった。先端にたどり着くと、当然ながら水は出ていない。蛇口まで歩いて戻って栓をひねるのもおっくうに思われたから、先端をかまえてゆるく左右に振りながら、水を撒く仕草だけをした。そうしながら歩いて、ぶらぶらと簀の子の上を行った。

屋上の端に近づいたら、こんなやり方では、下の歩道に水を落としてしまうと気づいた。富田課長がこれに気をつけるよう、うるさく言っていた。水を落とすのを避けるためには、ホースの先を通りの方角に向けないことだ。いかに水の勢いや方向に注意をしても、こちらの体が往来を向いていては危ないに決まっている。最も安全な方法は、往来に背を向けることだ。つまり屋上の縁まで行ってしまって立ち、体を今入ってきたドアの方に向け、ホースの先もそっちに向けて、水を撒くことだ。

そう気づいて、まず屋上の縁に歩み寄った。そして手すりの手前でくるりと向き直り、地上にあるはずの往来にはしっかりと背を向けた。そして立ち尽くし、ホースを左右にゆるゆると振って、手すりのすぐ手前までを埋めている鉢の上に水をかける仕草をした。まずは自分の足もと、そして少しずつ遠くへと、撒水の対象を広げる。ここに水を撒きに上がった岩木俊子、そして小出順一も、間違いなくこのようにしたはずだ。

立ち尽くしていると、ふらりと体が揺れる。視界も多少かすむ。足もとがおぼつかず、どうしてもふらつくのだ。だから両足を心もち広げ、踏ん張ってみる。すると体は多少安定する。が、それに馴れてくれば、やはり体の芯が揺らぎはじめる。

それで住田は右手をそろそろと下方に伸ばし、手すりを探った。指先が手すりに触れたら、まずこれを摑んでおいて、それからそろそろと、慎重に腰を落としていった。まもなく手すりに尻が触れ、住田はそれで安心して、体重を手すりにすっかりあずけた。大丈夫だ、自分は慎重にやっている、住田は思う。これなら死ぬことはない。

しばらく手すりに腰かけていたら、陽射しが背中全体にあたって、気分がわずかずつよくなっていく。鬱病に抗するには三度の食事、運動、日光浴、夜間の熟睡、そんなことを聞いた。やはり日光浴は精神によいのだ。一階のデスクにいたおりのあの地獄のような気分が、徐々に去っていく。頭痛は薄らぎ、視界も次第にクリアになる。こんな調子が続けば、自分の精神も、やがては癒える、そんな希望が訪れる。

その瞬間だった。誰かの視線を感じた。それは首筋に痛いほど、強いものだった。

え？　と思い、湧いた疑問に戸惑う。ここは人けのない場所なのだ。屋上に自分以外の者がいるならばともかく、手すりにぽつねんと一人すわっているばかりなら、誰かに見られるはずがない。左右のビル壁に、窓というものはほとんどない。デパートの屋上に人は上がれないし、通りをはさんだ向こう側のビルにならたくさんの窓があっても、ずっと距離がある。ここはビルの谷間で、人に忘れ去られた場所なのだ。

住田は右方向に首をひねり、視線をそちらに向けた。視線のエネルギーがやってくる方角は、そちらに思えたからだ。しかし不審な気分は去らない。右はあさひ屋デパートだ。しかし窓はほとんどないから、そちらから、誰かに見られるはずもない。

しかし住田は、おや、と小さく意外の声をもらした。そこには巨大なプルコキャラメルの大看板が空中に浮かぶ。それはむろん承知している。が、思いがけず看板の表側が見えたからだ。これに意外を感じたのだ。

U銀行の屋上からは、プルコキャラメルの大看板は背中しか見えない。そう思っていたのだが、屋上の手すりに腰をおろしたこの位置からは、表側が見えるのだった。その予想外に、住田は小さな声をもらした。

看板のペンキがぼろぼろに剝げかかっている骨董品の大看板、テープを切っている青年の白いランニング・シャツも、まるで浮浪者の着衣のようにぼろぼろだ。こんな廃物を、いつまで空高く掲げているつもりか。この一点からして、プルコ食品経営陣の、現在の弱体ぶりがうかがえた。銀行屋としては、企業のそういうあたりが気にかかる。

この大型看板は、単にキャラメルのパッケージを拡大したものなのだが、日本のサラリーマンが目指すべき勤勉さの象徴と持ち上げられた時期がある。まだワーカホリックだの、うさぎ小屋の働き中毒だのと、そういった自虐の言辞が世に現れる以前の話だ。住田の子供時代はまだこのおまけ付きキャラメルの人気が続いている頃で、その手の独占資本向けの思想性とは無関係に、よく食べた。

別にそのせいでもあるまいが、成人して大学を卒業し、この銀行に就職して、自分もまた、ひたすら働き中毒者のように働いた。何も楽しみがない、つまらぬ毎日ゆえについ賭け事に手を出しもしたが、それほどひどい結果にもならなかった、そう思っている。もっと悲惨な結末に陥る者も多いはずだ。自分など、金額的にも何的にも、可愛いものだったと思う。

それがはじめて、二百万円という金を横領した。横領というまでの言葉が妥当かどうか、三人の部下と分け合った額だし、五千七百万もの大金を盗っていったのは強盗であって、自分らではない。自分らは単に便乗しただけで、彼の持ち去った金に較べれば、その額はあまりにささやかだ。しかし銀行の金を横合いから着服するという行為がこれほど簡単だったとは、というのが正直なところだ。横領は、案の定未だに露見していない。銀行屋世界には、投機資金を穴埋めするひそかなシステムが発達しているからだ。

あの夜、自分が強盗に与えた助言、このうちの八百万円ばかりは通しナンバーになっており、銀行が数字を控えているから避けた方がいい——、あの言葉に嘘はない、まったくの真実だ。しかしそれは、こちらが被害届を警察に提出し、ことを現金強奪の事件とした場合の話であって、届を出さなければ通しナンバーも何もない。追跡捜査が存在しなければ、使ったところでいっこうに問題は起きないのだ。

事件にした際の気の遠くなるような厄介ごとや、部下たちの口々の進言、そして街金への自分の借財などもあって、つい着服の決断をした。そして予想した通り、何も問題は起きなかった。起きなかったのだが、まるで予想外の事件が発生した。二百万ずつを得た部下たちが、いったいどうした理由からか次々に不審な死に方をするのだ。まるで自らの横領の罪を悔いるように、連続してここから飛びおりた。着服組で、まだ死なないでいるのは自分だけだ。

ほうと、住田は溜め息をついた。あの強盗は今頃どうしているだろう。どこか遠方に逃げ延び、毎日高価な酒を飲みながら、いい女でも囲って、悠々自適の生活を送っているだろうか。そうなら、わずかに嫉妬《しっと》の思いが湧く。自分らの現状が、これ以上ない無惨なものに思えるからだ。

それともあの男もまた、苦痛の時間が永遠に停止してしまったこの看板の走者のように、どこかで一人、苦痛にあえいでいるか――。

住田は首を左右に振って、やめようと思った。あり得ない、と思う。そんなことは単に自分の願望にすぎない。この世に因果応報などはないのだ。悪いやつが一番得をし、幸福を得るのだ。

ゴールする青年の体に沿って視線をあげていき、顔にいたった時、住田の全身が凍りついた。目を、こぼれるほどに見開く。脳天に神の鉄槌《てっつい》を受けたような衝撃。あるはずのない顔が、そこにあった。

あの夜の銀行強盗が、走者に化身し、じっと自分を見おろしていたのだ。サンタクロースの赤い帽子をかぶり、白い付け髭を付け、しかし白い眉の下の目は、じっと自分を見つめ続けていた。今、それと目が合った。

住田は知らず大口を開け、衝撃で全身を硬直させた。そしてかすれた声で、喉を絞り、悲鳴をあげた。

亡霊がいた！

ああ、自分らはずっと見張られていたのだ、とそう悟った時、尻が手すりの外側に落ちていた。仰天し、反射的に上体を起こそうと頑張った。空中で、死にものぐるいで両手を回し、すがれるものを探したが、指先はむなしく空気を掻《か》くばかりで、触れるものは何ひとつない。住田の体は地上に向かった。

苦行者

4

「破るよ、出てこないと。それとも乗り越えるからな！」

　ガードマンのそういう怒鳴り声が聞こえた時、信一郎の頭部から血の気が引き、視界が暗転した。全身から力が抜け、くずれるように小窓下の壁にもたれかかった。

　重ねた手の甲に額をつけ、回復を待つが、容易には気力は戻らない。手錠を填められ、大勢が行《ゆ》き交《か》うデパートの売り場の中を、背をこづかれながら引き立てられていく、みじめな自分の姿が見えた。

　警察署に引き入れられ、押しかける新聞記者に写真を撮られて、翌日の新聞に載った自分の顔写真が見える。署の受付にやってきた母親の泣き顔が見え、しかし会話は許されず、自分は留置場に引き立てられる。

　その絶望と激しい恐怖で、唇は知らずゆがみ、嗚《お》咽《えつ》が勝手に喉を駈け昇ってくる。ゆるゆると壁から体を離せば、痙攣のように全身がわななく。心臓はずっと喉もとで打ち続けて、嗚咽は激しく鼓動する心臓の横、隙間をすり抜けるようにして昇ってくる。

　手を上げて見れば、ぶるぶると震えて力が入らず、何も摑めそうではない。涙が視界を曇らせてしまい、ほとんど何も見えない。

「おい！」

　男の太い怒鳴り声が聞こえた時、信一郎の足が反射的に床を蹴った。その瞬間は、理由などない。ただ恐怖だ。逃げたい気分が筋肉を爆発させ、あと先を考えず跳び上がって、窓枠に腹をあてた。

しばらくじっとしたが、どかどかとドアが揺さぶられる音に、泣きながら大あわてで右足を引き上げた。続いて左足も上げ、窓枠の上で、しゃがんだ姿勢になった。そして視界を確保するため、手で涙を拭った。

その瞬間、大きな衝撃音が背後の個室全体を揺さぶり、信一郎は怯えて背と首筋を丸めた。知らず悲鳴をあげるところだった。何が起こったのか、まったく解らなかった。

ガードマンが、ドアに体をぶつけたのだ。轟音に続いて、個室を構成する華奢《きゃしゃ》な枠組みの全体が、わなわな、がしゃがしゃと波打ち、振動した。振動音は意外に長くあとを引く。

一瞬の静寂ののち、もう一度、飛び上がるような轟音。今度のものはより大きかった。枠組みの鳴る音も、さらに激しい。

それから二度、三度と衝撃音は続き、次第に大きくなっていく。ぶつかる勢いが、次第に全力をあげたものになっていくのだ。そのたび枠組みは騒音をたてながらしなり、揺れて、ついにぎしし、ばりと破壊音をたてはじめた。ロックのための金具を留めている木ネジが、合板からはずれはじめた。

こんな猛然とした勢いの体当たりが続けば、簡単な構造のドアや、ロックの金具など、わずかしかもつまい。じきに壊れる。猶予の時間はない。

気を失ったような思いで、信一郎はそろそろと片方ずつ、窓の外に足を出した。両足を窓の外にたらし、窓枠に腰かける格好になった。背後の轟音は続く。暴力的な音が、背後から容赦なくせきたてる。

そろそろと窓枠から腰を滑らせて落とし、両足をじわじわとおろしていって、あさひ屋のビルの外壁に、横向きに取りついているプラスチックのパイプに靴を載せた。まだ右手は窓枠を摑んでいる。

その瞬間、ひときわ強烈な衝撃音がしたから、信一郎は反射的にガラス窓を閉めた。そしてビルの粗いコンクリートの壁に背を密着させたまま、そろそろと横向きに進む。少しでも、窓から遠ざかりたかったのだ。

するとと左にある、わずかに眼下のプルコキャラメルの大看板が、少しずつ近づく。下を見れば、遥かな眼下にU銀行の屋上。もう陽が没したから、よくは見えないのだが、人影がふたつ佇《たたず》んでいるふうだ。簀の子の上に立っている。一人は赤いおかしな上下を着て、手すりに近い屋上の縁で、こちらに背を向けて立っている。もう一人は女子行員らしい。銀行の制服を着て、右手の建物寄りにじっと立っている。

あそこに飛びおりたら死ぬだろうかと考える。死なないまでも骨折か。だがもう選択肢はない。ここで痴漢として捕まり、新聞に顔や名前が出て、家族に生き恥をさらさせるくらいなら、いっそ死ぬ方がよい。

壁に背中をぴたりとつけたまま、じりじりと、横向きに空中を進む。冷風が頬を打ち、大看板が足もとに近づいてくる。

ごろごろと、腹に響く異音を聞いたので驚き、びくんと顔を上げれば、前方、暗い空のすそに、雷光が無音で浮きあがった。しばらく見つめていると、ややあってまた低い雷鳴。

その瞬間、バンと爆発に似た音がして、何かがからからと床を転がる音が右手の窓から聞こえた。トイレのドアが開き、ロックのための金具がはじけ飛んだのだ。扉は勢いよく半回転して、内部の壁のどこかに猛烈にぶつかり、もう一度、絶望的な音をたてる。音と同時に、信一郎はよろよろと膝を折り、汚れた看板に左手をかけながら、目を閉じ、飛んだ。風に髪が逆立ち、長い長い時間、空中にいた心地がする。

屋上に落下した瞬間、ガシャーンという猛烈な破壊音を全身で聞いた記憶がある。体ははずんで横向きに飛び、簀の子に叩きつけられ、続いて猛然と滑って建物の壁に頭から激突した。そして、もう何も解らなくなった。

馬車道

9

　刑事たちが防水布にくるんだ菩提裕太郎の死体をヴァンで運び去り、クレーン車の業者たちも撤収作業を終えたのち、私と御手洗、そして小鳥遊兄弟の刑事に熱心にせかされて、U銀行の屋上に上がった。御手洗の説明を聞くためだ。

　屋上には専用の照明がなかったので暗かったが、周囲のビルから降ってくる窓明かりや、灯の入った看板やネオン広告の照射で薄明るく、簀の子の上に立つ御手洗の寒そうな顔も、ぼんやりと見えた。

　業者たちは、菩提の死体に加え、モーターや歯車類など機械部品を洗いざらいはずし、持ち去ったので、看板はあとしばらくはもつという判断になった。そうなら看板全体の取り外しはプルコ食品にさせてもよいのではという話になり、小鳥遊刑事がこの連絡に当たることになった。ほぼ半世紀近くこの場所にあってさまざまなエピソードを作った大看板は、まもなくその歴史を閉じることになる。

「信じがたい事件だったよ。われわれのささやかな事件簿の中でも、今回のものは、その驚きの度合いでは一、二を争うものになるだろうね」

　大看板を頭上にして、御手洗は言った。小鳥遊兄弟と私の三人は、薄明かりの中でてんでにうなずいていた。

「事件は、もうみなさん見た通りだよ」

　御手洗は言う。

「一見こそは、百聞に勝るんだ。この上にぼくが説明することなんてあるとは思えない。寒くなってきたし、蛇足は避けたいね。石岡君、質問あるかい？

見たことに加え、何か質問があるならそう言ってくれ。そうしたら、その点だけを今、ぼくが補足解説しようじゃないか」

　それで私はしばらく考え、おずおずとこのように言った。

「菩提裕太郎だったっけ？　彼はどうしてあさひ屋の屋上からおりて、この看板の中に入ったんだ？　そんなの大変だったろうに、どうしてわざわざそんな面倒なことをしたんだ？」

　すると御手洗は前方に首を折り、がっくりという仕草をした。彼がそんな態度をとる理由というものに私は思い当たらなかったから、首をかしげた。見ると小鳥遊の兄弟も笑うことなく御手洗を見つめていたから、彼らも私とそう大差はなかったと思う。

「石岡君、どうしてそう思うんだ」

　御手洗は低い声で訊いてきた。

「だって、あさひ屋のレストランのシェフが言っていたし……」

私は言った。

「実際にもいたじゃないか」

　すると御手洗はいらいらしたように言う。

「そして死んでた。じゃあ彼は看板の中で自殺したのか？」

「それを聞きたいんだよ、ぼくらは」

「どうして看板の中で自殺しなくちゃならない。それにデパートの屋上には上がれないんだぞ。そして屋上から看板までおりるにはロープがいるが、そんなものはどこにもなかった」

「じゃあ下に落ちたんだろう、ロープは」

「路地にもなかった。おい石岡君、寒いんだよぼくは。この寒い、吹きさらしの屋上に立って、君はそんなくだらないことを訊くつもりなのか？　どこか暖かい喫茶店にでも入って、熱い紅茶でも飲みたくはないか？」

「飲みたいよ、だから早く説明してくれ」

「そんな初歩的なことから始めなくてはならないの

か？　夜が明けるぜ、風邪を引く！」

　御手洗はみるみる機嫌を悪くした。

「屋上からおりずに、いったいどうやって看板の中に入るんだよ？　そんなの不可能だろう？」

「みなさんもそう思っているんですか？」

　小鳥遊兄弟に向いて訊く。すると二人も恐縮したようにうなずき、弟の方がこう言った。

「すいません、われわれも解りません。御手洗さんの説明をうかがって帰って、ぼくは先輩たちにちゃんと説明をしなくてはなりません。申《もう》し訳《わけ》ありませんが、小学生にでも説明するつもりで、一から順に……」

「石岡君」

　彼はうんざりしたような表情で、私に問いかけた。

「この屋上を眺めて、異常なものがひとつあることに、君は気がつかないか？」

　そして彼は、右手をずうっと自分の後方に向けて回し、示した。

　それで立つ位置を少し移動して、御手洗の後方を見た。しかし残念なことに、私の目には何も見えるものはない。気づけることは何もない。

「異常なものだらけで……」

　言い訳のように私は言った。

「ほう、何が異常なんだ、挙げてみてくれ」

　御手洗は命ずる。

「そりゃつまり、この巨大な看板……」

「屋上だ、ぼくが言っているのは。屋上に限ってくれ！」

　御手洗はいらついて言う。

「盆栽だ。このおびただしい植木鉢」

　私は言った。

「そうだね、ほかには？」

「それにかかった女優の呪い」

「いらない、そんなもの。ほかに！」

「周囲のビルはけっこう高いのに、このビルだけが低い。屋上に限って言うと、たったの二階だ。まるで谷間みたいな形状、これは特殊だよね」

「それじゃない、ほかに」

「照明がない」

「違う。ほかに」

「ほかに何がある……」

私は言って、小鳥遊兄弟の顔を見た。彼らも首をかしげている。

「石岡君、君は意地悪く正解だけを避けているんだよ。君の目の前にあるだろう？　これだ」

言って御手洗はどんどんと足を踏み鳴らした。

「簀の子？」

「それだ！」

御手洗は言った。

「で、簀の子の何だい？」

とさらに訊いてくる。

「何って……」

私は言う。全然解らなかった。

「でも簀の子、調べましたよ、われわれ。裏にも何も仕掛けなんてありませんでした」

「裏の仕掛けなんて必要じゃない、ここにこんなものが最初から付いている」

言って御手洗は、すたすたと簀の子の上を進んで、手すりの手前の、シーソーのようになった簀の子の上に立った。われわれも黙って簀の子の上を歩き、彼についていく。

「簀の子の通路先端のこの一枚だけが、昔ここに建っていた建物の土台を跨《また》いでいるんだ。ほかの簀の子はすべて、この土台に沿って左右にぴったりと嵌まっていて、一番先端のここに、ちょうど簀の子一枚分のスペースが空いてしまったんだ。しかしまずいことにここには建物の土台があるので、この最後の一枚だけは、どうしても土台の上に載せざるを得ない。それでこの簀の子は、こんなふうにシーソーになってしまったんだ」

御手洗は説明し、われわれはうなずいた。

「そして菩提裕太郎氏は、このシーソーの端にこのように立ち、こっちに向かって気持ちよく放尿をした。この植木鉢のひとつに向かってだ。どう？　解ったかい？」

われわれは立ち尽くしたまま、うなずいた。そして、

「それで？」

と訊いた。

「それでって、あとは解るだろう？」

御手洗は驚いて言い、われわれはまだぼんやりと立っていた。

「解らない、それでどうしたんだ？」

私が言うと、御手洗は口をあんぐりと開けた。

「それでってて君、トム・クルーズが、あの四階の窓のところから、ここに飛びおりたに決まっているだろう」

「飛びおりた⁉」

私は仰天して言った。

「どうして？」

「それは間違って女子トイレに入ってしまい、痴漢と間違えられたからだ。ガードマンが呼ばれてやってきて、女性軍を背後に、出てこいよとドアを叩いて、それで仕方なく彼はあの小窓から出て、パイプの上を横向きに移動し、看板のところからここに飛びおりたんだよ。もう死んでもいいつもりで、命を捨ててだ。すると落ちたところはここだ、シーソーのこっち側だった」

聞いても、何故なのか私の頭はぼんやりとしていた。それがどういう意味を持つのか、とっさには解らなかったのだ。

「飛びおりて、それで……」

私は言った。御手洗はうなずく。そして言う。

「そうだ、いいね、解ったかい？」

「解らない、それが、いったい……」

御手洗は仰天したような顔をした。

「おいおい実験しろって言うのか？　それは無理だ。一階半の高さから彼がシーソーのこっち側に飛びお

りたので、シーソーの反対側にいた菩提氏は、バンと、天高くに舞い上がったのさ。そしてあのへんの空を横切っている電線を何本か引っかけてのち、あのプルコキャラメルの大看板の上に、足から落ちたんだ」

「えーっ⁉」

私たちは悲鳴のような大声をあげ、いっせいにのけぞった。

するとと御手洗はそういう私たちを見て驚き、どうしてだ？　という顔をした。

「どうして今さらそんなに驚くんだ」

御手洗は不思議そうに言い、しかし私たちは、あまりのことに口をぽかんと開け、放心した。

「しかし看板の天井部は、もう錆びて劣化し、もろくなっていた。だから天井は簡単に落ち、つまりサンタクロースは天井板を踏み抜いて、看板の内部に落下した。すると三つの顔が描かれたガラスのドラムや、モーターをはじめとするその回転のメカも、サンタの靴に踏みつけられて落下し、菩提氏はそういう衝撃やショック、また切断した高圧電流による感電などによって、箱にはまると同時にショック死した」

「えーっ⁉」

私たちはまた大声で悲鳴をあげ、のけぞった。

「そして彼は、ガラスのドラムが覗いていた、ランナーの顔があった窓のところに、ちょうど顔が来て止まったのさ」

「えーっ⁉」

私たちはまた大声をあげた。

「毎回驚くんだな」

御手洗はあきれたように言った。しかし私はそれ以外にどうすることもできない。驚くものは仕方がない。これまで何度となく御手洗の謎解きを聞いてきた私だが、今回ほど私の度肝を抜いたものはない。私は今回、いつにも増して、説明を聞いてただ悲鳴を上げるだけの無能な人間だった。

「だがあの大看板がすぐ鼻先に見えるこの屋上からは、看板の背中しか見えないんだ。だから四角い窓のところにサンタクロースの顔が覗いても、ここの銀行員は誰一人気づくことはなかったんだ。しかし……」

言って御手洗は、手すりのそばに移動する。

「一ヵ所だけ、顔が見える場所がある。それがこの手すりぎわなんだ。道に水を落とすまいとして、この低い手すりに腰をかけたら、つまり往来にしっかりと背を向け、しかも屋上の縁ぎりぎりに来て右手の看板を見ると、表側が見えるんだよ。ということはすなわち、看板の顔のところに開いた窓も見えるのさ」

「ああ……」

私は言って、ひそかにうなずいた。

「すると、解るね？　そこにたまたま顔を覗かせてこっちを見ているサンタクロースの死体と、目が合うのさ」

「ああ……」

と私は、衝撃を受けて言った。冷気以外のもので背筋が冷える。

「そりゃ怖いな……」

「それで銀行員たちは激しいショックを受け、のけぞって地上に落下した」

御手洗が説明を終えると、沈黙になった。あまりのことに、われわれは何も言えず、どんな言葉も口まで昇ってはこなかった。

御手洗は背中を丸め、寒そうにしながら言う。

「いいかな、では……」

「ちょっと待ってください」

小鳥遊刑事が手を挙げて言った。

「あまりのことに、仰天してしまいました。こんな事件は、もうぼくら、生まれてはじめてです。でも、考えてみますと、まだまだ解らないことがあります」

「何です？　手短に」

御手洗は身をかがめて言った。

「和田さんという従業員もここに上がって植木に水をやったが、落ちることはありませんでした」

「彼女は近眼だったんですよ。だから遠くのものがよく見えなかった。ほかには？」

御手洗はさっさと言う。

「確かに衝撃ですが、しかし、それで四人みんなが屋上から落ちるとは……」

小鳥遊記者が言う。

「その通り。それだけではないはず。あのトイレの窓から飛びおりたトム・クルーズもまた同様です。窓から飛ばなくても切り抜ける方法はあった。しかし彼は飛ばなくてはならなかったし、四人の銀行員も、ここから落ちる以外に道はなかった」

「それは……？」

刑事が問う。

「何か事情があるはずです。あなたが調べてください。必ずあるはずだ。ここまで解れば、その程度の捜査は雑作もないはずです」

御手洗は言う。

「その事情には、菩提さんも……」

「間違いなく関わっているでしょう。たとえばサンタクロースは銀行強盗で、その被害者が住田組の四人だった」

「ええっ!?」

私と小鳥遊兄弟の、驚きの声が重なった。

「そして四人は、強盗に便乗して自分たちも金を盗った……」

小鳥遊の兄弟は、啞然として立ち尽くし、しばらく無言だったが、

「そうお考えの根拠は……」

と弟の方が言った。

「もちろんあります」

そして御手洗は口を開きかける。

「ちょっ、ちょっと待ってくれよ御手洗」

思いついて私が言った。

「何だい」

「銀行強盗って、それは銀行の金を盗む人のことだよね？」

「銀行というものがこの世にできて以来そうだ」

「じゃあ盗んだ金はどこに行った？　看板の中のサンタは、袋は持っていたが中は空だった。金なんてなかったよ。プレゼントも金も持ってはいなかった」

言うと御手洗はうなずく。

「そうだ」

「どうして？」

「ロールス・ロイスに変わったからだ」

「なにっ⁉」

私たち三人は、また揃って大声を上げた。

「どうして⁉　どうやって⁉　それどういう意味だ⁉」

あまりのことに、私は叫ぶように訊いた。

「そんなこと、説明するまでもないだろうに」

御手洗は面倒くさそうに言う。

「袋から金が出て、看板の底に落ちて、ところが看板の底も錆びて朽ち、大小の穴が開いていたものだから、札束はその下の路地に落下したんだ。U銀行ビルと、あさひ屋デパートのビルとの隙間だよ」

「ああ、あそこか。それで？」

私は言った。

「俺流ラーメンと仏具屋のおじさんが二人、カモノハシで飲んでの帰り道、酔っ払って立ち小便するために、あの隙間に入ったんだ。そして放尿していたら、足もとに四、五千万もの大金を見つけた。そこで拾い、交番には届けずに山分けにした」

「えー、なんてやつだ！」

兄の記者が憤慨《ふんがい》して言い、

「ああ……！」

と弟の刑事は声を上げた。

「それで、その金で……」

御手洗はうなずく。

「カモノハシで会った、ロールス・ロイスを売っていた女性の、体目当てにロールスを買ったんですか」

「そうです」

御手洗はうなずく。

「ラーメン屋も仏具屋も……」

「そう、二人ともです。たまたまあそこで一緒に立ち小便をしたためにね、ロールス・ロイスが買える身分になった」

「モデル上がりの女性の体付きで」

兄の記者が補足する。御手洗は首肯する。

「君が言っていた公共のものというのは……」

私が訊いた。

「ああ、あの路地は公共のトイレになっていたんだ」

御手洗は言う。

「君がなんとかかと言ってた、あの英語は」

「ユーリン・パッセイジ、小便小路だね。そういう臭いが立ちこめていた」

「うええ、入らなくてよかった」

私は言った。

「そしてあさひ屋レストランのシェフは……」

「ドンペリだ！」

記者があとを引き取って言った。

「しかしそれは……、つまりシェフはどうやって……？」

弟の刑事が訊く。

「おそらくサンタが空を飛んでいる時、百万円の束がひとつ袋から飛び出して、あるいは飛び出した札束のひとつが、たまたまあさひ屋レストランの、厨房の窓べりに載ったんでしょう。それで彼は窓を開け、ありがたくこれを押しいただいて、バー・ヒビキに行って憧れのドンペリを飲んだ」

「誰も拾得物を警察に届けないのか！」

小鳥遊の兄がまた憤慨した。

「景気は人を狂わせる」

彼らを擁護《ようご》して御手洗は言う。

「しかしサンタが飛行中に空中の送電線を切ってしまったため、デパートの三階以上が停電した。この近所何軒かも、おそらく同様の被害だったでしょう」

「なあるほど、そういうことか！」

新聞記者は大声で言う。

「電力会社の業者がやってきて、電線の張り直しなど修理をしたはずですが、その時に気づかなかったのでしょうか、看板の中のサンタクロースに」

弟の刑事が問う。

「夜だったならね、あり得るでしょう。看板の修理に来たんじゃない」

「早くに仕事終えて、一杯やりに行きたかったかな」

兄が言う。

「落雷の停電じゃなかったわけね」

「ちょっと待ってください御手洗さん。今日われわれがここに来た時には、窓にサンタの顔はなかった」

刑事の弟が言う。

「今日、住田係長が転落したのちに、大型看板を壁に留めた二ヵ所の金具のうちの上の方が、老朽化とサンタの重さに堪えきれずに少し隙間が空いた、壁との間に。それで看板がわずかに傾き、中の死体が、下方にずり落ちたんです。それで顔が窓より下に行って隠れた。そういうことです」

「なあるほど。そういうことか」

弟の刑事が、ゆっくりと腕を組みながら言う。少し沈黙ができたので、私が言った。

「君は、ここで、この簀の子を見て気づいたのか？」

「ここで仮説を立て、ドンペリのシェフの話で確信した」

御手洗は言う。

「ああ、あの黒目がどうしたというのは何だ？」

私は訊いた。

「人間の嘘を見抜く目やすとして、昔から知られている方法さ。話しながら黒目が左上に行けば、それは神経生理学的には視覚野へのアクセスで、過去の視覚体験を呼び出そうとする時に行いやすい。つまり真実を語ろうとしている。右上に行けば、脳の創造を司《つかさど》る部分へのアクセスで、見たことのない光景を想像している。つまり嘘をつこうとしているんだ。

一般に上方を見るという人間の行為は、身体感覚にアクセスしたくない際のアクションで、たとえば痛みを忘れようとする時などに見られる」

「へえ、必ずそう？」

「そうはいかないね。訓練でいくらでも避けられる。ともかくシェフのあの目の動きで、サンタクロースが看板の中に消えたという彼の証言は、真実と確信できた」

「じゃ、あの親方は見たのか？」

御手洗はゆっくりとうなずく。

「だが黙っていた……」

「厨房というやつは案外うるさくてね、窓を閉めれば外部の音はほとんど聞こえない。また視界の端で見たので半信半疑だったし、さらには百万円着服の後ろめたさもあった、そんなところだろうな」

「なあるほど」

小鳥遊刑事が言った。

「当初説明不能に思われた怪事件でしたが、説明がつくものですね。いやあ御手洗さん、ほとほと感心しましたよ。ご本で拝見しているように、いやそれ以上に、実に見事なものですね」

彼は感動して言った。

「では岩木俊子は……」

「ここで出逢ったんです、あそこから飛びおりてきたトム・クルーズと」

「屋上の出逢いか。それを彼女は見栄張って、以前からつき合っていたように言った」

「そんなところでしょう」

「いやあ名探偵って、本当にいるんですねぇ」

兄も言う。

「しかし停電か。なんというサンタクロースでしょうな。銀行強盗して、その上にこのへん一帯に停電をプレゼントか。あさひ屋の五階で料理を待っていた客たちは、本当に頭に来たでしょうね、事態収拾にあたった店員も」

新聞記者らしい言い方をする。

「だからお詫びにドンペリをプレゼントしたんです。ラーメン屋と仏具屋にはロールス・ロイスをね」

御手洗は言った。

「さあ、もういいでしょう。どこか暖かい場所に行きませんか」

御手洗は言い、そしてわれわれを誘ってせかせかと、階段に向かって歩きだした。われわれもすぐにしたがう。寒かったからだ。

「だがあいつら、あのままにはできないな」

刑事はつぶやく。

「あのサンタ、われわれにはプレゼントなしだったものな」

言って記者の兄がぼやく。

「弟さんには怪死体をプレゼント、これは自分自身。そしてあなたにはコラム記事ですよ」

御手洗は言う。

「こんなの記事になりますかね」

記者は言う。

「またボツかな」

御手洗は言った。

われわれが戸口にさしかかった時、記者は立ち停まり、巨大な看板の背中を振り返った。しばらく見つめてからこちらに向き直り、こう言った。

「いや、そうじゃない。あの大看板の生涯というなら、これは記事になりますね。あの看板があそこからはずされれば、日本の一時代も終わる。その象徴が消えるんですから、働き中毒が美談だった時代もまた終わるんです」

「そうですとも」

御手洗は言った。

「どうぞいい記事を書いてください」

言って、御手洗は笑った。

「それなら今夜はぼくがおごります。まあドンペリとはいきませんが、もう少し安いシャンパンをね」

小鳥遊記者は言った。


〈了〉

屋《おく》上《じょう》

二〇一八年二月六日　第一刷発行

KODANSHA NOVELS

定価はカバーに表示してあります

著者—島《しま》田《だ》荘《そう》司《じ》

発行者—鈴木　哲

発行所—株式会社講談社

東京都文京区音羽二-一二-二一

郵便番号一一二-八〇〇一

編集　〇三-五三九五-三五〇六

販売　〇三-五三九五-五八一七

業務　〇三-五三九五-三六一五

本文データ制作—凸版印刷株式会社

印刷所—凸版印刷株式会社　製本所—株式会社若林製本工場

N.D.C.913　350p　18cm

ISBN978-4-06-299118-6

JASRAC 出 1715463-701